迷失在白垩纪

2

—— 林中之马的魔王　著 ——

浙江文艺出版社
Zhejiang Literature & Art Publishing House

图书在版编目(CIP)数据

迷失在白垩纪.②/林中之马的魔王著.—杭州：浙江文艺出版社，2023.3
ISBN 978-7-5339-5962-3

Ⅰ.①迷… Ⅱ.①林… Ⅲ.①长篇小说—中国—当代 Ⅳ.①I247.5

中国版本图书馆CIP数据核字(2019)第294101号

图书策划 柳明晔
责任编辑 周 易
营销编辑 宋佳音
装帧设计 仙境 WONDERLAND Book design
版式设计 吕翡翠
责任印制 吴春娟

迷失在白垩纪.②

林中之马的魔王 著

出版发行 浙江文艺出版社
地 址 杭州市体育场路347号
邮 编 310006
电 话 0571-85176953(总编办)
0571-85152727(市场部)
制 版 浙江新华图文制作有限公司
印 刷 杭州印校印务有限公司
开 本 710毫米×1000毫米 1/16
字 数 261千字
印 张 15.75
插 页 1
版 次 2023年3月第1版
印 次 2023年3月第1次印刷
书 号 ISBN 978-7-5339-5962-3
定 价 49.00元

第1章 行　动

在现在这种情况下，要把这些人聚集起来开会绝对不是一件容易的事情。

这辆怪模怪样的车子吸引了很多人的眼球，帮了他们不小的忙，但他们还是花了将近两个小时才把附近二十几个小团队的负责人集合到了附近的十字路口。

这只是其中的一部分人，他们邀请这些人到这个小广场开会的时候就已经说了，有一件关于大家长久生存的重要事情要商量。差不多一半的人没有理睬他们，但有这么多人过来，张晓舟觉得已经足够了，人太多反而有可能阻碍交通，不利于他们的行动。

这些小团队大多数都和张晓舟他们一样，以一幢房子为基地，联合两三个或者是四五个家庭形成一个相对团结的小集体。按照张晓舟的观察，最小的团队大概只有十个人，而最大的团体也应该没有超过三十个人。

钱伟的判断没错，在这些团体里，他们这个已经有八十多个人的团队已经算得上是一枝独秀了。

“人已经差不多了吧？两位，有什么事就快点说吧！”一个满脸络腮胡的男人不耐烦地大声说道。

他是除了张晓舟他们之外最大的一个团队的负责人，钱伟悄悄地告诉张晓舟，正是这个人首先联合几个走投无路的家庭组成了一个团队，抢劫了附近的三个落单的家庭。此后，那些和他们同样命运的人也开始采用相同的手段，抢劫事件突然连续爆发，由此在这个区域里引发了一场抱团取暖的风潮。

这让他在这片区域一下子变得很出名。

当然，这并不是什么好名声，这从其他团队负责人看他的表情中就可以看得出来。

这二十几个小团队明显分成两派，其中一派是这些半路出家的抢劫者，他们人数比较少，大概只有四五个团队，但人员相对比较多一些。他们之间显然相互认识，在等待的时候，几个负责人聚在一起不知道在说什么。

而另外一派则是那些被迫抱团的人，他们显然与周边的邻居达成了某种形式的攻守同盟，这从他们站的位置和看其他人的眼神就能判断出来。

但张晓舟觉得他们的联盟关系应该很脆弱，如果遇到真正的危险或者面临饥荒，他很怀疑这样的攻守同盟还能不能持续下去。

“请大家过来，的确是有事情要和大家商量。”张晓舟站到了车顶上说道。

“别说这些套话也别卖关子了，直接说重点吧！”另外一个人说道。他是另外一个抢劫团伙的负责人。

张晓舟对他们没有太多的敌意，他们的抢劫行为与其说是一种有预谋的暴力行为，倒不如说是无奈和绝望之下的铤而走险。据钱伟打听来的消息，他们的抢劫过程中并没有造成人员的死亡，只是有好几个人受伤，但应该不是很严重。

一些被抢劫的家庭最后甚至加入了他们中的某个团队，这也许说明他们的行动中并没有什么暴行。

这让张晓舟相信他们的初衷和那些混混并不一样，但他决定还是与这些人保持一定的距离，至少要经过一段时间的观察之后再决定是不是可以信任他们。

“我想知道，大家对于未来有什么想法。要怎么活下去？”他大声地问道。

“你是什么意思？”络腮胡问道。

“我们的团队在什么地方，干了些什么，很多人应该都知道。”张晓舟说道，“我也不瞒大家，我们现在有八十四个成员，但我们的粮食只够吃一个半月。我们已经想尽办法在周围寻找粮食，可最近几天，什么都找不到了。”

大家都沉默了，大多数人的情况其实都一样，有些团体也许运气稍稍好一些，贮存起来的粮食够他们坚持更长的时间，但结果并不会有什么太大的区别。周围已经没有可吃的东西了，很多人都已经意识到，如果这样的情况持续下去，抢劫或许会更加频繁地发生。在那个时候，下手的也许就是现在站在他们身边的某个人。

“你们想过自己的粮食吃完之后该怎么办吗？”张晓舟问道。

“你到底想说什么？”络腮胡看了看周围的人。

答案当然有，那就是寻找新的粮食来源。

数千年来，老祖宗早已经给出了答案，狩猎、放牧、养殖、采集或者是种植。

但这些事情说起来容易，做起来难。

即便是最简单而又安全的种植，种子和长达几个月的生长期也都是问题。即便是找到了种子，以现有的存粮，他们都坚持不到收获的那个时候。

狩猎、放牧和养殖都要进入丛林，即便是采集也是如此。城市中寥寥无几的绿地根本无法支撑如此庞大的人口，除非他们有勇气进入丛林，寻找那些可以吃的东西，否则的话，这条路就走不通。

可现在，还没有人有这样的勇气进入丛林去真正面对这个未知的世界。

就算是不考虑那些恐怖的猛兽，那里面也有太多太多的危险。许多人都在夜晚遭遇了吸血虫子的攻击，在远离丛林的地方它们都如此猖獗，谁也不敢想，真正进入丛林之后，它们会疯狂成什么样子。

这只是丛林众多危险中微不足道的一个，看着那一望无际的深邃而又可怕的绿色丛林，每个人都深深地感到无力。

还有一个办法，那就是从别人手中抢到足够熬过最初阶段的粮食，牢牢地守住它们，等待情况有所改变。

康华医院的例子就在眼前，谁也不知道他们正在修筑的那个堡垒里有多少粮食，但每个人都猜测，应该会有很多。但他们已经不接纳任何新人，而且会残酷地把任何试图靠近那个区域的人都打跑。

地质学院其实也在做同样的事情。虽然他们的手段要温和一些，但其实本质上是一样的。人们不知道他们在被他们围起来的那个区域里做什么，但很显然，他们也并不欢迎他们这些人到那边去。

他们这些人都已经被抛弃了。

也许很多人会饿死，很多人会被逼着走进丛林，被逼着想办法去对付那些猛兽，用自己的生命去验证哪些东西能吃、哪些不能吃。但不管结果是什么，城市终将删减掉超出它最大负荷的人口，并且找到解决问题的办法。

而那个时候，他们这些被拒绝和抛弃的人中又有多少能活下来？

“你想把我们联合起来？”络腮胡突然问道。

他说出了大多数人心里的猜测。

不然的话，把这么多团队的负责人聚集在一起又是为了什么？

很快就有人想到，也许安澜大厦的这伙人想要建立起城北的第三股势力？但单纯的合并显然不可能从根本上解决问题。粮食就只有那么多，谁也没有办法凭空变出来。

那么，他们想要做什么？

将现在这些团队整合成一个集体，然后去抢劫那些依然分散的团队？

一些人开始惴惴不安，但也有少数人跃跃欲试了。

现实本身就是这么残酷，别人死总比自己死要强。

有人低声地在人群里说道：“要抢的话就要趁早，现在正合适，再过一段时间，就算想抢也抢不到多少了。”

“有什么章程？”一个人对张晓舟问道，“说来听听！我这儿有六个男人！要是条件合适，我可以带着他们入伙！”

“你们误会了。”张晓舟没有想到他们会有这样的想法，听到那些人低声议论的内容，他不由得被吓了一跳。

他看了看钱伟，钱伟显然也被惊到了。

再让他们议论下去，或许真的会有人挑头，拉上一些已经狠下心的人，按照他们所说的办法去行事。那将意味着自相残杀的开始，而这一旦发生，这座城市的命运将会彻底陷入黑暗当中。

鲜血和仇恨将会摧毁他们战胜这个世界的希望。

“我们要去副食品批发市场！”他大声地说道，“我去过那儿，很多商铺都还完好无损！那里有足够我们吃很长一段时间的粮食，也许也能找到我们急需的种子！我们只需要熬过这段日子，就能找到解决问题的办法！不需要杀戮，更不需要自相残杀！”

所有人都愣住了，他们想过很多可能性，这辆车子怪异的样子让一些人有过这样的猜想，但很快就被他们自己否定了。

去那儿找食物的人从来都没有回来过。

“你们疯了吗？那里有什么你们知不知道？”一个五十来岁的男人大声地问道。

“我知道，我大前天晚上刚刚从那里逃回来。”张晓舟答道，“那里有一只暴龙，还有一些似鸡龙。”

似鸡龙这个名称没有太多人在意，之前那个问他话的男人摇了摇头说：“那你知道有多少人死在那里了？”

“我不知道，但我知道怎么对付它。”张晓舟答道。

好几个人冷笑了起来，甚至有人准备离开了。

“这辆车子就是我们的办法。”张晓舟继续大声地说道，“你们可以过来自己看看！”他用手重重地拍了一下车子上的钢架，那些尖锐的钢刺发出嗡嗡的响声，“它们不可能伤害到我们！”

“如果它真的百分之百管用，那你们何必来找我们？”络腮胡冷笑着问道，“说到底，你们不过是想拉炮灰而已！你以为我没去过吗？比你们这个车子大得多的卡车都被它掀翻了，你们这个面包车能管什么用？”

“我们还有燃烧瓶。”张晓舟说道，“它再怎么凶恶也只是动物，难道它不怕火？”

“什么燃烧瓶！无非就是想拉我们当炮灰，你们也想得太美了。”络腮胡还是冷笑着，他看着周围的那些人，一副谁被他们说服谁就是傻瓜的表情，“要找死你们自己去，不要拉上我们。”

“你们这群孬种！”钱伟突然大声地说道，“难道我们自己不是拿命去拼？如果你害怕了，可以夹着尾巴躲在后面！看我们怎么对付它！我最看不起的就是你这种人，只会对自己人下手，遇上恐龙就他妈的变成鹌鹑了！怕死你就快点滚蛋！别在这儿叽叽歪歪的！孬种！”

“你说什么？”络腮胡一下子从身后拔出一把刀，凶神恶煞地叫道。

“来啊！”钱伟却丝毫也不害怕，“我说的有什么错？有种杀人，却没种去杀恐龙！孬种！软蛋！”

“你有种，你有种你杀一只给我看看！”络腮胡大声地叫道。

“有种没种不是比谁声音大。”张晓舟挡在钱伟前面，冷冷地看着他，“我们杀掉了七只速龙，它们的尸体现在应该还在，你可以自己去看。你要是觉得危险，你可以走，但不要影响其他人的判断。”

他看着犹豫不决的络腮胡，说道：“做人要有底线，有些事能做，有些事不能做，别把自己变得连畜生都不如！”

络腮胡又愤怒了起来，但张晓舟和钱伟毫不示弱地看着他，他讪讪地看了看周围，最后终于还是把刀子收了起来：“大话谁不会说？”

“我们的车子会在前面。”张晓舟说道，“难道你们真的宁愿等死，宁愿对自己人举起屠刀也不敢去面对那些畜生？它们只是动物！它们再怎么巨大，被矛扎了照样会流血，被火烧了照样会死，有什么可怕的？我们是人！我们才是这个世界上最可怕的生物！”

人们面面相觑，过了一会儿，终于有一个人说道：“我们没办法改装车子。”

“这不是问题。”张晓舟对他说道。

高速公路下面的那几条下穿隧道积满了雨水，这让所有人都始料未及。

过去这个地方从来没有发生过这样的事情，这让所有人都忽略了这个问题。

没有人意识到，那看似平常的生活中，有很多东西是他们一直在享受，却从来都没有关注过的。

没有了电，没有了排水公司的工作人员到这里来开启抽水泵，没有了那如同蛛网一样密布在城市地下的排水系统，这个周边数平方公里内地势最低的地方成了雨水的汇集点，积水甚至已经淹没了整条隧道，只露出一条很小的缝隙。

当他们浩浩荡荡地开着拼凑起来的那二十多辆车子，带着很多人来到这里，看到的却是这样的景象，几乎所有人心里都是崩溃的。

“这就是你们拟订的计划？”络腮胡马上就叫了起来，“你们没有派人来提前看过吗？”他大声地质问着：“真是笑话！现在怎么办？我们把手上的所有事情都放下了，跟着你们一心一意地搞这个事情，现在怎么办？！”

钱伟的脑子里一下子蒙了，这个地方距离安澜大厦其实只有一公里半左右，但他们这两天来一直在忙碌地改装车子，拟订行动方案，没有人想到要提前过来看看这里的路通不通。

焦急、愤怒、委屈的情绪混杂在一起，涌进他的脑袋。

所有的行动计划都是大家一起拟订的，并不仅仅是他们一家在做这个事情，有谁提出过要提前来侦察一下？

出了事情就是他们的责任？

他忍不住就想和络腮胡争执，张晓舟却拉住了他。

“这没什么。”张晓舟对所有人说道，“没有路，那我们就填一条路出来，从高速公路上面翻过去！”

“你说得倒是容易！”络腮胡说道，“拿什么填？”

“当然不容易，但你有更好的办法？”张晓舟问道。

络腮胡被他问得一下子愣住了。

“事情已经进行到这一步，我们已经走到了这个地方，有谁想放弃？”张晓舟爬到了车顶上，大声地问道，“汇通国际就在那个地方！能够让我们生存下去的粮食就在那个地方！现在我们距离那里只有一步之遥！谁想放弃？”

有人在底下摇着头，有人对这样的情况感到不满，但没有人站出来反驳他。

“我们现在就开始动手修一条路过去！在这期间，所有参与施工的人，饮水和口粮由我们安澜大厦来供应！”张晓舟叫道，“有谁干过土石方施工的？请站出来！”

“这点量如果是在以前，也就是一辆挖掘机和一辆装载机一个下午的活。”被称为吴工的男子有些发愁地说道，“但如果全靠人力，那两三个礼拜也不一定弄得好。”

张晓舟摇了摇头：“我们现在不是修路，不需要质量多好，只要能勉强让我们这些车子过去，然后再回来，这就行了。”

吴工和另外两个人商量了一下，最后终于提出了一个简化的方案：现在他们手边最容易找到的体形大而又容易移动的东西就是车子，当然，它是中空的，承受不了多大的压力，但他们可以在里面填满石头和泥土之后把它们移动到高速公路的挡墙边上，作为这个临时斜坡的基础。随后就是各种各样的家具、石块，以及他们能够在附近找到的任何有一定强度而又有一定体积的东西，把它们垒在作为基础的车子上面，把斜坡的雏形搭出来，最后在上面填上厚厚的土层。那些东西也许会被压得陷下去，但只要有足够厚的土，最后应该能够形成一个相对稳定的斜坡。

“这样做有什么意义?”钱伟问道,“那些东西填在下面不会出问题吗?”

“可以大大地减少工程量。”吴工说道,“高速公路高出地面将近四米,我们这些车子改装之前正常的爬坡能力不会超过二十度,改装了之后我觉得十五度都悬。就算我们按十五度来建这个坡,我们也得搭一条至少二十六米到二十八米长的直坡。按照现在这些车子的形状,宽度最少也要三米,再加上坡降……你可以画个草图算算土方量,最少也有三百多方土的量……但这只是一边,两边加起来就是六百多方土。听起来是不算多,但我以前带过的工人,一天埋头干十个小时大概能挖十方土,如果是我们这些人,这么热的天气,干一天能挖出五方土,我觉得就很不错了……”

他絮絮叨叨地说了起来,让钱伟马上就头疼了起来。

“行行,吴工你别说了,我们就照你说的办!”

烈日让很多人怨声载道,好在张晓舟及时用车子运来了凉开水和稀粥,他们终于平静了下来。一辆已经被破坏的中巴车和几辆轿车被他们推了过去,然后他们砸破了所有玻璃,开始往里面塞东西。

张晓舟专门安排了几个人爬到高速公路上面去看着南边的动静,以免有恐龙冲过来造成伤亡。

他们工作的地方距离新洲酒店不远,距离整个区域的中心也没有多远,那幢没有挂牌的研究所已经被彻底烧毁,靠近中心的房子已经被夷为平地。

人们从这片废墟里已经什么都看不出来,甚至无从猜测这里究竟发生过什么样的事情。他们只是从倒塌的房子那里弄到了很多可以用来作为填充物的建筑垃圾,把它们都搬上车子运到了搭斜坡的地方。

曾经在第一个夜晚点亮过灯火,给了人们希望的新洲酒店也早已经人去楼空,一楼的玻璃门被彻底撞坏,整幢大楼里,除了一些被秀颌龙啃得光秃秃的尸骨之外,什么都没有留下。

他们从酒店一楼的大堂里搬出来许多桌椅和柜子,杂乱地扔到吴工画出的那个区域里,然后被吴工他们几个按照一定的方法搭了起来。

“这样强度应该会更高一点。”吴工解释道。

钱伟带着一组人到附近的那个工地去把所有能够找到的工具和手推车运了过来。他们还拉来了大量的钢制模板,准备最后用它们做临时路面。

工地上倒是有很多土和沙子，但以他们现在的运输能力和人力，从那个地方把那些东西运过来用简直就是在开玩笑。

大量的泥土被从旁边的绿化带里挖出来，然后用手推车推到斜坡那里，一车车地倒在那些东西上。

时间在这样的辛苦劳动中以极快的速度流逝，但流逝得更快的是人们的耐心和体力。

张晓舟知道有很多人心里都在累积着不满，但事情已经做到这一步，每个人又都感到不甘心。那些冠冕堂皇的话根本没有办法让他们留下来，唯一让他们留下来的，只是对已经付出的这么多时间和体力的不甘心。

"加油！我们马上就要完成了！"张晓舟不断地鼓励着他们，但几乎没什么人听他的话。闷热的天气让每个人在艰苦劳动中什么话都不想说，他们只是憋着一口气，不断地把那些刚刚挖出来的湿润的泥土运到越来越高的土堆上，然后一车车地倾倒下去。

为了防止泥土向周围垮塌，他们又把几辆车子推过来挡在了土坡的两侧。

终于，在经历了将近四个小时高强度的艰苦努力之后，那个斜坡终于搭上了高速公路的路面。

没有人欢呼，所有人都知道，还有相同的劳动量在等待着他们。

张晓舟决定先试验一下这个仓促垒就的土坡能不能派上用场，他拒绝了吴工的自荐，小心翼翼地开着其中一辆经过改装的金杯车沿着斜坡向上爬。

潮湿的泥土不停地向下陷，但钢制模板分散了车轮的压力，让它们最终承受住了考验。发动机就像是老牛那样不断哼哼着，最后终于爬上了高速公路，稳稳地停在了结实的路面上。

这样的成功终于让人们有了些干劲，他们在喝够了水之后，三三两两地站了起来。

"从哪边取土？"负责指挥施工的吴工问道。

如果单纯地从施工方便和减少工程量的角度考虑，当然是下到对面取土更方便，但在现在这种道路不通的情况下，如果对面出现肉食恐龙，他们将无处可逃。

"从这边取土，然后推过去。"张晓舟这样答道，他看了看天色，对吴工说道："先把那些东西和土堆在路边，明天早上再填下去。”

高速公路和被水淹没的桥洞无形中成了分隔城南和城北的一道屏障。虽然之前那些速龙应该能够轻松地沿着高速公路两侧陡峭的挡墙爬上路面，但张晓舟觉得体形庞大、体重超过五吨的暴龙却未必有这样的本事。

如果他们无意中建筑了一条这样的通道，让暴龙得以侵入现在还勉强算得上安全的北城，那他们就闯了大祸了。

“明天。”他看着距离他们已经不到两公里的汇通国际大厦，轻轻地在心里说道。

一夜无话，只是又下了半宿的小雨。

这让张晓舟不由得担心了起来。

因为那些可怕的吸血飞虫的存在，张晓舟没敢安排人在那个地方值班，他生怕一觉醒来和大家一起回到那个地方，昨天好不容易垒起来的土坡就因为这场雨而彻底垮掉。

如果真的发生这样的事情，那他真的不知道接下来该怎么做了。

好在他们的施工质量看起来并不差，雨水虽然让那个土坡出现了轻微的垮塌，但整体结构没有发生太大的变化，只是地上一下子满是又湿又黏的泥巴，粘在脚上怎么甩也甩不掉，挖坑的难度也比昨天大了很多。

“加油！”张晓舟想尽办法给大家鼓劲，“大部分工作我们昨天都做完了，今天就是把那些东西推下去，然后填上土！要不了两个小时就能完成！我们很快就能取到那些粮食！大家加油啊！”

话是没有错，但很多人经历了昨天的劳动之后，缺乏锻炼的身体都出现了不同程度的酸痛，这让他们的效率比昨天低得多。而那些又湿又黏的泥巴也总是粘在铲子和锄头上，甚至是粘在小推车上不肯下去。

整整四个小时之后，对侧的土坡终于完成了。

站在高速公路上看不到周围有任何危险，张晓舟再一次第一个开着车子小心翼翼地沿着那个坡走了下去，有惊无险地停在了土坡前面。

人们终于欢呼了起来。

“大家先休息，吃过中饭之后我们就行动！”张晓舟说道。

不休息是不可能的，经过两个半天的艰苦劳动之后，终于有了阶段性的成果，这让每个人心里憋着的那股劲头不知不觉地就放松了下去，身体一下子变得疲弱无力。以这样的状态去面对暴龙，去抢搬粮食，无异于找死。

张晓舟让刘雪梅在这么多天以来第一次煮了一顿干饭，把他们仅有的罐头也全都打开了混在里面，加上他们之前采摘到的嫩树叶和野菜，这顿饭让所有人都吃得心满意足，意犹未尽。

士气终于提了上来，之前的辛苦也终于被人们抛在了脑后，人们开始自发地检查自己的车子和配给他们的燃烧瓶，做着最后的准备。

张晓舟也不做什么动员了，眼前的副食品批发市场就是最好的动员。他只是和每辆车上的负责人最后一次把整个计划过了一遍，确认每个人都记得自己要走的路线和出现不同状况要采取的应对措施之后，重新爬上了自己的那辆车子。

几天来的辛苦和策划即将迎来结果，他的心里突然变得惴惴不安起来。

如果失败，如果一无所获，对于其他人来说或许只是浪费了几天的时间，但对于安澜大厦来说却是毁灭性的打击。他们在这个事情上已经投入了太多的赌注。不仅仅是那些宝贵的大米、淡水和罐头，也不仅仅是好不容易才找来的那些汽油、钢筋、焊条和玻璃瓶。对于他们来说，如果失败，所要面临的还有信心和信念的彻底崩塌。

如果那样的事情发生，对于安澜大厦的人们来说，唯一的结果就是团队的分崩离析，甚至是可以预见的饥饿和死亡。

那样的事情不会发生。

他轻声却无比坚定地说道："出发！"

二十二辆汽车鱼贯爬上那座陡坡，随后又颤颤巍巍地下来，按照之前制定的方案在公路上排列起来，形成一个看上去非常厚实而又庞大的方阵。

人们把从各种途径收集来的色彩鲜艳的床单、塑料布甚至是包装纸包在钢栏上，只露出那些尖锐的钢刺。

暴龙会被这样的阵势吓跑吗？

张晓舟不知道答案。

此前所有关于恐龙的知识都来自不会说话的化石，许多细节都来自科学家们的猜测，来自对那些现代动物行为模式的研究和类推。

而现在，他们将要去验证这些猜测了。

张晓舟感觉自己的喉咙有些发干，他看了看坐在自己身边的钱伟，轻轻地按了一下喇叭。

车队开始行进。

前方的道路上很快就出现了挡路的车子，一些人小心翼翼地按照之前的方案从开道的车子上下来，把那些车子推到路边，而对那些已经翻倒在路上的车子，他们只能用其他车子缓缓地把它们顶开。

铁皮在柏油路面上摩擦，发出刺耳的噪声，所有人的心都提了起来。就在这时候，几百米外的副食品批发市场里，一个几乎和两层铺面一样高的庞大身影露了出来。

张晓舟几乎可以听到人们同时倒吸了一口气。

他已经是第三次看到这个庞然大物，但对于大多数人来说是第一次。

汽车在它旁边就像是脆弱的玩具，看到它缓缓地向这边走过来，原本排列得整整齐齐的车队突然出现了一阵混乱。

那些被其他车子包围在其中的车子被挡住了视线，看不到前面的情形，而排在前面的车子的司机则下意识地踩了一脚刹车，这让后面的车子差一点就撞了上去。

"稳住！不要害怕！只要保持队形，它就不敢攻击我们！"张晓舟拿着一个喇叭对着车队大叫着，这个声音马上吸引了暴龙的注意力，它直接向着张晓舟他们的车子小跑了过来。

即使是坐在车子里，人们似乎也能感觉到地面在轻轻地震动。

"稳住！"张晓舟继续叫着，他可以看到握着方向盘的刘玉成已经满头大汗，而和他一样站在敞开的车身里的钱伟手上的青筋都鼓了出来。

"燃烧瓶！"张晓舟轻声地说道。

李彦成马上从车厢里拿起两个燃烧瓶，也许是因为手上有汗，瓶子滑了一下，差一点就掉了。

李彦成的脸吓得惨白，这正是之前张晓舟反复强调过一定要避免出现的问题。

车子是他们唯一的庇护，但也是他们的枷锁，如果燃烧瓶落在车子里烧起来，里面的人很有可能会逃不出来。

这样的事情一旦发生，很有可能在整个车队中造成无法遏制的恐慌，最终造成士气崩塌。

“对不起。”他低声地说道。

张晓舟什么话也没有说，只是默默地把燃烧瓶接了过来。

暴龙已经到了距离他们这辆车子不到二十米的地方，他们几乎可以闻到它身上难闻的恶臭，也几乎能够看清它身体的每一个细节。

它突然大声地嘶吼了起来。

“按喇叭！”张晓舟努力稳住自己，大声地叫道。

刘玉成赌博一样重重地把喇叭按了下去，随后，整个车队的喇叭声都响了起来。

这样巨大的声音让暴龙吓了一跳，它并非第一次听到这样巨大的声音，那些出没于丛林深处和沼泽中的鸭嘴龙甚至能够发出比这更洪亮、更复杂的声音，让它惊讶的是，眼前这些体形庞大的动物丝毫也没有表现出猎物常见的混乱，而是停留在原地与它对峙着。

这似乎让它疑惑起来。

暴龙并不是非常聪明的猎手，庞大的身躯和压倒性的攻击力让它成为整个世界的霸主。它并不具备速龙、恐爪龙或者是伤齿龙等群体性活动的猎食恐龙那样的沟通协调能力，伏击、恐吓、对峙，然后在猎物最终四散奔逃时将老弱者吃掉。有时候它会循着血腥味或者是腐臭味找到那些倒毙的尸体，将那些体形较小的猎手赶走之后，它便可以安心地享用大餐。

唯一敢与它长时间对峙的只有那些讨厌的各式各样的角龙和甲龙，但它们的身躯远远没有眼前这些怪物这么大，而且也没有这么多刺。

暴龙再一次咆哮了起来，应对它的依然是持续不断而又刺耳的喇叭声。

它再一次观察着这些奇怪的东西，最终，猎食动物天生的谨慎让它选择了暂时退让。

“万岁！”看着前面转身离开的暴龙，即使是再严肃、再不苟言笑的人也忍不住露出了笑容，一些人甚至大声地一边按喇叭一边叫了起来，仿佛只有用这样的方式才能把他们之前的紧张和现在的兴奋发泄出来。

张晓舟终于松了一口气，他感觉自己就像是刚刚从水池里被捞上来，湿淋淋的全都是汗。

钱伟兴奋地轻轻给了他一拳，他笑着摇了摇头。

“大家注意了，不要放松警惕！”他通过喇叭对其他车子上的人说道。

暴龙消失在了批发市场里，它似乎已经把那里当作了自己的猎场，而这对于他们来说绝对不是什么好消息。

一旦进入市场，为了获取物资，车队就必须要分散开来。

那个时候才是真正的考验。

“保持队形！前进！”他大声地说道。

越是靠近批发市场的地方，被掀翻的车子就越多，这让车队前进的速度越来越慢。

许多车子里都有散落的食品，袋装的面粉和大米之类的东西被雨水浸泡又被阳光暴晒之后，已经开始腐败变质，但那些包装在塑料袋或者是罐头瓶里的东西还都完好无损。一些本来负责处理车子的人忍不住开始收集这些东西，张晓舟看着他们的动作，只感到一阵阵的心焦。

“别弄这些了！里面多的是！”

话是这么说，但那些人只是加快了自己的动作，却没有真正完全停止这样的举动。

唯一的好处在于，暴龙的体形和青绿色的皮肤使它在这样的地方不可能躲藏起来，有人爬到车顶的架子上往里面看，随后大声地叫道：“它在那边！”

“我们要把它慢慢地逼出去。”张晓舟对几辆车体比较大，改装得也比较牢固的车子上的人说道，“不要过分地刺激它，和它保持距离，慢慢来！燃烧瓶要放在手边，如果它向车子发起攻击，就把燃烧瓶点燃了扔出去！”

批发市场里有五条通道，通往对面的另外一个稍微小一些的入口。每条通道的宽度大概是六米，足够两辆小货车通过，但对于他们改装后的车子来说，仅仅只够一辆车进入，这对暴龙的震慑力显然不足。

它应该没法跳上两层楼高的铺面向他们发动攻击，但如果它突然发狂，沿着某条道路冲过来，中看不中用的车子显然不可能真的挡住它，唯一的希望只有火。

被挑选出来的五辆车子小心翼翼地顶着那些挡在自己面前的杂物和车子往前走，暴龙显然对自己的领地被侵犯感到愤怒，它对着距离自己最近的车子大声地咆哮起来,那辆车子停了下来。

车上的人们显然是胆怯了。

张晓舟焦急地从车上跳下来,沿着通道从后面爬上了那辆车。

“别紧张!”他大声地对司机说道,“慢慢地逼近!”

之前早已经考虑过这样的局面,这五辆车子正面的钢制尖角做得非常夸张,甚至已经到了严重地干扰司机视线的地步,但在这个时候,巨大而又尖锐的角显然对暴龙造成了一定的压迫。它站在原地咆哮了一会儿,终于再一次向后退去。

五辆车子慢慢地往前,直到进入了市场的深处。

那些跟在后面的车子终于大着胆子跟了上来。

“快!能拿多少拿多少!”张晓舟叫道,“从最前面的车子开始!”

根本就用不着他指挥,车子停稳之后,每辆车上的乘员们便疯狂地拿着各式各样的工具从车上跳了下来,向着顶在最前面的车子跑去。

这是为了防止在最后的车子抢先装满之后就率先逃走,从而引发整个车队崩溃的举措。如果不这样做,那五辆顶在最前面的车子根本就不会有人愿意上去。

张晓舟反复向人们说明队列的重要性,尤其是在他们必须沿着那两个土坡上下高速公路的情况下,队列的崩溃有可能让本来万无一失的行动最终变成一场可怕的溃败。

人们最终认同了他的说法,所有人都赌咒发誓说绝对不会自己先跑,但即便是这样,张晓舟还是坚持最后的那两辆车子必须是安澜大厦的人。顶在最前面和在最后的都是安澜大厦的人,面对这样的做法,其他人也无话可说。

这些天来,几乎每个人都成了溜门撬锁的行家,一个个店铺的卷帘门被拉了起来,人们站成一列,快速地把里面的东西传递出来,一袋袋、一箱箱、一桶桶地堆放在车上。

站在车顶上的人不断通报着暴龙的位置,这让人们得以专心地干自己手里的活,第一辆车子很快就被装满,人们迅速跑向第二辆车子。

“其实我们可以再来一次。”有人一边苦干一边说道。

张晓舟摇了摇头。

这样的事情不可能有第二次,他们的成功必定会刺激那些没有加入这次行动的人，更不要说近在咫尺的何家营。以村里的人力和资源，加上距离的优势，他们一定会很快仿照张晓舟他们的做法组织起车队到这里来冒险。

暴龙会一次次地容忍这样的挑衅而不爆发吗？

张晓舟忍不住摇了摇头。

结果要么是以暴龙突袭车队结束，要么就是这里的食物很快就被一扫而空，但不管结局如何，他们都不可能来第二次了。

“能装多少装多少！”他再一次叫道，“快！”

车子里面很快就装得满满的，一些大件而又不太重的东西甚至被人们塞到了车子两边的钢栏中。

张晓舟对这样的行为睁一只眼闭一只眼，每辆车子里面的东西不可能相同，也不可能平衡，运气是一方面，私心杂念也是一方面。人们总是希望自己能够拿到更多能吃更长时间的东西，只要他们的行为不过火，不影响整体，他也不准备管得太死。

“快！”他只是不断地催促着，同时一刻不停地看着暴龙的行踪。

暴龙不断地咆哮着，眼前这些巨大的物体身后突然多了很多容易捕猎又很好吃的那种东西，这让它越发感到愤怒，但那些巨大的尖角却死死地挡住了通道，让它没有办法绕到它们背后去，这让它变得越来越焦躁，怒吼声也越来越大。

车上全神贯注戒备着它的人们精神高度紧张，突然，暴龙不甘地扭了一下脑袋，从批发市场的后门小跑了出去。张晓舟的心一下子提了起来，他以为它要绕路去正门袭击他们排在最后的车子了，但它却往另外一个方向，消失在了钢筋水泥的丛林中。

人们愣了一下，随即欣喜地叫了起来。

“快！”张晓舟心里微微有些不安，于是他继续叫道。

为了生存而爆发出无穷力量的人们干劲十足，发挥出了比专业装卸工更高的效率，仅仅是半个小时，他们就已经装满了几乎全部车子，仍然继续往属于自己的那辆车子两侧的钢栏里塞东西。

一切顺利得几乎让人不敢相信。

“我们走！”张晓舟叫道。

“还能放，车子里还能放东西！”当最后那辆车子装满，人们开始往自己的车子里继续尽可能多地塞东西。之前方便面、土豆片这些体积大、重量轻的东西全都被丢在一边，现在人们开始重新把它们堆在自己的车上。

“最后十分钟！”张晓舟不得不叫道。

他的心里微微有些不安，却不知道它源自何处。

如果暴龙还在眼前就好了，虽然心里会一直承受很大的压力，但不会给人这种悬在空中落不下去的感觉。

“十分钟！”他大声地叫着。

安澜大厦这一次出动了五辆车，几乎所有男人和稍微有点力气的女人都投入到了这次行动当中，他们的收获也是最大的，排在前面的五辆最大的车子里有两辆属于他们，仅仅是这两辆车上的东西应该就够他们吃上两三个月。

足够他们度过最初的危机了。

张晓舟心里稍稍地放松了一些，就在这时候，他却听到了隐隐约约的叫声：“救命！救命！”

“你听到了吗？”他对钱伟问道。后者爬上了车顶，正到处寻找着暴龙的踪迹。

“听到了，好像是那边。”钱伟说道。

两人迟疑了一下，各拿着一根撬棍向那边走了过去，李彦成站在车顶上给他们望着风。

那是一个独立商铺，卷帘门应该是被暴龙撞击过，扭成了一团，但里面应该是有什么东西挡住了它，让它没能把卷帘门彻底冲破。

“有人吗？”钱伟用手里的撬棍轻轻地敲了一下卷帘门，里面马上有人欣喜若狂地叫了起来：“有人，有人！救命！求求你救救我们！”

张晓舟和钱伟看了看李彦成那边，他摇摇头，表示暴龙不在附近，于是两人甩开膀子，用力地撬了起来。

“那个东西，被你们赶走了吗？”里面的人问道，显然和之前的那个人不是同一个。

“它只是暂时离开了。”张晓舟答道。

这时候死死卡住的卷帘门终于松动了起来，他们听到里面的人也在拼命地拖着什么东西，几分钟之后，严重变形的卷帘门终于被打开一条足够人爬出来的缝，一个二十多岁的男人马上拼命地从那里面钻了出来。

他或许是因为好几天没有见到阳光，眼睛一下子就被下午的烈日刺得满是眼泪，但他什么都不管，马上用力地敲了一下卷帘门："它真的走了！你们快点出来！"

人一个接一个地从里面爬出来，大概四十平方米的空间里塞了这么多人，让张晓舟和钱伟都感到有些吃惊。

他们显然不缺吃的，但精神却很萎靡。

第一个爬出来的男子连连向张晓舟和钱伟道谢，同时隐晦地打听着外面的情况。

张晓舟也没有藏私，把自己所知道的情况都告诉了他们。

男子沉默了："没想到比我们猜测的还要糟糕……"

"这里不安全，你们先跟我们离开，到城北再说。"张晓舟说道。

就在这时候，两个男子把一个女孩从那个缝隙里拉了出来。

"谢谢。"她低声地说道。

张晓舟猛地把头转了过去。

那个声音！

他完全无法相信自己的耳朵。

"张晓舟？"钱伟的声音响起，却像是在很远的地方所发出来的，嗡嗡的，半点也听不真切。

他的脑海里罕有地完全一片空白。

怎么可能？

已经有些脏的淡粉色衬衫，蓝色牛仔裤，纤细而又高挑的身材。

她刚刚从地上爬起来，眼睛同样因为阳光而有些睁不开。

"王哥，我们现在……啊——"一个身影突然从侧面抱住了她，把她吓得低声地惊叫了起来。

"你干什么！"她身边的男子慌张地说道，伸手想要把张晓舟的手掰开。

女孩挣扎了几下，但突然抱住她的这个男人没有丝毫猥亵的动作，只是紧紧地抱着她的身躯，不断地在她耳边低声重复着："不是你……不是你……真是太好了……太好了……"

好在张晓舟的动作虽然突兀，但却没有什么不得体的地方，而后面的车队也让女孩身边的男人们没敢对他动手。不过拉拉扯扯总是难免，毕竟这些人在这个小小的空间里同甘共苦了这么多天,彼此之间早已经非常熟悉了,女孩突然被一个陌生男人这样抱住,他们再怎么也不可能视若无睹。

“你们干什么！别乱来啊！”钱伟大声地叫道,站在车上警戒的其他人也看着这边,李彦成等几个人马上拿着武器往这边跑了过来。

“对不起！都是误会！都是误会！”张晓舟这时候才意识到了自己的失态,他略微有些慌张地放开手,高高地举了起来,把自己人和这些从那个地方出来的人分隔开,“都是误会！大家都别冲动！”

李彦成等人不明就里,他们没有看到张晓舟的动作,只看到那些人突然对他拉拉扯扯起来。钱伟的态度却有些古怪,他看着张晓舟,希望能够得到一个解释。

女孩显然并不认识张晓舟,但张晓舟却明显对女孩非常熟悉,甚至是有着一种异样的感情。这让钱伟非常惊讶,认识张晓舟的时间不长,他还是第一次看到张晓舟这么失态。

“对不起！对不起！”张晓舟向女孩连连道歉,他不知道自己刚才是怎么了,为什么会鬼迷心窍做出了这样的事情,“我只是太激动了……你住在颐泰花园四幢 302 室,对吧?”

女孩的脸已经红到了脖子,听到这话却惊讶得忘记了害羞。

“你怎么知道?”

“我住在 301 室,我……以前我经常听你在阳台上唱歌……”张晓舟说道,“很好听。”

他话里的含义哪怕是傻瓜也能够听出来,女孩的脸越发变得通红。她这时候也终于认出了张晓舟,两人住在两对门,虽然从来都没有打过照面,但多多少少有些了解。

“你是张教授?”她低声地说道,但有些不敢确定。

她搬进来之后曾经在楼下与一楼的老太太聊天,那时候老太太就告诉她,在她对门住着一位很年轻的教授。但在她的想象里,能够成为教授这么厉害的人,所谓的年轻应该也在四十岁以上了。她从来也没有见过他的样子,只是有时在家里也会透过窗户看到张晓舟匆匆离开的身影,感觉这个“张教授”的确年轻得有些过分。

但她从来没有想过,自己在阳台上一边晾衣服、照顾花草的时候,却有一个人偷偷地在隔壁听着。

张晓舟不知道应该怎么解释自己是副研究员而不是教授,但现在这个环境显然不是叙旧的好地方,于是他说道:“我……我们先赶快离开,有什么以后再说。”

“你们几个可以坐到中间那几辆车上。”他随手指挥李彦成等人把这些人安置在属于安澜大厦的三辆车上,这些人的年龄都不大,最年长的一个应该也没有超过三十五岁,这让他不由得动起了心思。如果能够把他们留在安澜大厦,对于整个团队的年龄和人力构成都是非常重要的改变。但更重要的当然是那个他至今也不知道名字的女孩,不管付出什么样的代价,他一定要把她留下来。

“等一下!”女孩突然说道。

张晓舟诧异地看着她。

她的脸微微红了一下,但很快就把目光转到了一边,问道:“刚才你们说的那些都是真的吗?”

“当然是真的!”张晓舟微微有些生气。

“那你们还会回这里来吗?”女孩问道。

“最近一段时间应该不会来了。”张晓舟摇了摇头,她到底想说什么?

“那……那有些东西必须要带走!”女孩坚定地说道。

“张晓舟!”刘玉成从后面跑了过来,一些车子上的人还在拼命地塞东西,但他之前说好的十分钟早就已经到了,“还走不走?”

“什么东西?”张晓舟问道。

“种子!”女孩在他的目光下有些不自然,但她还是大声地说了出来。

“什么?”张晓舟惊讶地问道。

“玉米种子!还有好几种亲本的种子!”女孩大声地说道,“我是种子公司的……这几天我一直在想这个事情,如果不是这些怪物侵入了我们的世界,而是我们到了它们的世界,那……那这些种子也许就是我们生存下来唯一的希望了!张教授,你明白吗?那些都是高产抗病的杂交种子……”

“在什么地方?”张晓舟一下子激动了起来。

别人也许不知道什么叫作亲本,但他怎么可能不知道?

虽然他研究的对象是动物而不是植物,但这曾经是他在大学里的一门基础课的内容，研究所里也有专门研究优质杂交牧草种子的实验室。每隔一段时间，各个实验室之间都会相互通报课题的研究进度，这让他对杂交育种多多少少有些认识。

作为中国人，也许没几个人知道什么是杂交玉米，但应该没有人不知道杂交水稻，这种作物的诞生曾经解决了数亿人的粮食问题。

但其实，杂交作物普遍存在于农业生产当中，就张晓舟所知的，就有水稻、玉米、小麦、棉花、甘薯、牧草、蔬菜、瓜果等很多农作物。

杂交作物通常具有高产、抗病、高适应性等优点，但如果用收获的杂交种继续种植，下一代产出的作物却惨不忍睹。这就决定了，没有亲本的杂交种子，根本就没有办法维持长久的高产。

但如果手上有了亲本……张晓舟不由得兴奋了起来。

有了亲本，他们就能够源源不断地收获高产的杂交种子，无论是自己种植还是交给其他团队，都意味着希望和未来，甚至是长久的繁荣，意味着人们不再需要冒险到丛林里去获取食物，在城市中广泛地种植玉米就能满足生存的需求。即使是自私地仅仅考虑团队的利益，对于他们这个团队来说，控制了杂交玉米种子的培育或许比任何武器、任何物资都更能让他们在远山市的未来占据重要的地位。

女孩被他急切的态度吓了一跳，她原本以为要花费很多口舌才能说服张晓舟，没想到他的表现甚至比她自己还要激动。但她很快就恢复了正常，他不是教授吗？教授懂这些是正常的吧？

“我们公司就在市场斜对面的那个院子里！”她对张晓舟说道。

张晓舟爬上车子往她指的方向看了一眼，那个地方距离副食品批发市场的大门不到五十米。

“多吗？”张晓舟问道。

“种子有十几吨，但亲本每种大概只有几百公斤。”女孩焦急地说道，“问题是，这些东西还没来得及进冷库，都放在仓库里，这样的天气会受潮发霉的！那就全完了！”

十几吨？即使是把这些种子当作应急口粮也值得他们去努力了，更不要说它们存在的意义。

但现在……

张晓舟稍稍迟疑了一下，对李彦成他们说道：“把那辆车子上的东西全卸下来！

快！”

“张晓舟！”人们一下子惊讶地叫了起来。好不容易搬上车子的东西，这一车足够他们吃很久，全搬下来？

“相信我！那些东西比罐头和大米之类的东西重要多了……也许比我们任何一个人的生命都重要！我现在没有办法细说，但你们一定要相信我！回去有时间我再和你们解释！”

人们犹豫了一下，终于选择了相信他。

于是后面那些已经装得满满的车子上的人突然看到了一件让他们极其惊讶的事情，属于安澜大厦的那辆排头车上的人们开始疯狂地把已经装上车的东西又全都搬了下来。

被称为王哥的男人偷偷观察着其他人的表情，他们对张晓舟的指挥显然很认同而且习以为常，这让他不由得动起了心思。

“快！我们也来帮忙！”他大声地说道。

有了这十几个人的加入，速度一下子快了好几倍。

“张晓舟！你们在干什么？又发什么疯！”几个小团队的负责人忍不住从自己的车上跳下来，匆忙向他们这边跑了过来。

“那边有玉米种子！”张晓舟大声地对他们说道。

“玉米种子？”有人愣了一下。

他们当然知道种子意味着什么，但是，谁知道自己是不是能活到收获的时候？

看着自己好不容易才装满的车子，有谁甘心把它们搬空？

“下次来不行吗？现在先回去啊！”

“下次？”张晓舟看着他们焦急而又贪婪的表情，“下次那些种子可能就不行了！”

这一次他们到现在为止都是有惊无险，但下次还会这样吗？

有了这些食物打底，还有多少人愿意再一次跟着他们来冒险？

如果没有下一次了呢？

装满这一车种子也许只要半个小时的时间，却意味着无穷的希望。

“听我说……”他试着对他们讲述自己这样做的理由，但大多数人根本就听不进去。他们的目光一直游离着，寻找着那不知道躲到了什么地方的暴龙。

还要半个小时？

如果这时候暴龙出来了，而且对他们发起攻击，那他们该怎么办？

什么都没有的时候他们愿意听张晓舟的建议和指挥，但现在，只要把车开回去，他们就一定能比别的人活得更好，活得更久。

为什么又要冒这样的风险？

“你自己说的最后十分钟。”一个团队的负责人吞吞吐吐地说道，“现在都快一刻钟了！”

“我们先撤，有机会再来运你说的种子！”

“快走吧！不然就来不及了！”

人们纷纷对张晓舟说道。

“你怎么那么多事啊！”络腮胡这时候也跑了过来，“走不走随便你，反正我们要走了！”

他煽动着几个团队开始倒车，安澜大厦的那辆尾车挡着路，他们爬上车去，把车子移到了一边。

“张晓舟？”剩下的人犹豫不决地看着张晓舟，队伍的分崩离析让他们紧张了起来，一些人也想跟着这些人离开，但又不愿意丢下带着大家一起到这里来的人。

“请你们相信我，给我最后半个小时！”张晓舟大声地说道。

一些不明就里的人以为已经到了撤离的时候，开始开车跟着络腮胡他们的车子往外走，之前计划好的队形完全被打乱了，行动变得极其迟缓。

“把车子开到那边去！”张晓舟对刘玉成说道。

他咬了咬牙，狠狠地踩下了油门。

“希望你知道自己在做什么！”钱伟在张晓舟身边说道。

“相信我，我不是那种看到女孩子就失去理智的人。”张晓舟对钱伟说道，“回去我会详细地和你们说，那些亲本的意义或许比我们任何一个人的生命都重要！”

钱伟什么都没有说。

钱伟不知道什么是亲本，更理解不了张晓舟所说的什么意义，但认识张晓舟以来，他还没有犯过什么明显的错误，这让钱伟愿意相信他这样做有足够的理由。

但那些人……

他们这辆车子正在往后倒车，钱伟回头看着络腮胡他们的车子陆续驶离批发市场大门，心情变得非常复杂。

"李洪、李彦成、高辉，你们几个跟我来！张孝泉，你跟好张晓舟！"

在这样狭窄的地方只能慢慢地倒车，后面的车子也没有完全离开，只能走走停停，他们趁着一次车子停下的机会跳下车，跟着钱伟向那些还没有走散的车子跑去。

张晓舟身边除了刘玉成和张孝泉之外，竟然只剩下了之前从那个铺面里救出来的人。

"张教授对吧？我们能帮点什么忙？"被称为王哥的男子问道。

"叫我张晓舟就行了。来几个胆子大体力好的，先跟我过去！"张晓舟也等不及车子慢慢过去了，他拿起一根撬棍，跳下车子往大门那边跑去。

王哥犹豫了一下，点了几个人，跟在他后面跑了过去。

他跑到面前才看到大门已经扭曲得不成样子，铁制的门闩被巨大的力量扭得弯成了直角，轻轻一推，门就发出一声刺耳的噪声，晃晃悠悠地打开了。

"小心！"张晓舟对紧紧跟着自己的张孝泉说道。

他有点后悔没有带着打火机和燃烧瓶过来，但现在折回去又太浪费时间了。

映入眼帘的是一块大概有两三亩地大的水泥平台，看上去像是停车场，但旁边的办公楼只有矮矮的四层，让人感觉应该不需要这么大的停车场。

"这是晒种子的地方。"女孩的声音突然在他身后响了起来。

"你怎么来了？"张晓舟问道，"快点回车那边去，这里太危险了！"

"我不来，你们知道亲本在什么地方？"女孩微微有些不高兴地说道，"别把我当成累赘！"

张晓舟这时才意识到自己之前的口气太冲了，但他还来不及解释，女孩已经猫着腰向办公楼那边小跑了过去。

"你干什么？"

"我去找钥匙！"女孩答道。

"别操心那个了！"张晓舟扬了扬手中的撬棍。

几个人小心翼翼地向着晒谷场旁边那幢钢架结构仓库样子的房子走去，门大开着，张孝泉捡起一块石头向那边砸去，石头落在地上，什么都没有发生。

“应该没事。”张孝泉松了一口气。

周围的围墙很高，应该不会有什么恐龙突然跳过来。

他们跟着女孩跑进了仓库里。

“该死！”张晓舟忍不住说道。

里面一袋袋的种子堆积如山，下面都用木头架子专门垫高以防止积水，但一块顶板不知道是因为什么原因落了下来，这让雨水一直在直接往里面灌，至少他们看到的地方，大片大片的区域都积着水，那些袋子也全都湿漉漉的。

“怎么会这样！”女孩焦急地向里面跑去，突然“啊”地叫了起来。

张晓舟一直跟在她身后，急忙把她拉过来用自己的身体挡着她，但他很快就看到了女孩惊叫的原因，那是一具尸体，已经被啃得七零八落。

“他应该是给我们看门的……”女孩的声音有些悲戚，但在张晓舟看来她的表现算是很好了。

他小心地检查了一下。

“两条腿都断了……”他看了看上面那个洞的位置，“他应该是被什么东西追进来，然后一直爬到了房顶上，结果踩到了没有支撑的地方……”

“这些种子还能用吗？”张孝泉迫不及待地问道。这几天他们看到的类似这样的尸体已经太多了，根本就没有办法勾起他的任何情绪。

“我不知道。”女孩摇了摇头，“我们之前卖出去的都是干燥的……这样泡过水的……”她的声音不知不觉带起了哭腔。

“亲本在什么地方？”张晓舟问道。

“在那边。”女孩指了指仓库里的一个小房子。

张晓舟用撬棍几下就打开了房门，这是一间干燥室，角落里放着一桶一桶专门用来吸干空气中水分的干燥剂，所有亲本都放在架子上，用麻袋装着，每个袋子上都用塑料标签标注着张晓舟看不懂的数字和字母。

看起来至少有七八十袋。

“要哪些？”他对女孩问道。

“我不知道……”女孩却意外地答道。

“你不知道？”

“我刚来还不到一年……没资格接触亲本。”

张晓舟这时候才想起，女孩搬来其实只有半年。

“你知道他们的资料在什么地方吗？”

“知道！”

“带我过去！”

张孝泉懵懂地跟了进来。

“张孝泉！你负责看看哪些种子没浸水，一会儿我们优先搬那些没浸水的！”

女孩带着张晓舟向办公楼跑去，张晓舟看到车队已经分散成了两队，一些人跟着络腮胡他们的车子已经开始走了，而另外一些车子则在钱伟他们的指挥下正在排成车队。

太好了……

他的心里一下子安定了不少。

“这间！”女孩指着二楼楼梯旁的一间房子说道。门上挂着“实验室”的牌子。

“你站开一点儿！”张晓舟说道，随即一脚狠狠地把门给踹开了。

里面的设备并不多，但靠近窗子的一侧有一个温室，大概是用来做发芽试验之类的工作的地方，一张桌子上堆着一大堆书和笔记本之类的东西，旁边还有一个大大的柜子，里面也塞满了资料。

张晓舟一阵头疼。

他自己的实验室一定要收拾得整整齐齐，资料和参考书都要分门别类放好，甚至在书架上贴上标签，没想到这里的实验人员这么不讲究。这样杂乱的摆法，要怎么找？

外面突然传来了喇叭声，他跑到门口，之前的那辆车子已经开进来了。

他随手把旁边一个装东西的箱子拿过来，把里面的东西都倒了出来。

“你负责在这里找资料，找到之后放在这里面，要快，知道吗？我们不搞科研，能弄清楚哪些父本配哪些母本就行了，明白吗？”

女孩点点头，于是他轻轻地拍了一下她的肩膀，大步流星地向着车子跑了过去。

“张教授！”女孩突然叫道。

“什么？”

“你们搬的时候注意多搬秋瑞四号，那种玉米是专门在热带种植的！”

“知道了！”

看着张晓舟匆匆离去的身影，女孩突然想到了之前那个突如其来的拥抱，想到了在仓库里那个第一时间挡在自己前面的身影，脸一下变得通红。

她突然握起拳头在自己脑袋上重重地敲了一下：“李雨欢，你犯什么花痴，也不看看是什么时候了！快点找资料！找资料找资料！”

张晓舟却丝毫不知道女孩在自己身后干了什么，他匆匆跑向车子，拉住外面的钢框站了上去说：“刘哥！开到那里面去！”

堆积如山的种子让所有人都震撼了一下，对张晓舟的怀疑也少了很多。最起码，这些东西种不了拿来吃也能吃很久了。

“张孝泉？”

“这边！”张孝泉的身影出现在种子堆上，“这些都没弄湿！”

“是什么品种？”张晓舟问道。

“品种？我看看……远油三号！”

“有秋瑞四号吗？那是热带种，我们要优先搬那个！”

“你等一下！”

张晓舟指挥车子往里面开，但经过改装的车子太宽，根本没有办法开进去。

“找到了！不过有点湿了！”

“不管它！就搬那个！”张晓舟带着人匆匆地往那边赶，那堆种子堆放的位置距离那个大洞不远，明显也受潮了，张晓舟粗暴地直接把一整列种子推倒，露出了里面被压着的那些。

他用手摸了一下，兴奋地叫道：“里面这些没事！先搬里面这些！”

人们开始快速地行动了起来。

“来两个人，跟我去搬亲本！”

远处突然传来了暴龙的咆哮声，张晓舟焦急地跑了出去，却看到钱伟站在院子门口。

“不是我们这儿。”他看着张晓舟说道。

隐隐约约有人的惨叫声传来，张晓舟的眉头不由得皱了起来。

"是他们……"他深深地吸了一口气说道。

钱伟点了点头。

那只暴龙也许根本就没有走远。

科学家们一直都认为,以它们的身体构造,充当伏击者和食腐者的可能性要远远地大于追击者。

它也许一直躲在附近观察他们,当它发现这群古怪的生物分散之后,它便毫不犹豫地袭击了队伍更凌乱的那一方。

惨叫声就在不远的地方,站在他们这里却看不到。

也许就在转过弯之后的某个地方。

从理论上来说,这些不幸的牺牲者填饱了暴龙的肚子之后,他们回去的路上也许会更安全一些,但张晓舟和钱伟都高兴不起来。

虽然是那些人首先抛弃了他们,但不管怎么说,他们都是曾经的同伴。

"我们什么都做不了。"钱伟对张晓舟说道。

拉满东西的车队没有办法快速前进,很多车子都已经严重超载。

事实上,张晓舟之前最担心的就是车子抛锚和爆胎的问题,甚至专门对此做过预案,但他们没有考虑过有些车子提前离开的情况。

这些车子能够保持一挡和二挡稳稳地越过那两个土坡开回去,张晓舟就要感谢上天了。以这样的车队,根本不可能迅速地赶过去帮助他们。

正说话间,前面有几个人转过街角,拼命地向他们这边逃了过来,所有人的心都提了起来,但仅仅是几秒钟之后,暴龙那巨大的身躯就出现在了他们身后。它迈步的频率并不快,但它每迈出一步,与他们的距离都在迅速拉近。

"按喇叭!"张晓舟大声地叫道。

车队这边所有的车子马上都拼命地响起了喇叭声,但这丝毫也没有分散暴龙的注意力。它的脑袋在奔跑中突然低了一下,一个人的身体马上高高地飞了起来,撞在路边不再动弹,而另外一个人则被它一脚踩在脚下。

第三个人开始向侧面逃去,试图用蛇形路线来躲避暴龙的袭击。回应他的是那条粗壮而又修长的尾巴,只是轻轻的一甩,那个人就直接飞了出去,一头撞在围墙上动也不动了。

在这样的巨兽面前，落单而且赤手空拳的人类简直就是最好的猎物。

喇叭声停了下来。

暴龙向车队这边看了看，低下头把脚下的那具尸体咬在嘴里，轻轻地撕成了两半，然后示威一般地对着他们这边咆哮了起来。

一片死寂。过了几秒钟，张晓舟对钱伟说道："一定要想办法干掉它，不然我们就没有希望。"

他快步向仓库跑去，在十几个人的努力下，车子已经装了一半，最关键的是亲本的种子已经全部装在了车上。车里还有空间，但车胎已经明显被压了下去，张晓舟似乎能够听到车架的呻吟。

"好了！不能再装了！"他对人们说道。

"还能装啊！"张孝泉看着车里的空间说道。

"这车已经承受不了了。"张晓舟说道。

一麻袋种子应该是三十公斤，车里已经放了一百多袋。加上那些袋子小一些的亲本种子，至少已经装了四五吨的货。

如果是货车，也许超载几倍甚至十几倍都没有问题，但这只是普通的金杯面包车，它的车架应该没有办法承受太过于夸张的重量。

"这几袋湿的扔下去！"张晓舟上车检查了一下之后说道。

干燥的种子重量大概是三十公斤，但吸了水之后，重量一下子就上来了，还容易发霉，拉这样的种子对于他们来说非常不划算。

几个人心有不甘地把湿的那几袋种子扔下车去，刘玉成开着车便往外走，这时候，张晓舟想起了什么，跑进冷库提了几桶干燥剂出来。

车子从办公楼前驶过，张晓舟跑上楼去，女孩已经找了一大箱各式各样的资料，看上去还在对一些资料犹豫不决。

"还没弄好？要走了！"

"张教授……"女孩的脸微微地红了一下，她有些苦恼地说道，"这些资料我不知道应该怎么选。"

张晓舟看了一眼她面前的那堆书，摇了摇头："犹豫就说明不是必需品，那就都不要！"

他弯下腰准备把那箱书抱起来，但没想到，看着不大的箱子，分量却很重。

“我来帮你！”女孩急忙说道。

两人一起抬着那个箱子下了楼，把它放在了车上。

“我们走！”张晓舟说道。

这辆车子加入了车队之后，所有人都松了一口气，暴龙早已经吃掉那几个人，慢慢地回到了批发市场里，他们小心翼翼地保持着与那边的距离，维持着车队的阵形离开了这个地方。

刚刚转过街角，就看到一辆改装过的越野车撞在路边的灯杆上，失去平衡倒在地上，车子的后面被撕开一个大口子，里面的东西掉了一地。另外一辆面包车横在路中间，车胎爆了一个，整个车体歪倒在一侧，旁边有一摊血迹，但车上却空无一人。

“下来几个人！”张晓舟叫道。绕开这辆车必定要让这个车队混乱起来，也许这就是之前离开的人被暴龙攻击的原因。

靠前的几辆车子上各自跳下来几个人，他们强迫自己不去看地上的那些鲜血、肢体和衣服的碎片，把车上的东西以最快的速度搬到一边去。

并不是他们不想要这些东西，但这辆车子已经用自己的悲惨遭遇给大家树立了一个再糟糕不过的反例，没有人敢再因为贪心而让自己或者是其他人遭遇这样的不幸。

车上的东西很快就被扔在路边，十几个人半推半抬地把车子移到路边，重新上路。

也许是两辆车上的人已经喂饱了暴龙，直到他们艰难地排队翻越高速公路，它都没有再出现过。

“我们该怎么办？”当所有车子都下了坡以后，张晓舟却看着那个土坡有些无法确定该怎么做。

这也许是连接南北两个城区唯一的通道，留着它，人们也许就可以继续设法通过这条道路获取食物。但同样地，留着它就意味着暴龙和更多的恐龙可以轻松地翻越高速公路到北城来。

用什么东西把它堵住？

张晓舟摇了摇头，姑且不说能不能奏效，如果有人因为某种原因忘记了再把它堵上……但他的人手还没有多到可以专门安排人来这里守着。

人们都看着他，他最终摇了摇头道：“毁掉它！”

一辆临时找来的越野车向后倒车，把埋在土坡下面的那辆车子慢慢地顶开，随后是另外一辆，他们小心地把车子推到远离高速公路挡墙的地方，以免它们的高度被某种善于跳跃的恐龙借用。

花费近百人的四个小时辛勤劳动建成的简易土坡就这样在一刻钟之内完全崩塌，只剩下一个个高度不超过一米的土堆、各种各样被埋在土里的物品和几辆远离这个地方的装满了土的车子。

他们用一根打了绳结的绳子把那几个勇敢的司机从下面拉了上来。

“这根绳子就留着吧。”张晓舟说道，“也许能救什么人一命。”

从高速公路往下的土坡他们没有去动它，如果暴龙上了高速公路，那它不需要借用这个土坡也能够轻松地跳到城北这一侧来。

车队继续向北，高速公路渐渐被他们甩在后面，人们的心情不知不觉地放松了，脸上的笑容也渐渐地露了出来。前面已经有老弱妇孺在等待他们，但车队一直都没有散开，很快，他们就到了安澜大厦门口。

车队终于停了下来。

属于张晓舟他们的五辆车子从车队里缓缓地开了出来，那把车子压得几乎走不动路的沉甸甸的收获，让那些站在门口等待他们的人忍不住大声地欢呼了起来。

这并不仅仅是食物，更多的，是在这个世界活下去的希望。

车队里的人们在这个时候也终于忘却了之前那两辆车子的惨状，跟着他们大声地欢呼了起来。

“没想到我们真的会成功！”

团队的负责人们纷纷走了过来，人们相互庆祝着，这场可以说很成功的冒险和他们最后的不离不弃消除了他们之前的隔阂，每个人都过来和张晓舟他们握着手，甚至是和他们拥抱。

“多亏了你们！”

“不，这是大家的胜利。”张晓舟说道，“如果不是大家的努力，如果不是大家严格地按照我们之前制订的计划来做，我们不可能成功！”

他让张孝泉把那些种子搬了一些过来，分给每个团队一袋。按照包装上的说明，这三十公斤的一袋足够种十来亩地，足够任何一个团队使用了。

“多谢!”他们中的一些人还在考虑着要怎么才能从张晓舟这里弄到一些种子，没有想到他会这么慷慨，这让很多人对他越发有好感了。

“都回去吧!”张晓舟明白他们肯定有话要对自己说，但现在不是合适的时机，“家里人还在等着你们，我们改天再聚。”

“好！好!”人们的心其实早就已经飞到了自己的家人身边，约好了时间以后，全都匆匆忙忙地离开了。

张晓舟他们开始把车上的东西往楼里卸，这时候，他才看到了被他们救出来的那些人正尴尬地站在旁边，不知道应该做什么。

张晓舟笑了起来。

“张教授……我们?”王哥代表他们问道。

“你们愿意留下吗?”张晓舟问道，他把那五条原则拿出来给他们看，然后说道：“我们也许不是最强大的团队，也不是人最多的团队，但我相信，我们应该是最有前途的团队!”

王哥看了看自己身后的同伴们，把那张纸还给了张晓舟：“我们的命都是你们救的，这还有什么可犹豫的？只要你们肯收，我们很愿意加入!”

张晓舟看了看自己身边的人，每个人都喜笑颜开。有这十四个年轻人的加入，他们的力量将会大大增强。

他张开了双臂：“那我代表安澜大厦的全体成员，衷心地欢迎你们!”

第2章 新的局面

这一天他们享用了来到这个世界以来最丰盛的一顿晚餐。

当然，所谓的丰盛只是相对于每天或稀或稠的各种各样的乱炖粥而言，每个人都有一大碗真正的白米饭，而且还有咸菜、罐头、水发的竹笋和木耳。

所有人都吃得心满意足。

唯一的遗憾在于没有蔬菜，只能用一些无害的树木的嫩叶代替。这些东西说不上有什么口感，唯一的作用只是补充身体所必需的维生素。

他们甚至奢侈地打开了发电机，为食堂供了一个小时的电，大家一起用笔记本电脑和投影仪看了半集在楼上某间办公室里找到的一部奇烂无比的搞笑片。那些电脑里肯定还有更多的片子可看，但用发电机来一台台地搜寻电脑里的资料太过于奢侈，他们没有那么多汽油来浪费。

所有人都看得津津有味，许多人看到片中那熙熙攘攘的都市场景时，忍不住流下了眼泪。看到后来，食堂里渐渐响起了一片哭声，这让张晓舟不得不提前结束这次狂欢，让大家平复心情之后各自回去休息。

“还习惯吗？”他专门把今天刚刚加入的那些人和安澜大厦的管理团队成员留了下来，相互之间进行了一些介绍。

这十四个人对于他们来说是宝贵的财富，对于张晓舟来说尤其如此。

“都自我介绍一下吧。”他笑着说道，“我们管理团队先来带个头。”

张晓舟在管理团队中最后一个介绍自己，他同时也简单地介绍了一下安澜大厦这个团队建立和确立那五条原则的过程。他注意到，新来的人里面，大部分人对此其实并不是很关心，他们似乎对团队会怎么安排自己更感兴趣，但也有两三个人听得很专心，其中就包括那个年纪最大的王哥。

这个人也许可以依靠，但还得观察一下。

张晓舟这样判断。

“好了，大体情况就是这样，其他的东西你们分了组之后可以慢慢向其他人了解，现在，请介绍一下你们自己吧。现在天还早，没关系，想怎么说都可以，越详细越好。”

新人们相互看了看，最后还是女孩子们先开始介绍自己。

四个女孩都很年轻，而且都还是单身，不过其中一个专门说明了，自己的男朋友就是队伍里的另外一个人。张晓舟把这个记了下来，准备给他们单独安排一间小屋子。

她们中最大的一个不过二十六岁，最小的只有十九岁，多半都是在副食品批发市场上班的职员，因为图方便在附近租了房子，莫名其妙地成了穿越大军中的一员。

张晓舟很快就对她们失去了兴趣，以她们的知识和阅历，对团队的作用应该很有限。从长远来考虑，她们最大的贡献或许是成为一个健康的母亲。

他忍不住把目光投向了李雨欢，当然，他现在还不知道她的名字。对于他来说，她之所以那么重要，除了是他过去生活的一部分，承载了他心中很多无法言喻的情感之外，更多的却是因为她的职业。

团队的未来也许就掌握在她的手上，她能不能利用好那些亲本，持续不断地培育出合格的杂交种子，对于整座城市的人们来说，都是一件非常重要的事情。

“我叫李雨欢，今年二十三岁。”她的声音终于响了起来，张晓舟的注意力一下子就全部集中在了她的身上，“我学的是市场营销，之前是金瑞种业的一个员工，主要是负责种子销售方面的工作，不过育种、种植之类的事情，入职的时候公司里的老师们做过将近三个月的培训，我们还到育种基地去实习过一个月，我觉得我可以胜任和玉米种植相关的大部分工作。”

天色已经渐渐暗了下来，房间里仅仅依靠烧水的那一点火光来照明，其他人看不到张晓舟的目光，但李雨欢却分明地感觉到了他的目光，这让她的脸红了起来。

“我喜欢唱歌……喜欢登山，比一般的女生力气要大一些，有什么体力活我也可以帮忙的……”

等她介绍完自己，张晓舟带头鼓起掌来，钱伟悄悄地用手肘推了他一下，轻声地笑道：“你也太厚此薄彼了吧？”

张晓舟厚着脸皮笑了几声，算是默认了这个意思。

他当然不想让自己变成一个登徒子，但之前两人重逢的时候他既然已经无意识地表露出了自己的想法，那他也就不会再刻意地去隐藏什么。现在这个世界没有条件也没有时间来奢侈地按照以往的惯例慢慢培养感情。说白了，每个人每一天都有可能因为某种原因或者是意外死去，如果还像之前那样被动地等待爱情，那最终的结果很可能是什么都得不到。

之前他对于感情并不是一个很主动的人，信奉的是“两情若是久长时，又岂在朝朝暮暮”。也许正是因为如此，之前的那段感情才会那样无疾而终。

在现在这个世界里，他不想再经历一次那样的事情。

不管她心里是怎么想的，他都要先让其他人知道他的想法，让他们知难而退，然后再想尽办法去争取她的好感，对于他来说，这就是他现在所要做的事情。

李雨欢几乎是逃回了自己的座位，坐在她身边的那个女孩低声地取笑着她，她低着头，不敢看张晓舟这边。

“那么，我们的男同胞来吧！”张晓舟说道。

他们的情况要稍稍好一些，普遍年轻而且孔武有力，表示出了一定的服从性，大多数人依然是副食品批发市场附近的员工，或者干脆就是在里面值班的工人。唯一让张晓舟注意的就是那个王哥，他自我介绍说自己叫王牧林，是副食品批发市场旁边一家汽车 4S 店的副经理，事情发生的那天白天，他和仓管员一起盘点，弄到很晚，停电之后就被困在了 4S 店里。

“困在店里？”张晓舟问道。

“事情发生的时候，有辆车子失控撞在围墙上，车上的人受伤很重。”王牧林一边摇头一边说道，“当时不是停电吗？有很多人出来看情况，也有人帮忙救人，乱作一团。电话打不通，于是有几个人自告奋勇地徒步去派出所求援，但他们还没回来，那些东西就突然出现了。”

“血腥味把它们引过来的?”张晓舟喃喃地说道。

“也许吧。”王牧林摇了摇头。

“是哪种恐龙?”张晓舟问道。对于他来说,这是很重要的一手资料。

“我不知道。”王牧林却摇了摇头,“大概两米高?当时所有人都在逃,根本就没看清楚。”

“然后呢?”

“那些恐龙没撞碎我们店门的玻璃,就追着其他人跑了,我们大概四十几个人一起被困在 4S 店里,通信中断,又不敢出去,只能用展厅里的车子挡住大门,躲上了二楼。大概两点多的时候,外面有枪声,大概是警察来了。不过很快就停了,外面太黑,什么都看不到,我们没敢出来。”

张晓舟对他坦诚的态度感到很满意,他并没有标榜或者是美化自己,这一点在张晓舟看来是很重要的品质。

“这里有 4S 店的人?”

“没有。”王牧林摇了摇头,“当时和我一起躲在 4S 店的人一个都不在了,也许是逃到其他地方了。”

“后来呢?”钱伟问道。

“天亮了以后,我们终于可以看清楚外面的情况。那些东西都不见了,地上到处都是血迹,却看不到尸体,一些人想要出去找救援,但也有很多人觉得继续躲着等别人来救我们更好,大家争执了很久,最后那些人决定自己出去……谁知道,他们刚刚走到街上,那些东西就从不知道什么地方冒出来了……”

他脸上的表情有些狰狞,那些场景一定在他心里留下了很深刻的印记。

“我们在 4S 店里躲到差不多九点,那只暴龙就出现了。它追着一个人向我们这边跑过来,然后直接撞碎了展厅的玻璃外墙……我们一下子崩溃了,所有人都拼命地往外跑。我跟着一个人往批发市场里冲,但大多数铺子都关着门,几乎绝望了……后来,终于看到那个铺子的门打开了……我们全都不假思索地跑了进去,把门拉下来,然后把所有的货架都顶在门上……

“我们这些人就是在那个时候被困在一起的。”

他终于说完了自己的故事。微弱的火光下,张晓舟看到他脸上亮亮的,像是流了很多很多的汗。

“没事了。”他站了起来,挨个拥抱着他们。“已经没事了。”他对他们说道,“你们到这里就安全了,那些东西不会再威胁到你们。没事了……今天累了一天,大家都去休息吧!你们的房间已经准备好了,在二楼,男女分开,门上应该贴了标签,虽然黑一点,但应该不难分辨。厕所在走廊两端,男女都有。等会儿如果有人想擦洗一下,统一都在隔壁的盥洗室,但现在这个情况,水不多,每人就只有一盆,请大家尽量节约,尽量克服。我们给你们准备了干净的衣服,在楼梯口的那个房间领取。”

这样的安排让他们很满意,现在这个情况,不会有人奢侈到非要淋浴或者是泡澡。他们在那个狭小的空间里困了那么多天,早就感觉自己浑身都发痒了。女孩子们甚至轻声地欢呼了起来。

张晓舟笑着摇了摇头:“你们先好好睡一觉,我们明天再来给大家安排具体的工作。你们放心,我们有专人值班,不会有事的。”

连续几天都在下雨,安澜大厦其实并不缺水。但大家都知道雨水中往往有着为数不少的粉尘、细菌,甚至是某些植物的种子,尤其是在白垩纪这样有着大量蕨类植物的环境中,雨水中很可能带有很多细小的孢子,不可能直接用来洗脸或者是饮用,因此,食堂每天的工作里,有很重要的一项就是把从屋顶收集来的雨水用张晓舟和钱伟他们制作的简易过滤装置过滤,然后分装在十几个大塑料桶里,供人们使用。其中相当大的一部分必须要烧开,加入少量的食盐,以便在这样湿热的环境下给大量出汗的人们饮用。

这样的举措是为了保证人们的基本健康,但因为劳动力严重不足,每天能够过滤的量非常有限,正是因为如此,每人每天能够供自己支配的水的量只有一盆,任何人都没有特权。

人们开始一天中难得的休憩时光,聚集在盥洗室里擦去一天的疲惫。因为天热,用微微带着一点温度的凉水擦洗身体反而让人感到很惬意,人们兴奋地谈论着今天的丰收,向留守在大厦里的老人们吹嘘着自己的英勇,讲述着那些抛弃车队自行其是反倒引来了死亡的人的命运。

“真可怜,他们的孤儿寡母该怎么办?”不知道是谁突然不合时宜地轻轻感叹了一句。

盥洗室里突然沉默了,黑暗中,人们看不清周边的人们是什么样的表情,但每个人都明白这是一个禁忌的话题,就连说出这句话的人也马上就意识到了自己的失言,什么都不敢再说了。

那些人当然可怜,但同样身处困境中的他们并没有什么资格去施舍自己的同情心。现在他们的东西看上去暂时是够吃上一阵子了,可谁知道呢?周围并没有什么适合种植粮食的地方,人人都知道张晓舟的计划是在四楼到六楼甚至是天台种植玉米,但这块面积满打满算也只有六亩左右,再怎么精心照料,即使一年种三季而且保证高产,这么大一点儿的土地上能够收获的粮食也不会超过十五吨。

但以他们现在的人口,即使是再也不增加,一年至少也要消耗三十吨粮食。

多一个人,就意味着每年三四百公斤粮食的消耗,还有随之而来的水、燃料和各种各样的物品的消耗。这样巨大的代价,让每个人都清楚自己没有能力也没有资格去同情别人。

这个话题很快就被其他话题掩盖,当最后一个人从盥洗室里出来,哼着一首谁也听不懂的歌曲走向自己的房间时,整幢房子终于渐渐地沉寂了下来。

张晓舟睡前照例去检查了三个哨位,并且再一次对他们强调了这份工作的重要性。

“我们现在是周边区域里物资最多,也最惹眼的团队,但我们根本还来不及加固我们这幢建筑物,不管是有人摸进来偷东西、抢劫,甚或仅仅是在外面搞点什么破坏,对于我们来说都有可能造成巨大的损失,甚至有可能让整个团队都陷入生存危机。这份工作很简单,但责任很重大,你们一定不能掉以轻心!”

“张队长,你放心,你都强调过这么多次了,我们心里有数!”他们信誓旦旦地回答。

在那个晚上查到翟彪的父亲值班时睡觉后,张晓舟很快就制定了针对值班员的规定,管理团队的成员每天晚上都会轮流起来抽查,而一旦查到有人脱岗或者是打瞌睡,除了在每天早上的全体会议上通报批评外,还会处以扣除当天全部用水和扣减一半口粮的惩罚,不允许家人分担。如果造成了重大的损失,将会处以最低关五天禁闭。

他希望这样多管齐下的手段能够让这些人认识到这个任务的重要性,就现在看来,效果还算不错。

经历了连续两天的劳累,他几乎是刚刚躺在床上就睡着了。

“张队长! 张队长!”

隐隐约约的叫声就像是在他刚刚睡下时就响了起来,他睁开眼睛,却看到外面天已经亮了。

敲门声仍在不断地传来,终于把他彻底惊醒了。

“怎么了?”他的心情一下子高度紧张,发生了什么事情?

“你快来看看,我们的车子不见了! 还有鱼池里的鱼!”

他满脑子懵懵懂懂,跟在那个人身后匆匆从侧门出去,才看到安澜大厦侧面的那道铁门已经被人粗鲁地破坏掉,现在正敞开着,而他们昨天停在安澜大厦后面停车场上的那五辆改装过的车子,有三辆已经不知所终。钱伟、李洪等人脸色铁青地站在绿化带的鱼池旁边,不远的地方是昨天晚上值班的那三个人和他们的家人,他们一脸惶恐,看上去不知所措。

张晓舟匆匆跑向他们,鱼池里被挖得一团糟,原本种得好好的荷花被人拔出来扔在了旁边的地上,下面的藕都已经不见了。最让人揪心的是里面本来专门留下来准备做种鱼的那几条锦鲤已经不见了,只剩下几条很小很小的鱼苗。

“怎么回事?”他强忍着心里的不快问道。

“今天早上刘姐起来烧水的时候发现那道门开着,被吓到了,她急忙去找值班员,却看到他正在睡觉!”钱伟愤怒地说道,“我们起来一看,车子不见了,鱼不见了,连藕都没有了!”

车子对于他们来说倒是没有什么,未来有机会用到它们的可能性已经非常小了。但那几条锦鲤和那些藕都寄托着他们对未来的希望。这些东西也许不可能让他们吃饱,却能在某些时候改善他们的生活,振作大家的士气,而这是安澜大厦所有成员都知道的事情。

老头讪讪地不知道应该说什么,他的儿子一脸焦急和不安。

“其他损失呢?”张晓舟已经不知道应该说什么了,第一次发现有这样的现象时,他忍着没有说,是因为那时候没有任何相关的规章制度,也没有公开强调过这件事情的重要性。他以为经过一遍又一遍的强调之后，人们的观念应该已经扭转了过来，但他万万没有想到，仅仅是一天晚上没有起来查夜，就出了这样的事情！

“那道门有被撬过的痕迹。”李洪说道，“但他们可能是怕惊动里面的人，撬了一下没撬开就放弃了。”

“你们俩呢？一点声音都没有听到？”钱伟生气地对另外两个值班员说道。

“钱副队长，我们可没睡觉！真的没睡啊！我们值班的地方离这边这么远，而且后半夜还下了点小雨，真的什么都没有听到！”

“张队长……钱副队长……我爸这……”老头的儿子走了过来，想要说点什么，钱伟摇了摇头，直接拉着张晓舟从他面前走了过去。

“这个事情应该怎么处理？你们是个什么想法？”张晓舟说道。

管理团队的所有成员都聚集在了他的那个房间里，张晓舟让李彦成在外面守着，不让人们在外面听他们讨论的过程。

“还能怎么处理？”钱伟怒气冲冲地说道，“正好针对这个事情专门有规章，那就按规章来！我们费了多少时间、多少材料，好不容易才弄了那么几辆车子，一下子就不见了三辆！还有那些鱼和藕！张晓舟你每天三令五申地给他们讲这些事情的重要性，他们根本就不听！我看要马上成立一个裁决庭来处理！”

刘雪梅的表情有些复杂，这个事情是她发现的，那个值班员在睡觉也是她看到的，她一开始对这件事情也很愤怒，但一想到对方有可能遭遇的惩罚，她心里又软了下去。

刘玉成想等张晓舟先表态，但张晓舟却反过来看着他们，他等了一会儿才说道：“惩罚是应该的，不然大家心里的弦一直绷不紧，对团队来说肯定是个大问题。团队刚刚建立起来，人心还不稳，这时候把事情搞大，对于凝聚人心来说没什么好处……”

“怎么没有好处？就是因为团队刚刚建立起来，才必须严格执行各项规定！噢，出了事情和和稀泥就过去了，那以后还会有人把我们的规定当回事吗？如果以后再有人犯错误，怎么处理？出了这么大的事情，造成了这么大的损失，必须让大家明白，现在和以前不一样了！”

“多大的损失？”刘玉成的脸色有些不好看，那个老人的儿子是他那个组很用得上的人，他还没搞清楚发生了什么事情的时候，那个人就专门来找他求情，那时候他还不知道鱼和藕的事情，觉得车子的问题不大，就答应了下来，现在有点下不了台了。如果老人真的被重处了，他的面子和威信怎么办?“钱伟你别抓着点事情就上纲上线，那些车子大家都明白，其实没什么用了，丢了也就丢了。鱼和藕的事情，其实也没有想象的那么严重，我们这么多人，那么个小池子里养出来的东西够几个人吃？能填饱多少人的肚子？到时候你有我没有，反倒制造矛盾。”

“你这是什么意思?”钱伟一下子不干了，“什么叫上纲上线？现在是什么时候了？以前别说几条小鱼，就是一百条一千条我都不看在眼里！但现在，这些鱼和藕很有可能是在这个世界仅有的种子了！你说不重要？刘玉成，你以前做事那套别拿到现在来使！拉拢人心不是像你这样做的！”

两人眼看要吵起来，张晓舟等人不得不把他们俩强行分开了。

“李建业，你怎么看?”张晓舟问道。

“我支持钱副队长的意见。”李建业说道，“这个事情要是放在以前，那真的不算什么，但现在，它就真是个大事了。最关键的是，这个头如果不开好，后面我们的工作就根本没有办法做下去了。即便是不考虑这个事情本身，作为我们遇到的第一个重大事件，也必须要严肃对待!”

他的意思其实和钱伟一样，但听上去要缓和得多。

“刘姐?”

“惩罚是该惩罚，但是，大家好不容易才聚拢在一起，他又是第一次……”

二比二，大家的目光都放在了张晓舟的身上。

张晓舟其实并不擅长处理这样的事情，人与人之间的关系是如此复杂，充满了数不清的变量和不可预知的因素，总是会消耗大量的时间、资源和精力，却永远也没有办法像科学数据那样简单而又直观。

但他早已经明白，这是任何人想要在这个世界上完成任何工作都必须要跨过去的坎，即使你能够一个人在实验室里完成所有的实验步骤，最后的成果也必须要得到其他人的配合才能验证。更不要说在成果审定过程中那些数之不尽的人情往来，那些让他深恶痛绝却不得不去做的事情。

但在这个世界，事情应该要简单得多，因为人们还没有奢侈到有考虑那些复杂人际关系的资格。至少在眼前，在很长的一段时间里，他们所做的全部事情的目标都只有一个:怎样让自己、让自己关心的那些人、让团队里对自己有帮助的人和其他人生存下来。

他决定把事情回归本质。无论是钱伟的从严从重还是刘玉成的高起轻放,其实都是惯性思维的结果,他们已经习惯了长官意志,习惯了被别人的意志影响自己的行为,或者是以自己的意志去干扰别人的行为。却没有想过,重要的其实永远都不是他们之中某个人的想法,而是大多数人的想法。

“我觉得最重要的事情不是眼前的这件事情要怎么处理,而是怎么避免以后发生同样的事情,避免发生后果更严重的事情。这才是问题的根本。”张晓舟对其他管理团队的成员说道,“对于责任人的处理只是其中的一个方面,并不是问题的全部。我的意见是马上按照我们共同确定的原则成立裁决庭,管理团队向裁决庭说清楚结果对于我们这个团队的意义,钱伟和刘玉成,你们都可以充分表达自己的意见,但不要过多地以自己的意志干扰裁决庭的判断,把事情交给他们来处理。”

“我们有更重要的事情去办。”他没有让钱伟打断自己的话,而是继续对他们说道,“事情已经发生了,值班员的疏忽和失职当然是很重要的原因,但并不是唯一的原因。过去几天我们的精力一直放在副食品批发市场的事情上,没有能够进一步地完善安澜大厦的安全措施,这也是那些小偷能够得手的重要原因!我们这里有足够多的食物,这已经是周围所有人都看在眼里的事情,以后肯定还会有人动同样的脑筋。我们要怎么来防范这样的事情再一次发生?哪些地方需要加固?可以采取些什么样的技术手段来弥补人力的不足?如果对方的目的不是偷窃而是纵火、破坏,我们该怎么防范?钱伟,这件事情我希望你能负责起来。”

钱伟的话被堵在了肚子里,但张晓舟所说的话合情合理,他找不到可以反驳的地方,只得点了点头。

“我们有了值班员的制度,但这远远不够。把整幢大楼的安全寄托在三个值班员的身上本身就不合理,只能是权宜之计。如果真的有人放火,有人破坏我们防御薄弱的地方冲进来,要怎么应对?用什么东西来灭火,用什么武器来赶走敌人,哪些人负责什么事情,怎样避免混乱?刘哥,你来完善这个预案,好不好?”

刘玉成马上点了点头。

“张晓舟,你的意思是这个事情我们几个就不管了?”钱伟还是忍不住说道,“这怎么行！”

“你要相信其他人的判断，裁决庭的九个人不可能不知道他们的意见会产生什么样的后果，我刚才就已经说了，你可以以副队长的身份表明你的意见，但我们既然已经有了原则，那就按原则办事，我们只要尽到我们在这个过程中的义务就可以了。我们做出任何惩罚的目的都是为了让更多的人吸取教训，在这种时候，我相信裁决庭的意见能够代表大众的意见。我们没有必要让自己在这个事情里涉入得太深，钱伟，裁决庭最终的任何结论都是按照规矩来的，都是出于公心，不管是轻还是重，大家都会接受。但如果我们中的某个人在里面做了什么干扰，大家会怎么看？你的本意是为了集体，最后却成了私人恩怨，没有这个必要。”

这样的处理似乎没有什么问题了，大家都认为他的意见已经表达清楚了，但这时候，张晓舟却对李建业说道：“李哥，你把身体最棒、反应最快的几个人挑出来，等开完会，我们一起出去。”

“张晓舟？”钱伟惊讶地问道。

“三辆车不是三袋米，不可能那么容易就藏起来。”张晓舟说道，“现在不是以前，已经没有警察来伸张正义、惩罚罪犯了，只能我们自己来。我们必须让周围的人看到，任何对我们动歪脑筋，任何对我们动手的做法都会得不偿失。只有这样，他们才不会随随便便就把主意打到我们身上来。”

这些话让所有人都非常吃惊，钱伟和刘玉成都看过康华医院的人是怎么做的，那种做法的效果非常“显著”，人们对于他们恨得咬牙切齿，但却再也不会把脑筋动到他们头上。

张晓舟想学他们？

“不。”张晓舟从他们的表情里猜出了他们的想法，他摇了摇头，“我不会像他们那样做。但如果我们在这个事情上什么都不做，那也许有一天我们就不得不像他们那样做了。”

吃早饭的时候食堂里非常安静，就连喝粥的声音也变得很轻微。在这个不大的地方，每个人都很快就知道发生了什么事，有的人义愤填膺，有的人觉得没必要小题大做，但也有人觉得和自己没什么关系。

但每个人都在等待着，想知道管理团队会怎么处理这个问题。

这件事情也许和他们无关，但谁知道呢？也许某一天，这样的事情就会发生在自己的身上。作为那五条原则制定后发生的最为重大的一个事件，每个人都想知道，事情会怎样收场。

昨天刚刚加入的人也在等待着，按照原则，他们还没有表决权，但他们同样也很关注这个事情的处理。有几个年轻人已经从旁人的口中知道了城里其他地方的情况，知道安澜大厦其实在已经建立的团队中并不算什么，甚至可以说是一群被挑剩的人组建起来的团队。现在他们与安澜大厦还没有太深的纠葛，如果有更好的选择，为什么非要在这里和一群老人、女人和小孩为伴？

他们应该能够在任何团队都找到一个不错的位置，有什么必要在这个人口结构很成问题的地方充当劳力？

所有人都在默默地等待着，张晓舟终于走到了前面的讲台上。

“大家应该都知道发生了什么事情。”他尽量不带任何情绪地说道，“昨天晚上有人偷偷地撬开了通往停车场的那道门，偷走了我们改装过的三辆车子，并且偷走了我们原本留作种子的莲藕和种鱼。”

人们忍不住开始轻声地讨论了起来。

“对于团队来说，这是一个后果严重的事件，经过管理团队的讨论，决定成立裁决庭，由裁决庭来调查这件事情的经过，决定对当事人的处罚。因为这是我们这个团队第一次面临这样的选择，所以我特别在此把它作为一个提案，请大家来表决。”

声音一下子大了起来，很多人没有想到张晓舟他们会这样来处理。

但似乎，这也并不是一件坏事？

“请大家做出自己的判断，不要干扰别人或者是被别人干扰。没有表决权的人请到旁边去等待结果。昨天加入的各位，对不起，按照之前的原则，你们暂时没有表决权，但这只是暂时的，相信在你们逐渐融入我们的集体之后，我们的各位成员应该会同意你们提前获得应有的权利。”

王牧林等人点点头，表示对此没有什么意见。他们刚刚加入，贸然就参与这样的事情也不合适。

张晓舟在台上站了几分钟，然后说道：“我们现在开始表决，同意成立裁决庭处理这个事件的，请举手。”

全体会议很快就有了结果，除了几名值班员的家属和好友之外，绝大多数人都同意成立裁决庭。张晓舟马上让人拿来一个盒子，当着所有人的面把所有人的名字剪成小条放在了箱子里。

谁来抽签？

“你自己来吧。”出乎意料的是，张晓舟这样对那个老头说道。

九名正式成员很快就被抽了出来，对于自己抽出来的这九个人，他本人没有表示需要更换人选，于是安澜团队的第一个裁决庭就这样确定了下来。五男四女，这个人数对于他们现在的正式成员总数来说，比例已经很可观了。毕竟，除了王牧林等人外，新加入的那三家人也暂时没有表决权，正式成员的人数仍然只有四十四人。碰巧的是，被选的九人之中没有一个管理团队的成员。

张晓舟让人们按照之前的安排分别在各自队长的带领下开始工作，裁决庭的人则被他带到自己的房间，说明这次调查和裁决的重要性。钱伟和刘玉成都放弃了说明的机会，他们都认为张晓舟的意见很有道理，在这个时候对这个事情关注太多，对于他们来说并不是什么好事。

“你们可以在不干扰正常工作的前提下请任何人来配合调查，也可以采取你们认为合适的措施来保证你们调查结果的准确性和公正性，或者是请任何人来给予你们帮助。但这样做的前提是不能侵犯个人的隐私，也不能损害团队的利益。”张晓舟对他们说道，“我想你们都清楚，作为我们这个团队的第一个裁决庭，你们的所作所为很有可能成为今后类似事件处理的标杆，从某种意义上来讲，你们能否秉公做出判断和裁决，关系到我们这个团队的未来。我不想给你们太大的压力，但事实如此，你们必须负起这个责任来。我希望你们不要被其他人干扰，也不要干扰别人的判断，以最有利于我们这个团队未来的判断做出最后的裁决。我会让李彦成配合你们，你们有任何需要都可以通过他来找各个组的负责人协调。”

这九个人在听完了他的话之后都变得面色凝重，好在没有人说出“我干不了这个，能不能换别人”这样的话。

“谢谢！拜托你们了。”张晓舟最后这样对他们说道。

……

“往那边走！”李洪对行动组的其他人说道。

团队中并没有猎人或者是痕迹专家，最专业的老常现在还只能扶着墙壁慢慢地在走廊上走动，于是李洪这个二把刀的协警就成了他们唯一可以依靠的人了。

好在通过简单的分析就能知道，在这样危机四伏的黑夜中，敢于到他们这里实施盗窃的人不可能住得很远。没有人听到汽车发动机的轰鸣，这说明至少在很长的一段距离内，他们都是用人来推动车子，这使得他们应该也没有多少时间来掩藏所偷到的东西，这样一来，搜索的范围就可以大大缩小。

果然，绕过一个小区之后，他们很快就在一个院子里找到了其中一辆车子，不久之后，又在周边不远的地方找到了其他两辆车子。

“作案的人应该就住在附近。”李洪判断着，“也许他们现在就躲在家里偷看我们。”

在这种情况下，要确认罪犯是一件非常困难的事情，也许他们可以通过莲藕和鱼的下落再确定罪犯，但那意味着他们必须闯入周围这几幢房子搜查，这并不是做不到，但很有可能引起同仇敌忾的反应。

“顺着脚印找。”张晓舟说道。盗窃车子的时候也许没有留下证据，但他们去盗窃种鱼和莲藕的时候，没有办法避免脚踩在泥地里。或许是因为过于紧张，他们在黑暗中并没有想到要把脚上的泥擦干净，驾驶室里满是红泥，脚印也一直延续到了很远的地方。

此时距离他们发现被盗还不到两个小时，因为下着雨，地上的泥印还没有干，就像是一个个印在地上的路标，很快就带着他们到了附近的一幢居民楼外。

那里面的居民早已经紧张地站在防盗门里面，手拿刀斧和棍棒等待着。

“你们想干什么？”其中一个中年人紧张地叫道。

“你们自己清楚。”张晓舟答道。

“我们怎么会知道！你们想仗着人多欺负我们人少是吧！”那个人大声地叫道，“大家都来看看！安澜大厦的人来抢东西啦！大家快看啊！安澜大厦的人要对我们下手啦！”

“叫也没有用。”张晓舟平静地说道，“交出两个人来，再把藕和鱼交回来，这件事就算结束了。我们不会把这两个人怎么样，只是稍做惩处，给大家看看。但如果你们选择对抗，那就别怪我们不客气了。”

“你说什么我听不懂！”那个中年人叫道，“我今天倒要看看，你们能拿我们怎么样?!”

行动组的人都紧张地看着张晓舟,等待着他的命令,虽然之前就已经讨论过不同的情况下要采取的对策,也考虑过对方蛮横不讲理并且反过来抹黑他们的情况,但真的遇到了这样的情况,他们还是感到有些头疼。这样小偷小摸的事情即使是在以前也是很难解决的问题,即便是警察,对于这样的情况也很难有什么好的办法。

他们这边人多,而且都是青壮年;对方虽然也有三个壮年,但其余老的老,小的小,真的要对他们动手?

“你真的想清楚了?”张晓舟再一次对他们说道,“我们并不想把事情弄大,但你们惹到我们头上,想让我们忍气吞声是不可能的。我给你们最后一次机会,交出两个人来,让我们稍做惩处,这件事就算是结束了。但如果你们……”

“有种你们就把我们全杀了!”那个中年男子大声地叫道,“不就是几根破藕、几条破鱼,来啊,杀掉我们好了!”

“你们真的要为了这件事情付出这样的代价?”张晓舟最后一次问道。

但他得到的只是男子蛮横的叫嚷。

“动手吧!”张晓舟于是说道。

房子里的人惊慌了起来,他们都知道这个世界已经变成了什么样子,之前就在盛传已经有人开始四处抢劫,对于他们这样居住在同一个单元里的三户人家集合起来的小团队,在这样的暴力面前几乎就没有任何的抵抗能力。

但安澜大厦似乎是一个例外,他们有很多人,却从来没有抢劫过其他团队,甚至都没有干过什么让人咋舌的事情,更重要的是,他们竟然收留了大量的老人和孩子。

这让周围的人们都判断安澜大厦的这个团队应该会很软弱,也正是因为如此,他们和周围几个在寻找食物的过程中认识的团队在看到那些人的冒险获得了巨大的收益之后,心动无比却没有能力自己改装车子,他们的第一反应就是把安澜大厦的车子偷出来用。

那些车子对于他们来说应该已经没什么用处了,至少在短期内,已经取得了丰厚收获的团队都不太可能再去冒险,当他们凭借这样的资本把其他零散的团队也聚集起来时,即便是安澜大厦这样的团队应该也不敢对他们做什么。

但他们没有想到,安澜大厦的人这么快就找上门来,而且之前信誓旦旦要和他们共进共退的那几幢楼的人已变成了缩头乌龟。

他们把刀和尖锐的铁棍从防盗门的空隙中伸了出来，希望能够以此来让张晓舟他们无法靠近门锁，但张晓舟他们早就从别人口中知道了那些抢劫者采取的手段，他们找来一些干燥的引火物在门口点燃，然后把大量发烟的东西扔在上面，用木板等东西作为扇子往里面扇。很快，老弱就只能远离门口，而那三个壮年人在用湿毛巾蒙着脸坚持了不到十分钟之后，也不得不离开了那里，这让张晓舟他们很快就撬开了门锁。

身穿从隔壁派出所找来的防暴背心，戴着头盔和防割手套的行动组成员很快就把那三个壮汉彻底制伏，他们的家人这时候选择了彻底放弃抵抗。

这可不是以前，在现在这种混乱的环境下，这些闯进来的人真的动手杀了他们也不会有多少人站出来说话。

“我们知道错了！求求你们，我们家不能没有他啊！”其中一个人的妻子跪在了地上，把那些还没来得及处理的藕交了出来，那几条鱼也还在，他们中一个家庭有一个很大的鱼缸，他们本来想把这几条鱼在自己家里养起来，但也许是因为离开水太久，那些鱼放进鱼缸就漂了起来。

“饶了我们吧！我们真的不敢了！求求你们了！”老人们死死地抓住行动组成员们的脚，一把鼻涕一把泪地哭叫着。

之前那个口出狂言的男子还硬绷着脸，但其他两人已经开始求饶了。

行动组成员们尴尬地看着张晓舟，而他则面无表情地点了点头：“我们已经给你们机会，是你们自己不要。事情现在不能简单地处理，我们必须公正地给予他们判决。”

“如果你们愿意，可以跟我们一起走，在旁边看到对他们的处罚。”他对这些人的家属说道，“我会安排人帮你们守着你们的东西，不会让你们在离开的时候遭损失。”

被抓住的人惊魂不定，他们的家属既放心不下家里的东西，又放心不下自己家的顶梁柱，最终哭哭啼啼地跟着他们走了，但让他们没有料到的是，张晓舟等人并没有把他们带到安澜大厦，而是把他们带到了之前曾经开过一次会的那个十字路口。

“去把那些团队的负责人请来，那些抛下我们抢先离开的人就不用管了。”张晓舟对自己的部下说道。

那些小团队的负责人很快就应邀而来，他们昨天满载而归的时候曾经与张晓舟约定好了要重聚，虽然时间比他们约定的要早了一些，但有成功合作的例子在先，他们没有理由拒绝张晓舟的邀约。

眼前的景象却让他们感到有些惊讶，张晓舟的手下全副武装，三个男子被绳子捆着，而一群老弱妇孺在旁边哭哭啼啼。

“发生什么事了？”人们很快就悄悄地相互打听了起来。

有人已经在自己的房间里看到了事情的整个过程，也从张晓舟等人的口中补全了他们不知道的部分，于是他们开始向那些后来的人绘声绘色地讲述事情的过程，就好像他们目睹了整个过程一样。

“真该死！”马上就有人说道。

遭遇盗窃的并不止安澜大厦一家，事实上，这些跟随张晓舟他们一起去副食品批发市场冒险并且取得了丰硕成果的团队里，有好几支昨天晚上也遭遇了同样的事情，一些人在黑暗中试图侵入他们的房子进行盗窃，被他们发现之后甚至想要转为抢劫，只是在他们的拼死保卫之下才没有得手。

有四五个团队的车子被人开走，而他们对此也没有什么办法，只能当作没看到。

安澜大厦抓住的这几个人虽然不是对他们动手的人，但马上就让他们同仇敌忾起来。

连安澜大厦这样有着百人左右规模的团队都有人敢下手，对于他们这些弱小的团队来说，那不是更加危险了吗？

即使是还没有遭人下手的队伍也很快就开始愤怒起来，无关正义，无关对错，而是因为每个人都深切地感觉到这样的事情有可能会发生在自己的身上，而他们却想不出应对的办法。

这种恐惧折磨着他们，很快就让他们变得焦躁了起来。

“让他们一起去冒险，一起去对抗恐龙，他们屁都不敢放，只会躲在家里！等看到我们有收获了，就想来偷来抢了！真是岂有此理！”

“这些人真恶心！”

“下贱！”

“孬种！”

现场的气氛很快超出了张晓舟的意料，甚至还不用他说什么，这些人已经义愤填膺地向那三个人冲了过去。他们很快就在拳打脚踢中惨叫起来，如果不是旁边的行动组成员们见势不妙把他们围起来，他们说不定就要受伤了。

“大家安静一下，人已经到齐了，各位，那我们就来说说这个事情吧。”张晓舟站到了一辆车子上，大声地对来参会的人们说道。

“张队长，这还有什么好说的？狠狠地揍他们一顿，让他们知道厉害！”

“打一顿有什么用？根本吓不到他们！”

“杀一儆百好了！”有人躲在人群里说道。

“对！把他们在路灯杆上吊死！”马上有人激进地叫道，“杀一儆百！！”

那三个被捆着的人脚都软了，他们的家属惊慌地跑上来，挡在他们面前，生怕张晓舟他们真的这么干。

事情简直超乎张晓舟的想象，人们甚至没有对这些人犯罪的事实有任何怀疑，也没有任何人说出“给予他们审判”这样的话来，一边倒的暴虐甚至反过来让张晓舟感到有些恐惧了。

人心已经变成了这个样子？

他好不容易才搞清楚人们如此愤怒的理由，与其说是正义感，倒不如说是在宣泄自己内心深处的恐惧，这让他对自己的想法进一步地坚定了起来。

“大家听我说一句好吗？”他在人们的叫喊声中大声地说道，好不容易才让他们安静了下来。

“做错事情的人一定要受到惩罚，这不仅仅是要让他们为自己的行为付出代价，更是要让其他人知道，什么事情能做，什么事情不能做！这才是我们惩罚犯错者的目的。”张晓舟大声地对人们说道，“所以我们不能随随便便就夺去别人的生命，如果那样做，不但失去了惩罚的意义，也让我们变成了和他们一样没有良知、没有道德底线的暴徒。”

人群中马上就有人表示反对：“现在已经不是以前了，张队长，你心慈手软，他们根本就不会感激你，反倒会认为你软弱可欺，甚至更加恨你！现在这个世道，我算是看透了，心不狠根本就活不下来！”

那三个男子惊叫了起来：“不会的不会的！我们绝对不会的！！”

“我不同意你的话。”张晓舟说道，“要在这个世界上活下来，和心狠不狠没有什么关系！我们昨天弄到了足够吃一段时间的粮食，是因为我们比别人狠吗？是因为我们敢下手杀人吗？”他看着那个人，“并不是！我们比他们成功是因为我们这些人联合在了一起！我们成功不是因为我们有多厉害，而是因为我们提前做出了周密的计划！是因为我们每个人都为了成功而付出了艰苦的努力！是因为我们克服了内心深处的恐惧！那两辆车是怎么出事的？是因为他们心不够狠？是因为他们不够果断？不是！他们出事是因为他们抛弃了我们这个集体，是因为他们被眼前的利益蒙蔽，是因为他们的恐惧战胜了理智！”

那些私下里议论的声音渐渐小了，人们不由得安静了下来，静静地听着他的话。

“我同样认为必须要对犯错的人进行惩罚，不然就是在纵容犯罪。但我并不同意随随便便就把他们杀死！如果相互残杀变成这个世界的常态，那它将不再对任何人有震慑力，只会带来更多的仇恨，带来更多的灾难。你们想想看，如果我们可以草率地决定杀掉他们，那有一天别人也可以把同样的命运强加在我们的头上！难道你们想要面对那样的景象？

“我们被迫来到这个陌生的世界，被迫接受了这样的现实，我们不得不面对各种各样的危险，不得不为了自己和家人的生命而豁出去拼命。每个人在这个世界上都不安全，因为作为个体的我们太过于弱小，什么都做不到，但这并不意味着我们就要被恐惧支配，失去我们本该有的那些东西，变成一群失去理智、不讲规则、没有底线的野兽！

“我们这些人被那些大团队抛弃，被他们拒绝，散落在这个区域，就像是一盘散沙。但这并不是末日！我们一样可以凭借自己的双手努力去创造安全而又美好的未来！昨天、前天，我们已经凭借自己的努力做到了几万人的团队都没有做到的事情！为什么我们不能更进一步？别的团队不要我们，我们自己就可以建立一个更好的团队！只要我们拿出勇气和智慧，没有什么是我们做不到的！”

人们沉默着，似乎是在考虑着他的话，有些人被他的话打动，但也有人露出了怀疑的表情。

“安澜大厦不会想要吞并任何一个团队，也不会以恶意针对任何一个团队。但我们也不会软弱地面对任何人的恶意！我相信这也是我们所有在这里的人的选择。”张晓舟说道，“我们愿意和大家组成一个联盟，共同面对眼前的困境。大家可以按照自己的意愿，凭借自己的努力活下去。但在面对危险或者是重大问题的时候，我们所有人共进共退，就像我们之前所做的那样！我们对外将是一个强大的整体，我们将克服一切困难，战胜一切敌人！”

他站在车上，默默地看着那些人，人们都在沉思。

“我同意张队长的话！”曾经在那两个翻越高速公路的修建工程上与张晓舟合作得很好的吴工第一个站了出来，“昨天晚上我几乎一夜没睡，以前是因为吃的东西不够发愁睡不着，但昨天晚上却是因为东西太多而发愁睡不着。”

有人笑了起来。

“大家别笑，昨晚我是真的很害怕。我真的很怕有人冲进我的房子，把我好不容易才弄到的粮食抢走。”吴工摇摇头说道，“我听说有的地方已经遇到了这样的事情，只是那些人没有得手。现在还好，每家多多少少还有点吃的，可再过上十天半个月的，真要有人断了粮，你们觉得他们不会找上门来？我们昨天全都大包小包地把整车的东西搬上了楼，你们觉得没人会惦记？”

人们很快就严肃了起来，这是肯定会发生的事情，而且也没有办法解决。

换成是他们自己，如果一家老小都面临饿死的命运，那不仅仅是偷窃和抢劫了，任何事情都做得出来。

一些人开始低声地议论起来，那三个盗窃者的事情几乎被人们遗忘了。

“张队长，你有什么办法？”有人问道。

“尽量让自己强大起来。”张晓舟说道，“我们这里所有的团队加起来应该有超过四百人，但是太分散了，我觉得大家可以选择条件好的地方合并成更大的团队，就像我们安澜大厦所做的一样。但这只是权宜之计，更好的办法是吸收你们周围那些零散的团队，让我们潜在的敌人变成我们的盟友。”

“我们没有那么多粮食……”马上有人说道。

“我们现在就已经有足够几个月吃的粮食，节约一点甚至可以吃更长的时间，难道接下来的时间里我们就什么都不做，光等着吃这些东西？我们可以诱捕那些小恐龙，甚至可以联合起来出去捕猎！更别忘了，我们现在有种子了，只要认真耕耘，三个月的时间，这些玉米就能完全成熟，七八十天的时候就能先吃青玉米，甚至是吃玉米芯。只要肯动手，肯动脑，我们就不会饿着。我们可以不断地开垦更多的田地，产出更多的粮食，为什么不让更多的人跟我们一起活下来，让他们有机会凭借自己的劳动去生产出更多的粮食?

“没有足够的人,我们就没有办法战胜这个世界。很多人都有孩子了,难道你们希望自己的孩子就这样半饥半饱地活下去,每天都生活在恐惧当中?难道你们想一直过现在这样的日子?难道你们不想让自己活得像一个人?”

人们终于兴奋了起来,张晓舟所说的东西也许很空泛,但对于这些经历过现代社会美好生活的人来说,这样的日子简直无法忍受。他们之前迫于现实只能走一步看一步,先保证自己和家人都活着。但现在,有人给他们指出了更好的方向和更好的道路,他们没有理由拒绝。

“你们安澜大厦还要人吗?”一个身材高大的男子问道,“我愿意带着我的团队加入你们。”

“欢迎!只要你们愿意接受我们的五条基本原则,愿意为团队贡献出自己的全部智慧和力量,我们就欢迎你们!”

“我也想加入……”吴工说道,“我应该可以说服团队里的其他人。”

周围一下子混乱了起来,有三四个团队表示愿意加入安澜大厦,其他人虽然没有做出同样的表示,但对于张晓舟所说的联盟的事情也很感兴趣。

“其实从长远来看,我们在一个相对集中的区域里各自以大厦为单位生存下来是最好的选择,这样能够控制一个比较大的范围,而且耕种的面积也能够得到保证。”张晓舟说道,“完全集中在安澜大厦并不是很好的选择。”

他目光落在了那三个不知所措的盗窃者和他们的家属身上,事情的发展似乎已经完全和他们无关,张晓舟所说的话让他们心动,如果他们不是以这样的身份被绑在这里,也许他们可以寻求加入某个愿意接收的团队。

但现在,他们必须等待人们对他们的最终判决。

“各位!”张晓舟高声地叫道,“那些事情可以缓一缓,让我们先来决定怎么处置他们。”

三人的身体震动了一下,向着周围的那些人露出了可怜巴巴的表情,他们的家人也跟着哭了起来。

第3章

新的挑战

人们心中的暴戾之气在之前的讨论中其实已经被消耗得差不多了，他们眼前最担心的问题也已经有了解决的思路，虽然按照张晓舟的提议去做的话，面临的很有可能是艰苦的劳动和忍饥挨饿的生活，但更好的未来放在他们的眼前，这让他们觉得值得去尝试和努力。

如果不是张晓舟的提醒，很多人都已经忘了他们最初是要来干什么的。

少部分人依然觉得乱世当用重典，但张晓舟的话也有他的道理。如果偷窃就要面临死刑，那更严重的罪行又要怎么处理？

没有规矩不成方圆，但过于严苛的规矩将会逼着人往最坏的方向去发展，因为他们一旦犯错就没有了退路，只能一条路走到黑。

张晓舟小心地引导着人们讨论的方向，这个事件本身也许并没有太重要的意义，但对于他们这个还没有正式建立起来的联盟来说，这将是他们未来讨论和决定更加重大的事情的基础。他完全相信，在经历了几次这样的事情之后，联盟自然而然就会水到渠成。

最终人们给出的惩罚是杖责二十下。

偷盗杖责二十，抢劫杖责四十，故意伤人但没有致人死命杖责八十，杀人和强奸吊死。

相对于人们所熟悉的小说和演义故事中动不动就“拖下去先打四十大板”的桥段，这样的惩罚应该是比较轻的了。

但张晓舟仍然有些疑虑。古代行刑的打手们都是代代相传下来的“手艺”，按照他曾经看过的揭秘故事的说法，他们可以让重贿他们的那些人在被重打八十大板之后没几天就能下地走路；而不给他们钱的那些穷人，只要打十下就能置人于死地。

他们当中显然不可能有人懂这样的“手艺”，轻轻地打，起不到任何惩戒罪犯和震慑其他人的作用，但重重地打，一不小心把人打死或者是导致他们残疾，那就完全违背了他们的初衷。

“等我一下。”他对人们说道，随即匆匆地回了一趟安澜大厦，把可能用得上的东西装了一个急救包，匆匆拿着它们赶了回去。

这时候人们已经找到了两块大概十厘米宽的长木板，小心地剔掉了上面的毛刺，准备用来“行刑”。

“一个一个来。”两个自告奋勇充当打手的人说道。

为了让这场刑罚的影响力最大化，他们决定把刑罚放在三个不同的地方执行。在执行之前，一个声音洪亮的人首先对着周围的人说明了原因和今后对这些事情的处理原则，随后，那个人被当众放倒在地上，扒下裤子，木板狠狠地对着他的屁股打了下去。

“啊——！”那个男子惨叫了起来，他的家人发了疯一样向他跑去，被周围的人挡住了。

“等一下！”张晓舟过去仔细地检查了这一击的效果，被打中的地方红肿了起来，但应该没有伤到骨头，张晓舟于是点点头，让他们继续。

很多人站在周围的楼上冷眼看着他们这样做，被选出来的那个人继续大声地说明着这样做的理由，但很快就被这个人的惨叫声盖住了，再也听不出来。

“人要被你们打死了！！”他的家属撕心裂肺地大哭着，但他们没有能力反抗这些人，只能祈求他们网开一面，他的屁股很快就变得乌青，然后很快就破了皮，鲜血飞溅出来，看上去极其恐怖，这下子两个打手再也打不下去了。

“打了几下？”张晓舟问道。

“十一下。”其中一个人脸色苍白地说道。电视上看这样的桥段觉得没什么，但真的这样把一个人打得鲜血淋漓,根本就没有任何乐趣可言。他感觉自己的手突然开始微微地发抖,而另外一个人的反应甚至比他还要糟糕一些。

最轻微的刑罚就已经这样了,真的把人处死?他有些无法想象那样的事情了。

这样的表现却让张晓舟松了一口气。人们毕竟还没有真正失去恻隐之心,如果人们已经开始把自己的快乐建立在别人的痛苦之上,那他真的要开始考虑这样的联盟是不是应该存在了。

“先暂停吧。”他对他们说道,两个打手都松了一口气。

张晓舟和其他人商量了起来,最终决定对他的刑罚进行调整。剩下的九下杖责将记录下来,按照缓刑处理:三个月内如果他再一次犯罪,那就加倍处罚;但如果没有,那这九下杖责就一笔勾销。

“其他两个人也照此处理。”张晓舟对人们说道。

绑住那个人的绳子终于被松开,他已经完全站不起来了,只能用临时找来的一块门板把他抬起来。

人们走向下一个执行地点,只留下少数几个人帮忙处理后续的事情。

张晓舟小心地帮他处理着伤口,酒精倒在他的创口上,让他疼得颤抖了起来。

“你这样做到底有什么意思?怂恿大家来把我打成这样,然后又假惺惺地来做什么好人!你以为这样就可以收买人心?你以为自己很高明吗?”

“你搞错了。”张晓舟一边处理伤口一边说道,“这件事里面没有个人恩怨,也没有你想象的那么复杂。你被打是因为你做了不该做的事情,而我现在做的事情是防止你因为伤口感染而生病或者是留下什么残疾。我个人对你没有什么意见,但我也不同情你。我只希望你能吸取教训,不要再犯同样的错误。”

“你当然可以这么说!”男子突然怨恨地叫了出来,剧烈的疼痛让他怒火中烧,甚至忘了自己在张晓舟面前处于极度的弱势,“你们找到了吃的东西,当然可以站着说话不腰疼!难道我们就应该等着被饿死吗?我们只是想活下去,根本都没有对你们造成什么伤害!这有什么错?”

“如果你这样想的话,那你以后一定会害死自己。”张晓舟手上的动作丝毫没有停下,“我们的粮食是怎么弄到的,你们从头到尾全都看到了,别装无辜,也别装不知道。一开始的时候我们就邀请过你们一起去商量怎么弄粮食,是你们自己拒绝了。什么原因我不清楚，也不想知道，但你自己应该明白。我们辛辛苦苦地改装了车子，辛辛苦苦地修好了跨越高速公路的通道，那个时候你们在干什么？你们只是在一边看着，既不想付出努力，也不想冒险。也许，你们还在等着看我们的笑话，等着看我们的失败？等到我们克服了所有的困难和危险满载而归，你们就开始眼红了？一开始的时候你们为什么不这么想呢？”

男子一下子没话说了，张晓舟开始给他包上纱布。

“这个世界已经不同了，但并不是变得没有了底线，而是不再容忍不劳而获，不再容忍害群之马！你们本来仍然有机会分享到我们的成果，仍然有机会凭借自己的努力和付出成为我们当中的一分子，但你们却用自己的卑劣行为断送了这条出路。”

张晓舟已经简单地处理好了伤口，开始把东西收拾进急救包。

“但未来并不是完全没有希望，你们可以用自己的努力来改变别人对你们的看法，让自己有机会加入到我们当中；也可以继续沿着这条路走下去，最终把你和你的家人亲手逼上绝路。我只说这么多，你自己考虑吧！”

张晓舟带着人离开了这里，留下男子和他的家人。

“别哭了！”男子终于烦躁地说道，“先把我抬回去！我又没死！”

另外两个人不久之后也回来了，他们被打的时候下手的人已经轻了不少，但依然没有打够二十下就已经让他们的屁股变得血肉模糊。

三个人没有办法上楼，只好暂时被安置在一楼的房间里。

“这次真的是亏大了！”其中一个人哼哼着，满脸的懊恼。

“那个人给你们处理伤口的时候说什么了？”

“说什么？什么都没有说啊。”

“难道他真的不是想收买人心？”男子不敢相信这一点，张晓舟对他说的话终于稍稍被他听了一点进去。

“要是有人来抢我们怎么办？”另外一个人一边哼哼一边说道，“防盗门也被他们撬坏了，而且我们三个还都动不了了……那些家伙也真狠，还真下手打……”

“先把门用东西都堵起来，反正我们现在也出不去了。”男子强忍着疼痛说道，“只能让外面的人没法进来……”

这时候，外面传来了陌生人的声音，他们一下子紧张了起来。

这么快就有人来趁火打劫了？

“你们要干什么？”他听到自己的父亲惊慌失措地说道。

“我来给你们送药！”一个年轻人的声音很不高兴地说道，“这些是抗生素，每人每天给他们吃一颗，防止伤口感染的。这些是用来换的纱布，现在没有多余的，你们自己换下来之后洗干净了用开水煮着消毒，然后晾干了用！两天就要换一次知道吗？这是酒精，没多余的了，自己省着点用！”

“张晓舟真是疯了！”他低声地说道，声音听上去很不满意，“把自己的人管好了，别给我们惹麻烦知道吗？下一次可就没这么好的事情了！”

防盗门响了一声，应该是他离开了。

男子看着自己的父亲把一个袋子拿进来，终于第一次对自己的行为懊悔了起来。

要是没动这个脑筋，他们真的会吸纳我们这些人吗？

他努力地抬起头，想要看看安澜大厦那幢楼，但屁股上一阵阵的疼痛却让他动弹不得。

“咚！”

他狠狠地用拳头在床上砸了一下，这下子彻底牵动了伤口，让他忍不住叫了出来。

很多时候，一句话就能说完的构想，却需要经年累月的努力才能实现。而在这个过程中，还会遇到各种各样无法预料的变数，各种各样的困难。一起出发的时候也许会有很多人，但绝大多数人总是会因为这样那样的理由转身离开，或者是因为倦怠而停留在了原地，因为过于迟缓而被抛下。能够坚持走到终点的，往往不过是其中很少的一部分人。

但张晓舟不愿意接受这样的现实。

他希望身边的每一个人都能和自己一起走到终点，希望每个人都能够克服这个艰苦过程中的所有困难，正是因为如此，他知道自己必须付出更多的努力，必须想得更多，看得更远，把更多的风险消除在萌芽当中。

但眼前的事情千头万绪，有时候，他真希望自己能够有分身术，可以同时解决很多个完全不同的问题。

公审的事情刚刚结束，吴工等人就真的找上门来向他询问加入安澜大厦的事情。

这三个团队在之前那些行动中表现出了不错的纪律性，乐于服从也愿意付出，张晓舟当然十分乐意让他们加入，于是他马上把安澜大厦的五条原则拿来给他们，又陪着他们回去向各自团队的成员说明和解答问题。

有了王牧林等人的加入，安澜大厦的人口结构已经变得不错，加上丰富的食物和之前那一件件事情中所表现出来的所有软硬实力，这三个团队的成员都很高兴地加入了他们。

张晓舟马上赶回来安排刘玉成手下支援组的人们帮助他们把东西搬过来，又忙着安排他们的住处。

随着这三个团队将近四十人的加入，安澜大厦这个团队的人数已经接近一百五十人，整个二楼都被住满，必须开始安排到三楼。

新的人员意味着一系列要操心的事情，食物、饮水、生活用水、日常用品，整个团队分工也要随之进行调整。他们带来的食物进一步增加了安澜大厦的储备，这让眼前工作的重心必须要转移到安全防护和接下来必须马上开展的种植当中来。无论是加固安澜大厦，还是把四到六层甚至是顶楼改造成田地，都需要投入大量的人力，这需要更细致的分工、认真的计划、良好的组织和充分的后勤保障，必须尽快把思路和大体的方案拿出来。

但就在张晓舟考虑这个事情的时候，其他团队又找上了门。

“张队长，你之前说的那些东西，能不能再给我们说说？”他们显然是回去之后和团队里的人讨论过张晓舟之前的提议，有些心动，于是跑来问更具体的解决办法。

“没问题，我们大家可以探讨一下。”张晓舟只能暂时放下手边的工作来迎接他们。这些拥有了大量粮食的团队是不是能够吸纳足够多游离在这个区域中的零散团队，这关系到未来他们这个区域是否安全和稳定，是他高度关注的事情之一。

“你说要吸收更多的人进来，我们也认可这个说法，可有一个问题，我们怎么鉴别哪些人能吸收，哪些人不能？你也知道，这种事情都是易进难出，真的让他们加入了之后才发现有问题，那时候就不好让他们离开了。”

这样的疑虑正是小团队最大的弱点，因为人少，应对风险和抵抗变化的能力非常弱。如果团队中的成员有血缘关系或者是之前相互之间就有着一定的了解，问题会少很多。但对于一个完全陌生的家庭来说，吸引他们加入自己的团队，一起居住，一起劳作，这对任何人来说都是必须认真考虑的问题。

如果这家的男主人有着严重的暴力倾向，但在刚刚加入的时候掩藏得很好呢？如果他们家的女主人是个斤斤计较、爱占小便宜而且喜欢搬弄是非的人，加入之后让整个团队变得离心离德，那又该怎么办？如果他们中的某个人有肝炎之类的传染病，如果他们家的孩子是个问题少年……

一个人的秉性仅凭几句话或者是短暂的交流很难看出来，对于这些小团队来说，一旦识人不明，吸收了害群之马或者是有什么隐疾的人，对于整个团队来说都有可能是灭顶之灾。

安澜大厦这样的团队还好，在形成了一定的规则之后，只要按照规则来办事，大体上就不会有什么问题，但这些小团队没有办法照搬这样的经验。

“你们可以先整合起来，形成相对比较大的团队，这样一来很多事情都会简单得多。”张晓舟对于他们的疑问也没有太好的办法，在他看来，这些问题都是小团队的先天不足，要解决这样的问题，只能先扩大团队的规模，然后建立起规则，就像安澜大厦这样，“疾病的事情我可以帮你们看看，如果你们觉得我们的规矩还行，想要借鉴，我也可以原原本本地抄一份给你们。”

“太麻烦了！干脆我们也加入你们算了。”一个团队的负责人突然说道。

“这我们可以再讨论一下，但我觉得应该有更好的解决办法。”张晓舟说道。按照他的计算，安澜大厦最多能够容纳的人数也就在一百五到两百之间，这已经是一个把口粮消耗控制在一个非常低水平的结果。当然，他们还能想更多的办法来解决食物的问题，但无论是居住的空间、用水还是清洁卫生等各个方面，都决定了这里不可能让大量的人长期居住。

当然，更重要的是，把所有的粮食集中在安澜大厦并不符合他的构想。

“让我们来看看周边的情况。”张晓舟说道。他在一张纸上把附近的地形画了出来，对于已经在附近活动了很多天的人们来说，这些地方他们都不陌生。

“我们这片区域的情况其实非常不理想。”张晓舟对他们说道，“周围的房子很分散，相互之间的空间也大，很难像康华医院所占据的那个街区那样，只需要封闭少量的区域就能形成一个相对封闭而又足够大的空间。要把这个区域封闭起来，工程量太大，不是凭借我们的力量能够完成的工作。对于我们来说，以一幢一幢的房子形成相对独立而又联合的聚落我觉得是最好的选择。但如果要满足这个要求，就必须选择相对来说空间比较大的建筑物。”

“选择不多，但并不是没有。”他干脆站到了窗前，指着远处的房子对其他人说着，“你们看，那边的红叶酒店就是一个很好的选择。虽然它本身的空间并不太大，但是那个区域的房子相互之间的距离都很近，有些甚至直接就挨在一起，完全可以想办法制作几条空中走廊把那附近的房子连接在一起，把下面的出口封住，只留一两个主要的出入口来保证安全。我估计那个地方的房子加起来，总的可以使用的面积应该有两万多平方米，加上房顶应该能有两万五。即使是除去走廊电梯楼梯和光照不好的房间，至少也能拿出一半的面积来种植玉米。我们找到的这种玉米一季的平均亩产是八百公斤，在热带气候条件好的地方可以种三季，一年就是 2. 4 吨。照这样算下来，红叶酒店那边一年应该能收获四十几吨玉米。我们按照每人每年两百五十公斤的粮食消耗量来折算，那边就可以解决将近两百人的生存问题。”

“但是那几幢房子都有人了啊！”

“你们可以和他们谈，把他们吸收进来，或者是给他们一点好处请他们离开。”张晓舟说道，“只要你们的人占相对多数，并且一开始就把规矩定好，应该不会有什么问题。”

“四十几吨？”有人对于这么大的数字很怀疑。

“是三季，不是一季，你们可以自己算算，不会有多大的误差。”

事情当然不会像他说的这么简单，在房子里种植玉米最大的问题就是通风、光照和土地的肥力问题，还有病虫害、授粉等等一系列的难题要解决，亩产绝对不可能像包装袋上宣传的那么高，但张晓舟并不打算在这个时候就把实际情况告诉他们。

眼前最重要的事情是让更多的人成为他们这个体系中的一员，把不久之后必定会发生的因为饥饿而带来的动荡减小到最低程度。在这个前提下，他只能拼命地夸大事情好的那一面，把可能面临的问题故意忽略掉。

他相信自己在那个时候能够找到解决问题的办法，在这之前，他必须让更多的人活下来。

“两百人？”有人怀疑地说道。

那个地方大家都知道，地方是很大，但是真的能像张晓舟说的这么简单？

“要做的工作当然会很多，别的不说，单就是加固房屋，把土运到楼上就不是一件简单的事情，但这不需要一步到位，可以一批一批地来，还能减少收获时的劳动量，减少仓储的压力。只要大家一起努力想办法，没什么是我们解决不了的。”

“我们可以全都集中到那个地方。”有人提议道。他们这群人相互之间已经有了一定的了解，一起经历过一次危机之后，也培养出了一些信任感。

“这不太好。”张晓舟急忙说道，“把我们这些有粮食的团队集中起来，只会让问题变得更加严重，不可能从根本上解决我们的安全问题。只有尽可能地让更多的人看到生存下去的希望，他们才不会铤而走险。大家一定不要忘了这一点，没有希望的人是最可怕的，如果不能尽可能地减少他们的数量，最后我们手上的粮食越多，被袭击的可能性反而越大。”

这样的道理人人都懂，但真的这么做并不是简单的事情。

“我们安澜大厦准备再接收一百五十到两百人。”他对其他团队的负责人说道，“但不是在这幢房子里，这里已经接纳不了更多的人了，我们准备把对面的这几幢房子利用起来。”

其实在最初选择基地的时候，刘玉成等人就强烈地推荐过自己的房子，但因为那个时候条件不具备，张晓舟最终并没有选择那个地方。

安澜大厦有着充足的空间，而且当时没有被人占据，距离他们原本的家园也不远，在那时看来是最好的选择。但在有了这么多的粮食、高产的种子和将近一百五十人之后，这个地方就显得狭窄了。他必须把安澜大厦这个团队的影响力扩大到周围的区域，找到更多可以利用的空间，这四幢房子很自然地就成了第一选择。

从使用面积上来看，每幢房子都有将近一万平方米的可利用空间，即便是除去电梯、走廊、楼梯等没有办法使用的空间，再去掉光照不好，以及人们生活所必须要占用的空间，能够改建成田地的空间也应该有六千平方米以上，四幢房子加起来也许能够养活三百人甚至是四百人。

如果其他团队也能够按照他们这个办法来做，就能够解决近千人的生存问题，至少对于他们所在的这个区域来说，就不会出现大规模的饥饿和骚乱。

但他们真的会这么做吗？

张晓舟耗费了整整一个下午和他们探讨并完善所有的细节，但在他看来，那些人未必真的会完全按照他的引导去做。

但这也是没有办法的事情，他认为正确的事情，对方却未必真的认为正确。即便是他说服了这些团队的负责人，他们能不能说服各自团队的成员，这又是另外一个问题了。但张晓舟只能尽可能地按照自己的思路去做，至于结果如何，那不是他能够控制的。

把这些人送走，已经临近吃晚饭的时候了，钱伟已经带着几个年轻人对存在安全隐患的门窗进行了改造，让它们变成从内部能够打开，但从外部只能暴力进行破坏的结构。每个入口的地方现在都装了一个金属拉线装置，当门被人打开时，距离这道门最近的哨位那儿的锣就会被敲响。

刘玉成的工作也完成得差不多了。吴工等三个新加入的团队的物资全都运送到了安澜大厦，他们还找到了许多可以用来盛水的大桶，用来装沙子的木箱和铲子，以及从周边其他工厂找来的没有人要的灭火器，分散地放在大厦的走廊里。真的遇到有敌人放火或者是入侵，这些东西不但能够用来灭火，铲子和灭火器还可以作为武器使用。

“明天我们开始对那些缺乏保护的窗户进行改造，安装防护栏，我估计五天左右能够完成。”钱伟对张晓舟说道。他们的计划是在窗户内部而不是在外面安装围栏，这种做法在以前根本是不可想象的，因为既不美观又占用空间，但现在，人们唯一考虑的只有效率、工程量和效果。

“应急预案我大致弄了一个出来，不过可能有很多地方都要修改。”刘玉成也说道。

“无须复杂，越简单、越方便越好。”张晓舟说道。

两人的工作效率让他感到有些无奈，整整一天他都在处理与其他团队有关的事情，真正属于安澜大厦的事情都没有做几件。不过这也让他感到高兴，某种意义上来说，事情不需要他的参与就能很好地完成，这才是他想要看到的结果。

三人正在讨论第二天要做的事情，突然有人在外面轻轻地敲了一下门。

“请进。”

进来的是上午成立的裁决庭的代表，张晓舟愣了一下：“结果出来了？”

结果其实早就应该出来了，这件事情本身并没有太大的争议，也没有什么复杂的地方，加上很快就抓住了三个小偷，几乎不需要怎么调查就能搞清楚事情的来龙去脉。之所以拖到现在才出结果，更多的其实是因为他们一直在考虑惩罚的力度问题。

太轻，没有震慑意义，也失去了他们九个人专门为这个事情讨论一天的意义；太重，又有点说不过去，而且大家都是熟人，还真的很难下这样的决心。

最关键的是，他们不知道自己的决定是不是符合领导的意思，但张晓舟这里一直都有人，他们也没有机会来试探一下。

事件本身没有什么可说的，那些人趁着晚上下雨的时候偷偷撬开了安澜大厦侧面通往停车场的那道铁栏杆门，然后偷走了其中的三辆车，并且因为贪念而顺手弄走了他们鱼池里的鱼和藕。其中两个人曾经试图撬开后门，但因为听到了有人走动的声音而放弃了。

外部人员的罪行已经得到了处理，裁决庭所要决定的是对内部人员的处理，简单来说，就是对值班员的处理。他们认为其他两个值班员在这个事情上并没有明显的错误，没有证据表明他们有脱岗或者是睡觉的情况，唯一的处罚对象就是在大厦北侧值班的那个值班员李学勤。

“这里有个问题……”裁决庭的代表吞吞吐吐地说道。

“什么？”

“我们查了规定，按照新的值班规定，管理团队应该有人起来巡查他们的值班情况……但昨天晚上并没有……如果有人巡查的话，他也许就不会打瞌睡了。”

“你这人怎么……”钱伟一下子急了起来，说来说去，竟然变成管理团队的问题了？“你不知道前一天都做了什么事情吗？累了整整两天，又经历了那么多事情，难道就不能……”

他的话让这个人的表情一下子变得很尴尬，张晓舟急忙用手扯了他一下。“管理团队没有尽到监督检查的责任，你们这个判断没有问题。”张晓舟平和地说道，“那天晚上本来应该是我起来巡夜，这是我的失职，我愿意接受裁决庭的处罚。”

“这怎么行！”钱伟马上说道，“那天晚上大家都太累了，根本就没有安排巡视检查的事情……”

“我是队长，没有安排就是我的失职，这没有异议。”张晓舟说道，“你接着说吧。”

裁决庭的代表有些动容,他看了看钱伟,低头看着自己的笔记说道:“我们最后的结果是,认定李学勤在值夜班期间睡觉,违反了值班规定,并且造成了较为严重的后果,决定对他处以关五天禁闭、扣除五天用水、三天口粮减半的惩罚。”

这样的结果钱伟并不是很满意,但他没有多说什么。

“对于管理团队呢?”张晓舟问道。

“啊?”这个人一下子愣住了。他们根本就没有想过要处罚张晓舟或者是管理团队的任何成员,就像钱伟所说,他们中的绝大多数人本身就参加了之前的行动,那天回来有多累、压力有多大他们都很清楚。管理团队没有按照规定起来巡夜在他们看来并不是值班员可以睡觉的理由。

之所以专门说这个事情,主要是考虑到有这个规定存在,怕李学勤和他的家属到时候拿这个条款说事,给张晓舟他们提个醒。让他没有想到的是,张晓舟却表现出了这样的态度,这反倒让他有些惶恐了。

“这个……”

“前面的我没有意见,但你们既然发现了管理团队在这个事情上的责任,就应该同样提出处理意见来。”张晓舟说道,“这样吧,你们抓紧时间讨论一下,拿出一个结果,然后在晚饭之前宣布,不需要通过我们同意了。”

裁决庭的代表一脸懵懂地走了出去,钱伟马上说道:“张晓舟,你这是什么意思啊?”

“你指什么?”

“这个裁决庭!难道你要让他们变成凌驾在我们管理团队之上的东西?”

“我们表决通过那五条原则的时候,裁决庭本身就高于管理团队。”张晓舟答道,“管理团队没有办法调解和处理的问题才成立裁决庭进行调查和处理,而更加重大的问题则必须通过全体会议,这个关系应该很清楚啊。”

“但是……但是……”钱伟一下子语塞了,在他看来,所谓的裁决庭就是代替管理团队处理那些得罪人的、不方便由他们出面干预的事情的机构。但现在看来,张晓舟所想的和他理解的却完全不同。但究竟是什么地方不对,他一下子说不出来。

“我知道你想说什么。”张晓舟这时候说道,“但裁决庭只是一个临时性的机构,而且每一次的成员都是完全随机组成,它怎么可能影响到管理团队的权威?至于全体会议，那就更没有什么可说的了，如果我们努力工作，竭尽全力地带领大家去谋求一条生路，却没有办法得到大多数人的认可，那要么是我们自己出了严重的问题，要么就是这个团队出了严重的问题。我相信我们的付出只要是有眼睛的人都应该能够看到，难道他们会在这种事情上非要和我们过不去，在团队里制造裂痕吗？”

“要相信自己，也要相信周围的人。”他对钱伟说道，“也许我们会遇到野心家，遇上居心叵测的人，但不会是现在这些人，更不会是现在这个时候。”

晚饭之前，所有人都注意到了早上选出来的裁决庭的人站到了讲台旁，会议室里一下子安静了下来。那些新加入的人小声地问着周围的人这是什么情况，很快，他们就沉默下来等待结果。

“请大家安静。”张晓舟站出来说道，“裁决庭已经有结果了。”

之前那个男子代表裁决庭站到了讲台上，他明显有些紧张，但在张晓舟等人的鼓励下，他还是略微有些磕巴地念完了他们调查的过程和最终给出的处理意见。

当人们听到“禁闭五天”这样的惩罚时，有人松了一口气，也有人感觉不太公正，但无论怎么说，这样的结果并没有太大地偏离他们的心理预期。

很少有人注意到，裁决庭的意见中还有要求管理团队公开承认错误并且引以为戒这样的内容。

张晓舟再一次回到了讲台上。

他默默地站在那里，看着眼前的人们，直到他们渐渐停止了讨论。

“首先我要代表管理团队向所有成员表示深刻的歉意。昨天晚上发生的这个事件里，李大叔没有尽到自己的责任是一个方面，但我们管理团队也有很大的责任。”

人们又开始惊讶地小声议论了起来。

“把整个团队的安全压在三个值班员的身上，这个安排本身是不合理的。我们本来应该事先考虑到存在的安全隐患，考虑用技术手段或者是更合理的规章、更合理的人员安排来规避这样的风险，但因为一切草创，面临的问题千头万绪，我们没有预见到，更没有去做。我们也没有认真地按照制定出来的规章落实夜间的巡查，让李大叔因此放松了警惕，违反了值班员的规定。应该说，昨天晚上所发生的事件，是我们同时失职而造成的结果。

“幸运的是，昨天晚上我们并没有遭遇更严重的损失，没有人潜入我们的房子，没有人抢劫我们,也没有人纵火。我们的这个失误没有造成灾难性的后果。但我想说的是,这一切都是有可能发生的！如果我们遭遇的不是盗窃而是抢劫,结果会完全不同！我们中的一些人也许会死去,有些人也许会被迫离开,有些人很可能会被俘虏,被迫去做那些极度违反我们个人意愿的事情！

“我不是要危言耸听,但我恳切地希望,我们的每一个成员都要时刻保持清醒。我们生活的环境已经发生了翻天覆地的改变,我们的生活已经发生了彻底的改变,但我们的思想有没有跟着扭转过来？我一直以为自己已经扭转过来了,但昨天晚上所发生的事情让我知道,其实我没有。我不知道有多少人像我一样,也不知道有多少人甚至还没有这样的意识。但我必须要告诉大家,这样下去,会很危险。

“我举一个简单的例子。我们曾经见过有人被那些森林中的吸血虫子杀死,我们的团队中也有人曾经被那些虫子叮咬后差一点就丧命！我们专门把这些事情告诉大家,但结果呢？因为晚上太热,还是有很多人开着窗户睡觉！没有及时给所有房间都配上纱窗是管理团队的责任,但生命和舒适相比,哪一个更加重要？

“我不想指责任何人,我只想再一次告诉大家,在现在这个世界里,任何看似微不足道的疏忽都有可能给自己和家人带来无法弥补的伤害,带来我们无法承受的后果。今天犯错的是我们,我们已经认识到了这个错误。我希望,大家能够从我们身上吸取这个教训。”

“再一次向大家道歉。”他最后说道,“管理团队将会深刻地吸取这次事件的经验和教训,尽快把安澜大厦的安全防护工作做好,杜绝类似的事情发生。这不是空话,也不是套话,而是我们实实在在必须要做的事情。希望大家监督我们的工作,和我们一起把这些工作做好。对不起！谢谢大家！”

人们在议论纷纷中吃起了晚饭,这一天没有需要外出的重活,因此吃的只是简单地混合了嫩树叶、茶叶和少量肉干的稀粥。与昨天晚上庆祝胜利的晚餐相比,这简直不能称为一顿饭,这让有些人开始低声地抱怨起来。好在大家都知道现在是什么状况,即使是新加入的几个团队也没有多说什么。

天色灰暗起来,在没有电和灯光的时空当中,人们的生活不得不转化为日出而作日落而息的节奏,在这样只有星空的黑夜中,唯一的消遣也只有聊天、盥洗室中的擦洗和夫妻之间的那点事情了。

夫妻间的事情再一次被提上了日程，而且还不止一个人隐秘或者是直接地找上了他们。毕竟，现在将近一百五十个人集中在这个楼里，几乎没有什么私密的空间，虽然一个家庭就有一个房间，可总不可能当着自己的父母和孩子做那档子事情。

“这些家伙，就这么管不住自己的裤裆。”钱伟在黑暗中有些愤愤地说道，“白天干的活还不够多、不够累是吧？”

“人家都是合法夫妻，这没什么可说的。”刘玉成说道。其实他自己也有这种需求，但在钱伟这样的单身汉面前，他聪明地回避了这个问题，“最麻烦的还是避孕的问题。”

他们当然可以采取一些避孕措施，但却不保险，在现在这种情况下，没有什么手段可以终止妊娠，孕妇和新生儿将会是团队严重的负担，至少在团队彻底稳定并且有充足的食物来源之前，他们还没有能力去解决和承担。

“我们没有这些东西的储备吗？”张晓舟问道。

“之前都只顾着吃饭的问题，谁会关注这些东西？”刘玉成说道，“对面那个药店被烧了，不然多多少少能找到一些……”

“钱伟，把计生用品列入重要物资的清单，下一步安排行动组的成员搜索一下吧。”张晓舟叹了一口气说道。刘雪梅在旁边的时候，探讨这种问题让他感觉很别扭，但身为团队的负责人，他没有办法回避任何问题。

“等计生用品到位，把四楼那几个小房间收拾出来，抬几张沙发进去，起码比床容易清洁……刘姐，你这边安排一个沉稳一点，不会嚼舌头的老太太去负责一下这个事情吧。用之前要提前登记预约，正常工作时间不能用，太晚了不能用，不接受连续预约……就这样吧？”

“这个事情可以作为一种奖惩措施。”钱伟突然说道，“不认真工作的，不给预约或者是把他的预约往后移……表现良好或者是有贡献的，可以插队或者是优先使用这些房间。”

单身汉的“怨念”还真恐怖。

张晓舟这样想着，随即同意了他的这个建议。

毕竟他们有的奖惩措施实在是太少了，任何可以体现奖惩的方法都必须用上。

“刘姐，你在妇女当中宣传一下这个事情，一定要把怀孕的危险性告诉大家，千万别在这个事情上出什么问题。”张晓舟不敢去看刘雪梅的方向，念经似的把这个事情安排了下去，“下一个议题是什么？”

“运土的问题是不是……”钱伟说道。

就在这时，突然有人在外面敲了敲门：“张队长，外面有人找你！有好多人！”

钱伟急忙把自己的成员们召集了起来，跟着张晓舟到楼下去，好在大部分人都住在二楼，现在又没有什么事，只是吼一嗓子的事。

“是你？”隔着网格卷帘门，张晓舟惊讶地看到，来的竟然是那个一直和他们唱反调，后来又抛下他们自己先离开的络腮胡。今天公审的事情他们特意没有叫他一起参加，他现在带着这么多人过来，是想干什么？

“怎么？张队长，你们就这样对待客人？”络腮胡在外面问道，“外面可不安全！”

“谁知道你们来干什么！”钱伟说道。

络腮胡笑了笑，看着张晓舟，什么话都没有说。

他们中有人手里拿着简陋的火把，借着这个光，张晓舟大概看清了来的人，有将近二十人，很多都是从来没有见过的陌生脸孔。

络腮胡说道：“我们有事情想和张队长你聊聊。”

“开门。”张晓舟说道。

他们大多数人手里都拿着武器，但张晓舟不太相信他们会凭借这么点人就来攻击安澜大厦，络腮胡自己也收获了一整车粮食，应该不会在这个时候铤而走险。这些应该是他们在黑夜里出来时用来防身的武器。

有人从旁边的库房把撬棍和砍刀之类的东西拿出来递给了身边的人，卷帘门随着手拉链条慢慢地升起来，这样的场景颇像两个暴力团伙正准备火并。

卷帘门升到一米高的时候就停了下来，络腮胡第一个弯腰钻了进来，然后主动把手里的武器递给了站在张晓舟旁边的钱伟，随后那些人都跟着他钻了进来，和他一样把武器都放在了门口。

气氛终于缓和了一些。

“来这边，你们吃饭了吗？”张晓舟把他们带到食堂。

“给点水喝就行了，这鬼天气，太热了。”络腮胡说道。

人们在食堂里坐定。好在食堂整天都在烧水，也备了很多凉开水，应付这样的事情并没有什么问题。

“我听说张队长你白天和他们说的事情了。”络腮胡开门见山地说道，“我对你说的事情很感兴趣，这里往北走大概一公里多的地方有个宏光集团的办公大楼，和你们这幢楼情况差不多，周围还有一些建筑物可以用上，我准备占据那个地方。”

张晓舟静静地听他说着，猜测着他的来意。

应该不是结盟。在他带着自己的人丢开团队率先离开之后，张晓舟和他就没有再合作的可能，这一点他自己应该也很清楚。

“这些人都是那幢楼附近团队的头头。”络腮胡说道，“我们准备合并成一个大团队，有将近三百人。”

“这样很好。”张晓舟说道。但他准备拿什么来养活这么多人？

“但我们的粮食不够。”络腮胡说道。

“这和我们有什么关系？”钱伟说道，“我们的粮食也不够吃。”

“钱副队长，你别着急。”络腮胡说道，“我们不想借粮食，只想借你们那五辆车。汽油我们自己想办法，事成之后，车子原物奉还，每辆车子我们付一袋米作为酬金。”

“你们要去副食品批发市场？！”张晓舟一下子站了起来。

“不错！”络腮胡说道，“如果张队长你们还愿意跑一趟，那就更好了！”

张晓舟一下子踌躇了起来。

他当然还想去，那天他们二十多辆车子仅仅是搬空了不到三分之一的商铺，那里应该还有足够多的粮食。除此之外，那家种子公司里剩下的十多吨种子也是很好的目标，即便是有很多已经进了水，但作为粮食不会有任何问题，更何况，那堆积如山的袋子中间，一定还有很多种子没有受潮。

不管是从整个远山市幸存者的角度考虑，还是单纯地从他们自己的角度考虑，有任何机会再去一次他都不想拒绝。

但其他人……

也许那只暴龙那天并没有对他们造成很严重的威胁，出现伤亡是因为那些人抛下队伍擅自离开，但那三个人在街道上拼命逃跑却还是被暴龙无情吞噬的景象让很多人都感到了恐惧。

张晓舟曾经试探着问过一些团队的意见，他们几乎无一例外，完全都没有再去冒险的想法。

“省着点吃，等玉米收获就没问题了。”他们中的一些人这样对张晓舟说道。张晓舟有些怀疑，他们根本就不准备吸收任何人进入自己的团队，而是鼓动其他人按照张晓舟的建议去做，等到他们吸收了足够多的人口，把抢劫的隐患消除之后，这些人就可以凭借手头的粮食安然度过最初的危机。

安澜大厦的人们会愿意再去冒一次险吗？

张晓舟对此并没有什么把握。

“算了吧！”钱伟的声音说道，“我们可不想又被人抛下！”

“那是我的错。”络腮胡毫不在意地说道，“那时候我还不知道张队长你是为了种子，也没有想到那只暴龙会那么厉害……张队长，钱副队长，同样的错误我不会犯第二次！只要你们安澜大厦愿意出人，这一次还是你们来指挥！我保证大家都没有二话，你们指哪儿，我们就打哪儿！”

跟他来的那些人也开口说了起来。

“是啊，张队长，我们都听说了你们的事情，有你们带头，一定不会有问题的！”

“粮食谁还会嫌多啊？张队长，你们这儿有这么多人，多弄点粮食不好吗？”

“张队长，只要你带我们把粮食运过来，以后没说的，你就是我们大家的头儿了！”

“张队长……”

“你去找过其他人了吗？”张晓舟没有管他们的迷魂汤，而是对络腮胡问道。

络腮胡点了点头说：“之前我们已经去找过他们了。”他摇了摇头，继续说：“都是些没种的东西……门都不敢开。他们只肯把车子借给我们用，自己不敢去。”

你带着这么多人，谁敢开门。谁知道你是来抢劫还是来谈判的？

张晓舟腹诽着，却没有给他明确的答复：“安澜大厦我说了不算，钱副队长说了也不算，我们要开会表决。”

“啧啧。”络腮胡咂了咂嘴，“张队长，你们现在还搞什么开会表决，真是……”

“这和你没什么关系。”钱伟说道。

“那什么时候能有结果？”络腮胡问道。

“明天早上，七点钟以后。”张晓舟答道。现在六点钟天亮，他们吃早饭一般都在六点半，七点钟肯定有结果了。

“好！那我们就等你们的好消息了！”络腮胡说道，“张队长，我相信你的魄力和眼光，这事情本来就是你们先提出来的，里面有什么门道你最清楚！有你在，一定不会有问题的！”

“抱歉，我说了不算，要听大家的意见。”张晓舟对他们说道。

好说歹说，他们终于起身离开。

“张队长……”络腮胡在离开之前低声地对张晓舟说道，“这件事情你如果做成了，在城北这些团队里的威望肯定就建立起来了。到时候你要做什么事情不可以？别人我不敢保证，但我绝对挺你！我手下二十几个兄弟，绝对唯你马首是瞻！”

张晓舟看着他，微微笑了一下，没有说话。

“等你好消息了！”络腮胡拍了拍他的肩膀，弯腰走了出去。

“我不同意！”钱伟直截了当地说道，“那个人是什么样的秉性你应该也很清楚了，面对危险他会毫不犹豫地出卖我们！和这样的人合作，根本就是火中取栗！”

“我知道。”张晓舟微微地叹了一口气。

络腮胡等人说的话很多人都听到了，张晓舟给出的回答也同样传到了每一个人耳朵里。在他们离开之后，几乎整幢房子里的人都开始讨论这个事情，即便是坐在自己的房间里，张晓舟也能够听到隔壁房间人们的争论。

大部分人都在说着那天络腮胡和他的手下第一个抛下张晓舟他们抢先离开的事情，许多人都在讲述那两辆跟着他们提前离开却在半路遇上了暴龙的车子。有些人甚至脑补出了无数的细节，暴龙如何出现，车子怎样在惊恐当中撞到路边、爆胎，车上的人在绝望中试图逃回车队，却在所有人面前被暴龙撕碎。

几乎所有有投票资格的成员都经历过那天的事情，即便有少数的妇女没有经历那个过程，但在人们一次次的叙述中，她们也完全可以脑补出当时的情况。

为什么要再去冒险呢？更何况，还是跟着那样一个没有任何信誉的团队？

而另外一种更加普遍的看法则是：“我们现在的粮食应该够支持到第一批玉米收获了吧？为什么还要去冒险？”

张晓舟不得不向人们解释自己的理由——如果不以身作则吸收更多的人进入安澜大厦，带动其他团队吸纳更多的人，把不久之后的饥荒和很可能发生的抢劫潮提前遏制住，他们在这里就永远没有真正的安全可言。

这样的堡垒对于动物来说也许是不可逾越的，但对于人类来说，要真正攻进来也许很困难，要造成破坏却非常简单。

张晓舟自己就可以想到无数种不需要花费多少时间和资源就能做的事情，眼下他能够看到的任何一个聚落都异常脆弱，也许何家营、地质学院和康华医院这样的地方能够例外，但眼下，他们远远达不到那样的水平。

他很快就发现自己的尝试是徒劳的，以这样的理由说服人们接纳更多的人根本就没有任何说服力，人们或许可以接受因为缺乏劳动力，因为要有更强大的保护自己的武力这样的理由接纳新人，但张晓舟现在所提出的理由他们却不以为然。

“张队长，你说的我都明白，但是，你根本就不可能让所有人都有东西吃！就算是我们接纳了一百人、两百人，甚至三百人，可对于多达上千甚至更多的总量来说，这样的数量又有什么用？”一名在行动组中颇有威望的成员甚至单独找到了张晓舟和钱伟，“我们的粮食应该用在更有价值的地方。我这样说你也许会觉得我很残忍，但现在这个世界，容不得我们再有妇人之仁。我们接下来应该尽可能吸纳那些战斗力强大的小团队或者是个人，充实我们自保的能力，同时进一步加固我们这幢建筑物，而不是像你所说的那样尽可能吸纳更多的人，把风险降低。我们的土地只能养活这么多人，想要让所有人都活下来，这根本是不可能的。饥荒根本就无法避免，吸纳更多没有价值的人只会让我们变得虚弱，让我们没有办法坚持得比别人更久。”

“如果那些人因为饥荒而陷入绝望，开始抢劫我们，那怎么办？”张晓舟问道。

“他们不可能一开始就抢劫我们。”这个人冷静地说道，“他们肯定会首先对那些有粮食的小团队动手，最后才会是我们这样人手众多的地方。在这个过程中，他们要么轻松地获得更多的粮食，要么付出一定的代价之后获得粮食，不管具体的情况会是什么样，这个过程必然会消耗掉他们的锐气和力量，也消耗掉很多没办法适应这个世界的人，他们也必然会获得足够他们渡过这个难关的粮食。在那之后能够活下来的人，才是值得我们投资的对象。”

张晓舟摇了摇头，他不知道这种想法有多大的说服力，但这样的想法在他看来是极其危险的：“那时候活下来的人都是野兽，人们会因为残酷的现实和你所推崇的这个淘汰过程而变得充满仇恨，你希望看到那样的未来？你会安心地信任经历过抢劫和仇杀的人与我们合作？”

“你一直都说我们没有弄清楚现实，没有把思想扭转过来，张队长，其实真正没弄明白的人是你。这已经不是我们所熟悉的那个世界了，这个世界本身就是残酷的，你再怎么努力，也不能把它变得温情脉脉。我很钦佩你所做的一切努力，也很钦佩你这个人，但你难道不觉得，你的努力中，有很大一部分都被人无视、被挥霍掉了吗？你殚精竭虑地努力让每个人有更好的生活，但他们真的感激你吗？”

他叹息着摇了摇头：“他们只觉得自己的工作量太大，只觉得自己付出了太多，只觉得一切可以变得更好，只想要得更多！你让我们这个团队里的人变成了温室里的花朵，根本就没有看到这个世界残酷的真实！为了让他们乐于付出，你甚至不得不弄出一个不伦不类的投票表决体系。但其实，只要让他们经历一次真正的危险和痛苦，让他们看到这个世界真正残酷的一面，他们就不会再有任何抱怨，也不会再像现在这样拖沓。你害怕人们变成野兽？我的看法恰恰相反。每个人都应该变成野兽，都应该变成狼！我们必须成为一群狼，而不是一群羊！不是每个人都有资格在这个世界上生存下去，没有足够的觉悟，无法适应的人，根本就不应该活下去！”

张晓舟看着他的双眼，他的目光很坚定，这说明他的这番话并不是突发奇想，而是经过了认真的思考和总结的。

这样的人不可能简单地被语言说服。

“我记得你有父母，有妻子，有个儿子？”张晓舟说道，“你也许是狼，但他们怎么办？如果被淘汰掉的是他们，你怎么办？”

“我正在努力让他们变成狼。”这个人却答道，“即便身体不能变成狼，思想上也一定要变成狼。这样，即使是面临残酷的淘汰，我相信他们也能和我一起撑到最后。”

“我觉得他说的很有道理。”钱伟在这个人离开之后说道。

张晓舟无奈地看着他。

“我会支持你的任何决定，张晓舟，但我认为他在某些方面是对的！我们必须要做出改变，不能再像现在这个样子！”

张晓舟只感到极度的疲惫。大家都是成年人，这就意味着，他们不会简单地被别人的思想干扰和说服。他一直以为自己说服钱伟接受了自己的计划，但现在他才意识到，其实钱伟也有自己的想法，也许其中很大一部分和他存在着巨大的分歧。

但他已经太累了，不想再一次次地重复自己曾经说过许多次的话。

“我们以后再谈这个吧。”他对钱伟说道，“今天晚上你值上半夜，我值下半夜。”

“你休息吧。”钱伟摇了摇头，“上半夜我来，下半夜是刘姐，我们已经说好了。”

张晓舟没有再坚持，他点点头，甚至没有擦洗就爬到了床上。

钱伟从外面把门关上，但很快，张晓舟就听到了他和其他人压低了的声音。

房间的隔音并不是很好，但也听不清他们在说什么，张晓舟躺在床上，突然开始怀疑起自己来。

难道我真的错了吗？

难道真的要让一部分人死去，另外一部分人才能够活下去？

他从来都不否认丛林法则的存在，但问题是，他们并不是蛮荒时代的野人，而是经过工业时代，从信息时代来到这个世界的人类，难道非要让所有人都退化到变成野兽，他们才能战胜这个世界？

这个世界总的资源有限，只有消耗掉多余的人口才能生存，这是农业时代的思维模式。为什么不能以工业时代和信息时代的思维来面对这个世界，为什么不能用工业化的组织和行为模式战胜这个世界？

不，我没有错。

他这样对自己说道。

每个人都有独特的价值，每个人的知识、经验和技能都是财富。他们不是生存的竞争者，不是资源的消耗者，而是价值的创造者。只要找对了方向，每个人都必然有着无法取代的价值。就这样让他们为了食物和生存而像野兽一样在毫无意义的争斗中死去，这是巨大的浪费和犯罪！

我一定要说服他们。

他这样对自己说道。

但第二天一早的投票却给了他沉重的一击。虽然他竭尽全力地阐述了自己的理由，但表决的结果依然让他极其失望。

人们甚至没有什么心思去听他说了什么，对于他们来说，所有的讨论都在前一个晚上有了结果。

车子可以借给他们，但安澜团队不参与这样没有安全保障的行动。

这是一个压倒性的表决结果。

第4章 预感

络腮胡对于这样的结果显然早已经有了准备，他冷笑了一下，让手下的人跟着钱伟去开车。

“张队长，你现在知道自己犯的错有多严重了吧？”他低声地问道。

张晓舟并不想就这个问题和他深入地说什么，既然团队已经做出了决定，那作为这个规则的推动者，即便是完全违背他想法的结果，他也必须要尽力地去做到最好。

“你们准备怎么做？”他对络腮胡问道。

“当然是照搬那天的经验喽，怎么，张队长你有什么指教吗？”络腮胡问道。

“你们准备什么时候行动？”

“我的人现在正在带着那些人把那个坡堆起来，下午行动。”

“你们可以直接到批发市场对面的那家种子公司去拉玉米种。优先搬干燥的那些，然后是浸水不太严重的。”

“这你就不用操心了，我们又不是笨蛋。”络腮胡笑了起来，“说真的，张队长，你这个队长当得也太憋屈了，不如带着人来和我一起干！宏光集团的办公大楼比安澜大厦这边要大得多，发展绝对比这边好！你在这边当个队长，名义上是头，可想干什么还得看别人的脸色，这有什么意思？听我的！安澜大厦这边就当是练练手，学点经验。去宏光那边，我们俩一起从头开始，你主内搞建设，我负责处理外部事务，事情我们俩商量着来，绝对比在这边痛快！只要是你看得上的人，去那边随便你怎么用，怎么样？”

“你的好意我心领了。”张晓舟淡淡地答道。这样的拉拢对他来说毫无意义，如果他只是想找个能让自己痛快舒服的地方，之前他早就已经报名去地质学院了，完全没有必要留在这个地方。以他的知识，不管在什么地方都不会被忽视。

当然，这些话他没有必要，也不会告诉络腮胡这样的人。

“你又何必这么固执呢？”络腮胡叹了一口气说道，“反正我话先说定了，只要你肯过来，副队长的位置绝对是你的，什么时候都有效！”

张晓舟不想和他继续在这个事情上纠缠：“我只提醒几句，第一，这些车子的情况并不是太好，你们要注意一下载货量的问题；第二，一定不要让车子分散，保持队列才能确保安全；第三，回来之后，那个坡一定要推掉！不然大家都要面临危险！”

“哈哈。”络腮胡笑了起来，“张队长，这个世界上不是只有你一个聪明人。”

他们开着五辆车子走了，张晓舟却一直觉得心神不宁。

因为眼下的工作重心在安澜大厦本身，他们并没有安排太多人外出，只是由李建业带了十个人出去寻找一些急需的东西，大多数人都留在安澜大厦做着安全防护围栏、防火和物资整理的事情。

刘玉成带着大家把四到六楼的那些房间里的东西都搬出来放在走廊上，一方面是减轻重量，另一方面则是为玉米的大规模种植腾出空间。他们把一些铁皮柜子里面的东西取出来之后放到楼下每个房间里靠窗的地方，准备之后挖土上来用这些柜子种植一些蔬菜。除了玉米种子之外，他们现在已经收集了一些辣椒、番茄、黄瓜、南瓜的种子，已经小心地隔着玻璃晒干，还从一些烂掉的苹果和梨核里弄到了一些种子，准备陆陆续续把它们都种起来。对于他们来说，任何一块能够用上的土地都不能浪费。

但取土是一个大问题，他们这里和对面的小区的绿化带里实际并没有多少土，下面都是地下车库。要挖土的话，只能到更远的地方。但这样一来，工程量就会变得很大。

玉米的植株高大，根系也发达，集合了几个曾经种过玉米的老人，再加上李雨欢这个技术员，大家讨论了一番之后，都认为即使是保证了肥力和灌溉，也至少需要三十厘米深的土层才能确保它们长好。粗略地计算一下，要想把四楼到屋顶的空间都堆满这么厚的土，他们至少需要运两千六百方土到楼上去。按照之前他们修筑那个坡时挖土的效率，即使是不考虑运输，也要五十个人干上十天才行。

“这么多土，有多重，楼板承受得住吗？”刘玉成却想到了另外一个方面的问题。

“我正想说这个问题。”虽然刚刚加入，但因为专业技术知识被张晓舟马上任命为支援组副组长的吴工答道，“普通的红土一立方大概是两吨，吸了水还会更重一些。但种植土的密度肯定要小一些，我估计应该在 1.6 吨到 1.7 吨的样子。我检查过，安澜大厦的楼板都是整体现浇的混凝土，厚度应该在十五厘米左右。我还没找到大厦的图纸，如果当时没有偷工减料，设计上每平方米应该能够承受三百公斤的重量。我们的土层如果按三十厘米来考虑，那就是四百八十公斤，这个重量有点危险哪！”

“会有什么后果？”张晓舟的心一下子绷紧了。他所有的设想都扎根在这个计划上，这样的结果简直是晴天霹雳。

“也许短时间内没有影响，但长时间下来，楼板可能会变形，出现裂缝，甚至是垮塌。”吴工说道，“要是房屋的设计和施工本身有问题，那整幢房子的结构都有可能出现问题。”

“有办法解决吗？”张晓舟一下子咬紧了牙关。

“技术手段当然有，但以我们现在的条件，材料会很难找。”吴工说道，“不过我们可以把不受力的隔墙和多余的装修材料全部拆掉，这些东西看上去不起眼，但重量也不小，这样一来，承重情况应该会好得多。但防水问题始终不好解决，时间长了，三楼肯定会渗水的。”

“渗水这样的问题可以慢慢解决。”张晓舟说道。

“张教授，其实土也可以想想办法的。”第一次参会的李雨欢有些怯生生地说道。张晓舟从那天表露了自己的意思之后，再也没有任何表示，这多少让她有些生气。但张晓舟每天的忙乱她都看在眼里，她也知道现在不是适当的时候。

“你说。”张晓舟急忙说道。

“我是做农业的，多多少少知道一些现在的趋势，其实远山城里有很多顶楼的住户都在把自己的阳台或者是天台改装成都市菜园，如果用正常的土，承重肯定有问题，所以他们除了基础设施用轻质材料之外，土也多半采用轻质种植土，一立方土的湿重应该不到一吨。”

“轻质种植土?”人们都看着她,这让她有些紧张。

“就是泥炭土、陶粒、珍珠岩、蛭石、锯末、松针土、腐叶土这些东西加上园土的混合物,这些东西保湿比较好,肥力却要稍微差一点。”

“这些东西我们现在可弄不到。”刘玉成摇了摇头,“不过草木灰我们倒多的是,那东西本身应该是可以当肥料的,刘姐你们应该一直都留着的吧?”

刘雪梅连忙点了点头。因为张晓舟一直说要在楼里种东西,她们每天烧饭烧水剩下的灰都没有扔掉,全都堆在食堂旁边的那个空房间里,已经积累了一大堆。

“不管怎么说,这终归是个努力的方向。”张晓舟说道,“刘哥,今天下午就先动起来,我们从六楼的房间开始,把多余的重量全部清除,然后开始运土上去!吴工,这个事情请你来把关。这件事情不能再拖了,越早动手越好。清理出一块区域我们就先播种一块区域。雨欢,种植的事情我就交给你了,我会把所有务过农的人都调给你,你们一定要把这个事情做起来。另外,那些亲本的种子也交给你管理,现在还用不上,所以你一定要做好防潮和保管工作!”

一声“雨欢”让女孩的脸一下子红了,不过大家都没有注意到这一点,她为自己能够管理一块重要的事情而感到高兴,但又有一点心虚。

“张教授,要不然,你还是安排给别人,我给他们打打下手就可以了。”

“这些种子是你们公司的,那些资料也只有你清楚,我相信你一定可以做好这个事情!”张晓舟看着她的眼睛说道。交给那些老人,他实在是不放心,尤其是那些宝贵的亲本种子,他真怕谁把它们给弄坏了。“我们全都会支持你,你要相信自己!”

“那我就试试吧!”李雨欢握紧了拳头,轻声地说道。

紧急的事情基本上说完,大家各自散开去做自己的事情,算算时间,络腮胡他们的队伍应该也把那个土坡恢复得差不多了,张晓舟实在是放心不下,于是一个人到了楼上。

两个哨兵正聚在一起躲在阴凉处,不知道在聊什么,看到他上来,脸色一下子变得苍白,急忙从座位上站了起来。

“守好你们的岗位!”张晓舟压着怒气说道,“我们还有人在外面冒险,他们的生命就在你们俩手上,就在你们的信号旗上!要是因为你们聚在一起看漏了什么地方而遇到危险，你们准备拿什么来赎罪？”

“对不起张队长，以后一定不会再犯了！”两个哨兵慌慌张张地扛着椅子从水箱的阴影里跑出来，向着各自的哨位跑去。

张晓舟深深地吸了一口气，只能把心头的那一丝怒气强压下去。

被关禁闭的李学勤就在楼下的那间小黑屋里，他以为人们多多少少会从他的事情上吸取一些教训，但现在看起来，他们也许真的需要遇上什么事情之后才会彻底扭转过来。

我难道真的做错了？

张晓舟忍不住怀疑起自己来。

他努力让自己不去看这两个人，向着高速公路的那一侧走去。

“张队长。”负责这边的哨兵殷勤地把墨镜和望远镜递给他，他接过了望远镜，却没有拿墨镜。

高速公路的那个点被附近的房子挡住，在这里看不到具体的情况。

“张队长，你想知道早上那帮人的情况？”这个张晓舟不知道姓名的老人说道，“我一直盯着呢！他们的车队已经上去差不多二十分钟了！那个方向危险，我清楚着呢！”

张晓舟不知道他是真的像他所说的一直恪尽职守，还是为了洗脱他的不尽职而胡乱告诉自己一些东西。但有一点可以肯定，络腮胡他们应该已经完成了土坡的恢复，并开始往副食品批发市场的方向去了。

他点点头，匆匆地下了楼，把他们用来传递信息的那辆山地自行车推了出来。

钱伟正好带人到一楼的库房里来取钢材，两人撞在了一起。

“你去哪儿？”

“我到高速公路那边看看情况，马上就回来。”张晓舟对他说道，“行动组还有多少人在外面？”

“就是李建业带的那个组，十一个人。”

“先把他们召回来。”张晓舟说道，“我心里总感觉不踏实，就像是会有什么危险。”

“好。”钱伟点了点头，“我马上让人到楼上去摇黄旗，你要小心！”

高速公路旁一片狼藉，之前他们挖土时在旁边绿化带里刨出来的那几个坑里满是混浊的积水，地面上泥泞不堪，全是一条条深深的车辙。

这让张晓舟不禁担心，他们的车子回来的时候会不会陷在里面没有办法动弹？

连续几天的雨水让他们之前搭起来的那个上坡微微有些垮塌，但看上去并不算太严重，可这也让张晓舟明白，他们根本就没有对这个坡做任何加固和修补。

这样的做事态度让他有些担忧。

他推着山地车上了高速公路，小心翼翼地穿过隔离带的开口，到了那个下坡的地方。

地上同样是泥泞不堪，之前被他们推到一边的那几辆车子又被推了回来，上面乱七八糟地堆满了各式各样的杂物和泥土，形成了一个凹凸不平的陡峭斜坡。张晓舟有些不确定，但他觉得之前吴工带领大家搭成的那个坡应该比这个要长得多。

高速公路的下穿路口依然积满了雨水，几乎已经完全淹没了桥洞，高速公路两侧空荡荡的，什么都没有。

张晓舟没有再继续向前冒险，他小心地用高速公路边的隔离栏遮住身体，拿起望远镜向着汇通国际的方向看去，视线却被中间的树木和建筑物遮挡，什么都看不到。

这让张晓舟开始回头寻找更好的观察点，他的目光马上就放在了附近最高的建筑物新洲酒店上。

他把车子藏在了新洲酒店大堂里面，然后开始沿着消防通道向上走，虽然不久前才检查过这个地方，但他还是把随身携带的匕首拿在手里，小心翼翼地上楼。

消防通道的门应该都是自动关闭的，这让整个通道一片黑暗，他不得不一路摸索着上楼，花费了将近十分钟的时间才爬到了十五楼，这个高度应该已经足够了，于是他推开消防门走了出去。

酒店的走廊里已经弥漫着一股浓烈的霉味，脚下的地毯踩上去湿湿的，应该是某个房间进水，然后渗到了外面。

好几个房间的门都开着，这让他终于能够不用再摸索着前进，他迅速找到了面朝东南方向的房间，一脚踹开了房门，走了进去。

床上白色的被褥已经布满了灰色和绿色的霉点，看上去让人浑身不舒服，他努力让自己不去看那些东西，直接走到了窗前。

在这个地方终于可以看到汇通国际那边的情形，车队已经进入了副食品批发市场，张晓舟透过望远镜看到一些人正在批发市场里跑动着，应该是在搜寻食物，而车队则像他们上次那样，用几辆改装过的车子挡住了通道和出口，确保车队的安全。

但人们的行动却是无序的，张晓舟甚至看到一些人正在争抢和厮打。

这是在干什么？

张晓舟不由得握紧了拳头，是络腮胡没有用他们上次使用的办法，还是他的威望不足以让那些人听他的？

这样做必然使得人们的效率变得低下，他们也许需要花费更多的时间才能装满所有的车子，在这个过程中，会不会有人忍不住像上次那样提前离开？

他用望远镜在周围寻找着暴龙的踪迹，却意外地看到何家营口有几辆重型卡车已经改成了装有撞角和尖刺的模样，后面还有电火花的光在闪着，应该是有更多的车子正在被改装。

如果络腮胡他们再晚一天，或许就什么都捞不到了。以何家营的人力资源和位置，他们如果开始行动，那绝对什么东西都不会再留下来。

张晓舟注意到，何家营口的那几间房子顶上同样有人在观察车队的情况，从望远镜里看去，他们的情绪似乎有些激动，一些人正不断地对楼下喊叫着。

大批人员正登上车子，他们中有很多人明显拿着刀斧之类的武器，这明显不是冲着恐龙去的，张晓舟的心一下子提了起来。

四辆重型卡车慢慢地开了出来，沿着何家营口的那条道路向汇通国际的方向驶去，每辆车子上都载满了青壮年男子，看上去应该有上百人。

但车子驶出去不久就停了下来，张晓舟惊讶地把望远镜的镜头向前移动，马上就看到了那头不知道从什么地方跑出来的暴龙。

它站在那个十字路口，对何家营的车队咆哮着，他们迟疑了一下，或许是觉得四辆车子威慑力不足，慢慢地倒了回去。

暴龙没有追赶他们，它开始扭头看着汇通国际那边，人们显然已经发现了它，开始慌乱了起来。

“不要慌，不要慌啊！”张晓舟焦急地叫道，但他在这个地方什么都做不了。

十几辆车子这时候从种子公司的大门里驶了出来，张晓舟在其中看到了属于安澜团队的那五辆车，它们也是这次车队里车体最大、改装最好的车子，络腮胡应该就在里面。

果然，络腮胡的身影很快就出现在一辆车子上，他挥动着手臂，似乎是在大声地指挥那些车辆。跟随他到种子公司的车子应该都已经拉满了，很快就在他的指挥下排成了队列，但批发市场里的那些车子却越发慌乱了起来。

难道他又想丢下其他人？

张晓舟握紧了手里的匕首。

好在他所担心的事情并没有发生，络腮胡招呼自己的车队成队列之后，带着几个人跳下车，冲到副食品批发市场里，他们对着那些还在争抢东西或者是拦着路的人拳打脚踢，甚至直接用手中的棍棒招呼，十几分钟后，所有的车子竟然被他们排成了队列，开始跟在排头的那些车子后面缓缓地向前移动。

暴龙这时候已经离开了十字路口。站在这里可以清楚地看到它小心地把自己隐藏在路口附近的一幢房子背后，似乎是准备给车队突然袭击。

上一次它就是这样得手的吗？

张晓舟在酒店的房间里焦急万分，却没有办法提醒那些人。

车队缓缓地向这边驶来，距离十字路口越来越近，在转弯的时候，车队的衔接上还是出了问题，一些车子的速度快了，一些车子的速度却显然慢了，原本一辆接一辆紧紧跟在一起的车子中间出现了一个空缺！

那个巨大的青色躯体就在这时候扑了出去。

离它最近的那些车子显然都被突然出现的庞然大物吓了一跳，前面的车子明显加快了速度，而后面的车子上的司机却本能地踩下了刹车，更后面的车子在毫无防备的情况下直接撞了上来，两辆改装过的车子卡在了一起，车队彻底混乱了！

暴龙轻松地从那个缺口冲进了车队，向着位于车队中心的那些没有经过任何改装的车子扑了过去。

一辆越野车的车头被它直接压扁，它用巨大的头颅撞击着另外一辆面包车，车子剧烈地晃动了起来，即使是在将近一公里外的新洲酒店楼上，张晓舟依然能够听到人们惊恐的尖叫声。

一个男子在激烈的撞击中撞破侧面的车窗被甩了出去，暴龙马上就发现了他，它踩着几辆车子追上了他，迅速地低头、扬起，鲜血便喷了出来。

“燃烧瓶呢！快用燃烧瓶啊！”张晓舟几乎要大声地叫出来，车队这时候已经被彻底分成了两部分，络腮胡带领着的七八辆车子已经快要接近高速公路，而将近二十辆车子却被暴龙挡住，四五辆车子已经明显变形，彻底失去了继续行驶的能力。

张晓舟没有看到任何人使用燃烧瓶，也没有看到任何人试着开车去撞暴龙，一些车子突然转头向何家营的方向驶去，而另外一些车子则试图从旁边绕过暴龙，冲过这段危险的地段。

那些被暴龙损坏的车子里的人绝望地叫了起来，一些人被卡在变形的车体里动弹不得，而另外一些人则疯狂地打开车门逃跑。

暴龙开始了一场屠杀，它轻松地跨过车子，用尾巴一扫，正在拼命奔逃的四五个人就突然飞了出去，重重地摔在地上，再也不动弹了。

这时候第一辆车子已经开始爬坡，但张晓舟却惊讶地看到，车轮陷入了构筑土坡的泥土中，根本无法前进！

该死！他们拉得太重！而且坡度也太大了！

张晓舟在酒店的房间里也能听到发动机徒劳的轰鸣，但它的努力非但没有让这辆严重超载的车子爬上那个陡坡，反而成功地把暴龙的注意力吸引了过来，它扬起头，对着高速公路这边咆哮了起来，随后开始向这些车子冲了过来。

那些被挡在后面的车子在这样的局面下彻底疯狂了，在遭到袭击并且开始各自逃命之后，车队已经彻底失去了阵形。跟在这辆车后面的车子突然开上来顶住了它，试图把它顶到坡上去。但他们超载，偷工减料导致坡度过大，并且没有按照上一次的经验用钢制模板铺在泥土表面，结果就是，车轮迅速地在坡面上刨出两个越来越深的坑，车子却依然纹丝不动。

另外一辆车子这时候疯狂地挤了上来，似乎是想把这辆车子从坡上顶开，自己上去，就在这时，暴龙终于追了上来。一辆车子被它从背后狠狠地撞了一下，失去平衡倒在土坡边，而一直堵在坡上的那辆车子却奇迹般地在这猛烈的撞击中从那个土坑里挣脱了出来，猛地向坡顶冲去。

就在它刚要跨到高速公路上时，暴龙的尾巴从侧后方没有安装钢刺的地方重重地抽了它一下，严重超载的车子突然失去平衡，就在前轮已经触碰到高速公路路缘石的同时，车子整个向旁边翻倒，重重地压在土坡的侧面，随后翻滚着掉了下去。

土坡一下子垮塌了一大块，虽然仅仅是几十厘米的高度，但已经没有什么车子能够再从这里回去了。

暴龙的一只脚踏上了高速公路的路面，眼前陌生而又开阔的世界似乎吸引了它的注意力，它微微伏下身体，张开巨嘴，对着拥有更多高楼和建筑物的城北方向，大声地咆哮了起来。

第5章

转 变

暴龙并没有真正跨越高速公路到城北这边来，它的身边有太多正在奔逃的食物，这把它的注意力吸引了回去。

唯一的生路被它阻隔，大多数人都只能选择向别的地方逃生，最早向何家营逃去的车子已经被村子里的人接纳，更多的车子正在向那边逃走，但那些翻倒的，被暴龙破坏的车子只能停在原地，人们不得不抛弃车子，以自己有生以来最快的速度向何家营那边跑去。

暴龙在土坡附近追捕着那些还来不及跑远的人，一些人被困在车子里，他们紧紧地捂着自己的嘴，生怕因为过于恐惧而叫出声来，把暴龙又重新吸引回来。

这场竞技的对手已经不再是人类与这头庞然巨兽，而是人类与人类自己。

他们蜷缩在翻倒的车子里，在极度的惊恐中祈祷着暴龙能够尽快吃饱，回到自己的巢穴去。

但张晓舟看到了另外一种东西，他的心彻底沉了下来。

一群一人多高的野兽正从机电市场的方向跑过来，它们大概有十来只，行动敏捷而且非常凶残，那些正在拼命奔逃的人被它们突然从侧面扑倒，巨大的如同剃刀一样的脚爪挥过，鲜血和内脏就这样流了出来。

恐爪龙……或者说，某种类似恐爪龙的猎食者。

暴龙愤怒地咆哮起来，任何猎食动物都有着很强的领地观念，虽然更多情况下针对的是同类，但这群恐爪龙就这样入侵了它的领地，这让它无法容忍。

但这群猎手却丝毫也不害怕，它们中的一些继续追捕着那些奔逃的人，另外一些则我行我素地啃食着地上的尸体。暴龙咆哮着向它们冲过去，它们却快速而又灵巧地从它身边逃开，而在它离开之后，另外一些恐爪龙又开始埋头啃食。

它们与暴龙比起来就像是巨象身边的一群鬣狗，但暴龙无法追上它们，就连它的尾巴也没有办法击中这些行动敏捷的家伙。不管它做出怎样的努力，它们总是像苍蝇那样散开，然后又在它离开之后聚拢在一起，疯狂地撕扯着那些血迹斑斑的尸体，袭击着那些已经完全陷入绝望的人。

暴龙很快就意识到自己对这些家伙没有什么办法，它放弃了这样徒劳无功的行动，开始埋头啃食起来。反正这一次的猎物很多，早已经超出了它的食量。

两种强大的猎食动物就这样以一种诡异的方式达成了暂时的和平，分享着暴龙捕猎的成果。

张晓舟无法继续看这样残酷的景象。

络腮胡所组织的这场冒险行动已经完全失败，仅仅是张晓舟看到的牺牲者就有超过二十人。这还没有算上那些至今仍然被困在车里的人。他们能否生存完全要看暴龙和恐爪龙的兴趣。

谁能想到，失败的原因不过是因为一些看上去微不足道的细节，只是因为有些事情没有做到位。

张晓舟开始快速地沿着黑暗的楼梯向下跑，中间因为看不到路摔了好几下，几分钟后，他终于到了新洲酒店的一楼。

楼梯间外面静悄悄的，什么声音也听不到。

张晓舟小心翼翼地拉开门，外面什么都没有，一直在下的小雨终于停了，阳光从云朵的缝隙中照射下来，让这个雨后的世界看上去郁郁葱葱。但就在一百多米外的高速公路的另一边，有一场残酷的屠杀正在上演。

就像是到了一个完全不同的世界。

他快速地把山地自行车从藏匿的地方拖出来，以最快的速度骑着它向安澜大厦冲去。

行动组的人刚好回来，人们正有说有笑地把东西从车上搬进大厦，他们不紧不慢的态度让从远处疾驰而来的张晓舟一阵气苦。

他明明已经对钱伟说过可能有危险，但他们现在在干什么？

“快！”他对他们叫道，“动作快一点！我们要马上把门关起来！”

“张晓舟，怎么了？”带队的李建业疑惑地问道。

“到南边去的那些人全都失败了！暴龙随时都有可能过来！”张晓舟大声地叫道。

人们吓了一跳，有人向他来的方向望去，却什么也没有看到。

“快！快！快！”张晓舟把自行车往大厅里一扔，跑过来抓起车上的东西就往大厅里跑，人们终于被他的行动带动，慌张地加快了行动的速度。

车上的东西被很快卸光，车子被开到停车场里，他们把通往停车场的门关了起来。正面的那道钢网防盗门被拉了下来，钱伟之前做的那些可以从缝隙中伸出去的尖锐的钢管被安放在了门口，把它严严实实地挡住。所有侧门都被关起来，用重物或者是钢管卡住。

“到底怎么了？”钱伟这时候跑了下来，他原本在三楼焊着防盗栏，听到了楼下混乱的响动之后，不得不放下手中的工作下来看发生了什么。

“他们失败了。”张晓舟这时候才终于稍稍平静了一些。所有能做的都已经做了，现在他们唯一能够做的，就是看那些恐龙接下来如何行动。它们也许会沿着那条土坡到城北来，也许会留在高速公路以南，但现在这个时刻，他们唯一能做的就只有等待了。

“车队被暴龙冲散，一些人被吃了，一些人逃到了何家营……一个都没能回来。他们没有来得及把从那边过来的坡道破坏掉，暴龙还有其他恐龙随时都可以沿着那条路到我们这边来。”

他把自己所看到的东西简略地向身边的人形容着，人们的目光都凝重了起来。

速龙被杀死之后，他们这个区域就一直没有猎食者出没，这让人们甚至有一种错觉——对于他们来说唯一的威胁或许只是饥饿。

白垩纪对于他们来说并不真切，他们还是生活在自己熟悉的环境当中，虽然缺水、断电、食物不足，并且必须搬离自己的家，和上百人挤在一幢并不能令人感觉舒适的建筑物里，但他们真正直面这个世界的机会并不多。

但现在,这个世界真实的一面终于要展现在他们面前了。

“钱伟,加固的情况怎么样了?”张晓舟问道。

“一楼二楼都完全弄好了,三楼完成了四分之三。”

“你觉得那些防盗栏能够挡住它们吗?”

钱伟摇了摇头。对于速龙这样大小的动物来说应该是足够了,但暴龙那样的庞然大物,谁知道它的破坏力有多大?

它原本应该是没有办法过来的……

“我们最薄弱的地方就是卷闸门那里。”张晓舟有些焦躁地说道,“那里必须要彻底加固!还有,从今天起,一楼所有的房间窗户都要用纸蒙起来,不能让那些恐龙意识到这里面有很多人居住。大家的声音一定要小,要避免声音把它们吸引过来。”

他看了看周围:“把食堂搬到六楼,再把它留在一楼太危险了!”

之前把它设在这里是因为便于搬运物资,而且空间也足够容纳所有人,但现在,做饭时的香气和开会时的声音都已经成了危险源,必须马上进行调整!

“还愣着干什么?快!我们现在就动起来!”他挥动着手臂对身边的人们说道。

“张晓舟,你别这么大反应……它们还没过来。”钱伟小声地说道。他感觉张晓舟的情绪有点不对头,他从来没有见过张晓舟这样紧张,对于团队来说,这样的情绪非常糟糕。

“等它们过来的时候就来不及了!”张晓舟摇着头说道,“来几个人!我们现在就把东西搬上楼去!”

“张晓舟!”钱伟对着李建业使了一个眼色,两人一起把张晓舟不动声色地带往楼上。

“钱伟,你们!”张晓舟挣扎起来,钱伟紧紧地抓住了他的手臂。

“你镇定一点儿!你想让所有人都惊慌失措吗?”他低声地在张晓舟耳边说道,“我们之前已经做了很多事情,为的就是有可能面对这样的局面。你说的那些事情我们都会带着大家去做,但现在,你得先平静下来!”

他的话终于让张晓舟彻底安静了下来。

“对不起。”他低声地说道。

那些恐怖的画面依然在他的脑海中不断地闪现着,那些人在暴龙和恐爪龙的追击下死去，被一口吞下，或者是被一口口地撕成碎片。和这些画面交替出现的，却是安澜大厦的人们漫不经心、懒懒散散的动作。他仿佛看到暴龙用自己的巨口撕开防盗栏，恐爪龙随后冲进来的景象。眼前的走道上似乎已经满是鲜血和尸体，而他却只能眼睁睁地看着这一切，无能为力。

他紧紧地握着拳头，终于让自己不再去想那些东西。

“我们现在该做什么？”刘玉成问道。

“稳定人心。”张晓舟说道，“刚才是我的错，越是危险，就越不能慌乱。要让大家相信我们已经做好了万全的准备，要让他们对未来有信心。我们还是得尽快把食堂搬到六楼去，必须尽快把发生的事情如实地告诉所有人，不能让他们私下传来传去，把问题复杂化。”

“我去办这个事情。”钱伟马上说道，“你休息一下，想想等会儿怎么说。”

张晓舟默默地点了点头。

人们各自散去，开始忙碌起来，留下张晓舟一个人坐在自己的房间里。

门虚掩着，他可以听到一些人正在小声地问着发生了什么，而被问到的那些人，则根据自己的想象加上道听途说的内容，给予了千奇百怪的回答。

我怎么了？

他努力不让自己去听他们的声音，而是低头看着自己的双手，右手的手背上不知道在什么地方刮擦了一下，破了皮的地方正在流血，但伤口并不大，也没有感觉到痛。

我这是怎么了？

他深深地叹了一口气，双手的手指紧紧地按在头皮上，慢慢地向后移动，一直按到颈部，如此反复了几次之后才停下来。这是他自己发明的一种舒缓压力的办法，对于他来说一直都很有效。

恐惧吗？

他不知道，也许是。

但他知道自己并不怕死，某种程度上来说，死亡与他们未来将要面对的困难和苦难相比，也许并不算什么。他早已经告诉过自己，要坦然面对死亡的威胁。

是因为看到了那些人的死亡？

也许是。

但这早已经不是他第一次看到有人被恐龙吃掉，虽然这一次的牺牲者可以说是最多的，但这并不应该成为他情绪失控的理由。

这对于他来说是一种很不好的迹象，过去的将近三十年里，他并不是从来都没有出现过这样的状况，但随着他年龄的增长，这样的状况出现的频率已经越来越低。因为他见识得越多，就越知道自己在不同的情况下应该怎么去做，就越清楚应该怎样去控制自己的情绪，怎样去解决问题。

他一直认为，恐惧来源于对未来的无法掌控。如果你早已经知道自己将要面临什么，最好和最坏的情况分别是什么，应该怎样去处理或者是承担不同情况下的责任，那你就不会感觉到恐惧。

所以任何恐怖片中，最吓人的东西永远都在人们没有预料到的地方：本以为安全的地方却隐藏着更大的危险，本以为可以信赖的人，结果却是幕后真凶。而最让人恐惧和绝望的，往往是那些无法消灭，也无法摆脱，让人只能束手待毙的怪物。

为什么会如此恐惧呢？

张晓舟固执地一次次问着自己，如果不能解决这个问题，他就没有办法去面对那些等待着答案的人。

是因为突然对未来丧失了信心吗？

他用力地揉着自己的脸。这也许就是答案。

络腮胡他们的失败是如此突然，他原本以为他们将会成功地复制上一次成功的经验，将会给城北带来更多的食物，更多的希望。

但他们却失败得如此之快，如此彻底，甚至让一直站在楼上旁观的张晓舟也措手不及。

如果是他来指挥，能够逃过这次劫难吗？

他无法回答。

车队在转弯时出现速度不一致导致拉开队列的情况，上一次他们也出现过，但那个时候，暴龙已经吃光了那两辆车上的牺牲者，心满意足地回到了它的巢穴。

如果上一次他们就遇到了这样的袭击，他们能够幸存下来吗？

暴龙已经学会利用城市的环境来隐藏自己，伏击车队。还有那些该死的恐爪龙！

如果它们在上一次就出现，他们还能够全身而退吗？

他不知道，也无法假设。

络腮胡他们所搭建的那个土坡不够长，坡度太大，土没有压实，又没有在表面铺上坚硬抗压的物品，这也许是他们全军覆没的根本原因。但张晓舟曾经到过那个地方，在那个时候，他感觉有些不对，但也没有意识到这会带来毁灭性的结果。

总有各种各样无法预料到的问题，总有各种预料不到的突发情况。

这或许才是他感到恐惧的真正原因。

他一直都在考虑着未来他们要做的事情，按照他的构想，他们将以安澜大厦为基地，渐渐扩展到对面的那四幢房子，并且最终把所有散落在这个区域里各自分散的团队聚合起来。他为所有人设计了走向这一步所必须要走的蓝图，收集雨水和粪便，种植玉米和蔬菜，在空中设置走道或者是缆绳相互沟通，制造弩箭或者是其他有足够杀伤力的武器，设置陷阱杀掉这些进入城市的猛兽，然后集合大家的力量修筑一道高墙，挡住恐龙进入城市的通道。

在此之后，就不再有任何问题存在了。人类一旦度过最初的粮荒时期，完全收复这座城市，那么，白垩纪的任何生物都不再是他们的对手。

他一直这样认为，也一直在努力推动着大家朝这个方向前进，而且看上去也一切顺利。

但现在他所看到的现实却在告诉他，一切也许并不会像他所想的这么简单。

一件毫不起眼的事情没有做到位，结果也许就是满盘皆输。

他的所有构想都建立在能够成功地在建筑物中种植出足够人们度过饥荒时期的粮食之上，但他竟然从来都没有考虑过承重的问题。

如果房子因此而倒塌，他将成为罪人。

还有别的东西是他没有考虑到的吗？

当然有。

明哥的手下去了哪里？为什么他们再也没有出现过？

康华医院的人会不会抢劫他们？而他们该如何应对？

如果恐龙再一次占据了地面上的空间，他们该如何应对？

最让他无法承受和预料的是自己身边这些人的反应。

要用什么办法才能让他们真正认识到现在的处境？要用什么办法才能让他们知

道自己的每一个错误都有可能带来灭顶之灾？要用什么办法才能让团队中的成员不计较付出，为了大家的生存而真正付出努力？

他真的不知道。

当他从那个血肉磨坊旁逃离时，当他终于回到他自认为安全的地方时，却看到所有人都在不紧不慢地行动着，轻松得仿佛是在郊游，一公里外那血淋淋的惨状就像是与他们丝毫无关一样，他一下子就失控了。

现在他依然没有答案，解决不了这个问题，他就没有信心继续带领人们在这个世界生存下去。

就在他一个人待在房间里的时候，门外突然传来了一个很熟悉的声音。

"大家都加把劲！"

是那个昨天晚上来找他、试图说服他的人。

张晓舟突然下意识地站了起来，轻轻地拉开了门。

他的房间斜对着楼梯，正在搬运东西的行动组成员们马上就看到了他。

"张队长。"他们纷纷和他打招呼。

"辛苦了。"张晓舟对他们点点头，他的目光落在了那个人的身上。

"不好意思，你叫……"

"梁宇。"

"梁宇……"张晓舟点了点头，"你可以来一下吗？"

他看了看张晓舟，似乎感到有些奇怪，随即把手中的东西放在了不影响别人行动的地方，走进了张晓舟的房间。

张晓舟关上了门。

"张队长，"梁宇说道，"找我有什么事？"

"你知道发生了什么事情吗？"

"听说了。"

"大家都在怎么说？"张晓舟问道。

"有很多猜疑。"梁宇答道，"乐观的也有，但悲观的也不少。"

"你怎么看？"

"我什么都不知道。"梁宇答道，"我听说等把食堂搬到六楼之后就有正式的说法了？”

张晓舟沉默了一下说道：“我可以信任你吗，梁宇？”

梁宇微微地摇了一下头：“张队长，你到底想说什么？就现在这个局面，我觉得自己应该还算是可以信任的人吧。”

“那队人全都完了。”张晓舟说道。

“全都？”

“就我亲眼看到的，应该有至少二十人已经死了，还有十几个被困在翻倒的车子里，能不能活下来全看老天爷了，其他人都逃到何家营去了。”张晓舟说道，“这次过去的人，一个都回不来了。”

梁宇沉默了一下，然后问道：“张队长，你不会是想鼓动大家去救人吧？”

“救人？”张晓舟愣了一下，很奇怪，这样的念头自始至终没有出现过，“不，我没有这种想法。”

“那就好。”梁宇点点头说道，“那么，你想听我的意见？”

“对。”

“哪个方面的？”梁宇问道。

“哪个方面？都可以。”

“那我就随便说了？”梁宇说道，“你说的情况和大家猜测的最糟糕的情况差不多，对了，有人说暴龙马上就要过来了？”

张晓舟点了点头。

“那就有点糟糕了。”梁宇说道，“我们现在还一点儿土都没弄到。”

“它们也许不会马上就出现在这附近，但现在出去的危险性大大增加了。”

“它们？”

“除了那只暴龙，还有一群恐爪龙，大概有十来只。”

“恐爪龙？”

“和之前在这儿附近的速龙差不多大小，也许比它们还略大一些。”

“那就糟糕了。”梁宇说道。

这种判断很正常，暴龙的恐怖在于它巨大的身躯和无法匹敌的破坏力，但对于他们来说，这样的体形反而让它很容易被发现。或许那些行动迅速、善于隐藏自己并且群体捕猎的动物更有威胁性。

“我们也许将不得不修改之前的计划，取土始终会是一个大问题，种植计划的进度也许会大大落后，我们的粮食也许将很难坚持到收获足够多的玉米的时候。在这种情况下，我觉得整体战略都必须调整了。”

“说来听听。”张晓舟说道。

如果说昨天晚上他根本无心听梁宇的话，那现在，已经开始对前景感到有些失望的他，已经可以接受一些不同的东西。

“首先，我们必须停止接收任何新人。”梁宇说道，“因为我们已经无法确定粮食是不是能够维持我们现有人口的生存，在这种情况下，我们只能采取收缩政策。”

“说下去。”

“其次，我们必须认真地开始考虑应对难民、抢劫者和其他团队的问题，我的看法是：抢劫者坚决抵抗；其他团队，让他们用我们需要的东西交换种子；而难民则只吸收少量单身女性。”

“为什么？”

“抵抗抢劫者不用解释了吧。交换种子一方面可以拉拢盟友，另一方面也可以缓解未来这个地区的粮食压力，再有就是可以减少我们自己人的外出冒险次数。最后，等价交换可以保持这些种子的价值，如果白白送给他们，升米恩斗米仇，未来我们会很被动。而且不要钱的东西就没有价值，送给他们，他们说不定会直接把它们煮了吃掉，用东西换到的，他们也许反而会小心地种植它们。”梁宇答道，“吸收一定数量的单身女性是为了维持团队的稳定。你应该注意到了，包括你在内，现在我们有将近二十名单身汉，但未婚的女性却很少，其中大部分还是未成年人。我们必须帮助他们解决生理和家庭的问题，用这个办法把他们留下，否则的话，他们很有可能会离开。”

他的一些看法张晓舟并不赞同，但他感觉，这个人的的确确认真地考虑过团队所面临的问题，并且在努力地思考解决的方案。

“你以前是做什么的？”

“我？”梁宇说道，“我是一家工程公司的人力资源部主任。”

张晓舟看着眼前这个男人，他大概三十四五岁的样子，头发有点稀疏，身材消瘦，看上去就像营养不良。这样的体形在之前的那个世界里，看上去不像是领导阶层的人。要么他的身体不太好，要么是考虑问题太多，要么，就是他在说谎。

张晓舟长久地看着他，他却像是一个从小公司跳槽到大公司的管理人员那样，坦然地面对着张晓舟的审视。

“那你一定很熟悉怎么管理人？”

“说不上。”梁宇答道，“其实我更熟悉怎么建立一个能把人管住的规章制度。”

这样的答案正中张晓舟的靶心。

他从来都不擅长与人打交道，也正是因为如此，他几乎可以算得上是一个唯规章论者，如果不是这样，他也不会赶鸭子上架式地在安澜大厦推行了现在这样的管理模式。

一个长袖善舞、擅长与各种各样的人打交道的人，在他眼里的价值远远不如一个良好的能够长久运作的体制。

“那你对我们现在的规章有什么想法？”他马上问道。

“昨天晚上我已经说过一些。”梁宇答道，“只能说我们现在的规章看上去很美好，但执行起来却是一团糟，人们正在快速地进入混日子的状态。你想要照顾好每一个人，但结果却是，人们把这看作理所当然，并且都在抱怨，觉得自己现在的生活糟糕透了。做得多的人得不到尊重，偷奸耍滑的人不会受到惩罚，每个人心里都是满腹怨气，如果长期这样下去，只要什么地方出一点问题，我们这个团队必然崩溃！”

张晓舟的眉头扬了起来，却什么话都没有说。

“张队长，你真的觉得现在这种情况下，人们会在意自己是不是这个团队的主人翁？”梁宇摇了摇头，“这样的东西一开始的时候当然会让每个人都感到兴奋，感到自己受到了尊重和重视，营造出一种虚假的火热的感觉。但你应该明白，数千年来，我们的文明潜移默化的，都是睿智的领导者带领普通大众成功的模式。我们中的大多数人并没有参与政治、行使权利的观念和意愿，他们缺乏这样做的觉悟和知识，更没有这样做的动力。对于他们来说，吃得更好，住得更好，做得更少，这才是他们的天性。你想用一个他们并不需要的规矩来激发他们的积极性，真的是想太多了。”

“是吗？”他对自己的全盘否定让张晓舟开始微微地有些不快，“你有更好的办法？”

“当然！”梁宇答道。

张晓舟完全没有想到他会回答得这样理直气壮。

“你很头疼那些屡屡犯错却总是不改的老人吧?”梁宇问道。

张晓舟点了点头。

“你以为他们会听得进你所说的那些大道理吗?”梁宇摇着头说道,“别小看他们,他们的人生经验比你我都丰富得多,也许他们很难理解已经发生的事情,但你真的认为他们会不知道你一次次阐述的那些‘大河有水小河满,大河无水小河干’的道理?那为什么他们就是不愿意付出?张队长,你想过这个问题没有?”

怎么可能没有想过?张晓舟对这个问题简直已经想得头都疼死了。

“答案其实很简单,你现在是在想尽办法地让他们为了我们这个团队尽力,道理上是没有错,但这样的事情不会有人去做。因为对于大多数人来说,集体和个人永远都不是一回事。有觉悟、乐意奉献的人肯定会有,但永远都不会太多。真正常见的,都是混日子、随大流,喜欢偷懒,喜欢占小便宜的人,这是人的天性,没有办法改变。”梁宇说道,“所以我们要做的,不是让他们明白什么大道理,不是逼着他们去干他们不愿意干的事情,而是要通过转变规则,让他们为了自己而干活。”

他的话让张晓舟感兴趣了起来。

“而这样做的根本,就是要改变我们现有的组织方式,改变我们的激励机制和分配方式。”梁宇也开始兴奋了起来,这些东西他也许已经私下考虑了很久,到现在终于有了讲述出来的理由。

“已经建立的五条原则我们没有必要去动它们,这是张队长你们管理团队存在的大义和基础,这些东西一旦改变,必然会造成混乱。但我们公约中的第二条非常好,它赋予了管理团队制定分配制,并且对所有物资进行管理和分配的权力。管理当中最重要的权力就是对物资的分配权,有了这个权力,你就可以调动任何人的积极性。”

他站在张晓舟面前,声音不大,整个人却一下子有了光芒。

“我们不能再让每个人都吃一样的食物,用同样多的水,定期领用相同的生活物资。既然我们已经面临各种生活物资极度匮乏的境地,那么实施激励就是最有效也最简单的办法!我们按照公约的第二条给予每个人最基本的生活保障,量必须比现在要少得多,至少要减少三分之二!要让单纯吃这个的人仅仅能保证不饿死,谈不上其他。然后,所有岗位都让人们竞聘上岗!”

他挥动着手臂,变得眉飞色舞:“不干活的人就只能勉强活着,而获得一份工作,哪怕只是打扫卫生的工作,就可以勉强吃个半饱。哨兵的工作不是很重要吗?那我们就让哨兵的岗位可以吃饱,但只要发现问题,除了正常的惩罚之外,马上从岗位上撤换下来而且短时间内不再聘用。张队长,你觉得被饿了几天之后,为了保住这个来之不易的岗位,还会有人悠闲地打瞌睡或者是脱岗聊天吗?如果不怕内部矛盾,对于这样没有什么技术要求的岗位,我们甚至可以接受举报,只要有充分的证据表明哨兵失职,举报者就能获得他的岗位!你觉得,你还有必要每天夜里一次次地起来巡查吗?自然有人替你盯着他们。

“需要外出冒险并且充当重要人物的人可以吃得更好,可以无限量地用水,可以有舒适的生活用品,表现特别好的甚至能有更多的特权,甚至足够养活一个家庭!他们如果是因为要履行自己的责任而出了事,那即便是受伤或者是死亡,个人和家庭仍然能够享受这样的待遇;但如果失职,那就解除职务并且长时间内不能从事任何工作,只能靠基本口粮勉强维生。每个组的组长都要定期对自己的组员进行绩效考核,强制实行末位淘汰制,由表现良好的人补上!有了这样的规定,你还怕人们干活不努力吗?”

“人们不可能接受这样严苛的管理。”张晓舟摇着头说道,“人们将会反抗,甚至是离开!”

“会在这种规定下受到惩罚的人,必定是偷懒、干活不努力或者是表现不佳的人,你觉得他们会有胆子离开?如果他们真的愿意离开,那对团队来说更是一件好事。他们让出的空间我们可以用来吸收新人,搅动我们这个团队,让所有人都有危机感!如果他们胆敢策划甚至是做出什么不利于团队的事情,正好可以名正言顺地把他们驱逐出去!”梁宇说道,“这样的规定针对的就是那少部分不努力工作的人,他们的反抗只会让努力工作的人得到激励。我们要让大多数愿意工作的人保持现有的生活,甚至稍有改善;让认真工作的人比别人生活得好;让有能力而且又愿意付出的人享受特权;而让那一小部分混日子、不听指挥、偷懒、散布负面情绪的人活不下去,逼迫他们改正,或者是逼他们离开!”

张晓舟摇着头,他觉得这样的规定不可能在安澜大厦实现,里面有些东西是他无法接受的,但他不得不承认,有些东西深深地吸引了他。

“你要明白自己的基本盘是什么。”梁宇说道,“一个团队的核心永远也不会是那些能力低下、不愿意付出、成天传播负能量的人,作为团队的负责人,你永远也不需要考虑他们的想法!你必须牢牢地把那些执行力强、乐意付出,而且也有能力的人拉在自己身边,让他们得到认同,得到尊重,得到实际的好处,使他们成为你的死党!以少数心腹控制住物资和分配,以一部分骨干作为各项工作的支柱,通过他们来带动和影响那些普通人,这样一来,无论你想要做什么,肯定都会无往而不利!”

张晓舟沉默了很久。“谢谢你对我讲这些。”他最后说道,“我会好好考虑你所说的东西,多谢!”

梁宇走了出去。

张晓舟开始在自己总是随身携带的那个本子上写写画画,他不得不承认,在当前这种局面下,也许梁宇所设想的规章制度比他最初设想的那种规定要好得多,也更适合他们这个团队。

其中依然有一些东西是他无法接受的,但不可否认,绝大多数内容正是他需要的东西。

他快速地在本子上写着自己的想法,然后又把它们画掉,写上新的东西,当外面的喧嚣终于停止时,钱伟来敲门问他是不是做好了向全体成员说明情况的准备,他已经大致上厘清了自己的思路。

“我们上去吧!”他对钱伟说道。

钱伟有些惊讶,但他很高兴能看到自信和沉着又回到了张晓舟身上。于是他点点头,与张晓舟一起向六楼走去。

还没有踏上六楼,他们就已经听到了人们的喧哗声。也许他们并没有想要大声说话,但一百多人聚集在这里,声音自然而然就大了起来。

把兼做会议室的食堂搬到六楼对于他们来说的确是当务之急,否则这样的声音真的很有可能把那些恐龙引过来。

两人一前一后走进房间,这个房间比之前那个大会议室小了很多,没有了讲台,也没有了阶梯式的构造,让人稍稍有些不习惯。人们把一个书柜放倒作为讲台,于是张晓舟便直接走了上去。

人们一下子安静了下来。

“现在向大家通报一个事情。”张晓舟平静地说道。

他已经决定接受梁宇的一部分建议，这就意味着，必须在已有的架构上进行大刀阔斧的改革。

但人们总是本能地抗拒任何形式的改革，尤其是那些老人或者是难以适应新环境的人，在这种情况下，必须要找到一种强大的推动力，逼迫大家接受这样的变化。

而张晓舟现在要给予他们的，就是这重重的一击。

恐惧，永远都是强大的推动力。

“大家都知道，今天有团队冒险到城南的副食品批发市场去找粮食。”他对人们说道，“他们的行动已经失败，至少二十个人被恐龙当场吃掉，还有十几个被团在车里，其他人都逃到了何家营。”

人们一下子喧哗了起来，有人已经传播过类似的话，但很多人都不愿意相信这是真的。

“对于我们来说，更糟糕的情况是，他们失败的时候没有来得及破坏那条通往城南的道路。”张晓舟继续说道，“从现在开始，暴龙和大批食肉恐龙将随时都有可能出现在我们这个区域。从现在开始，到大厦外面去工作将会非常危险！”

房间里一下子像是炸开了锅，这样的消息对于所有人来说都是一个噩耗。他们中的大多数人都经历了速龙盘踞这个区域的时期。但现在回想起来，那段短暂的日子竟然就像是在很久很久以前了。

可那些尸骨依然存在，人们站在安澜大厦的高处就能看到不远处的那些零星的白骨。他们还没有时间去收殓和埋藏这些不幸的遇难者，而现在，它们的存在似乎是在向他们发出警告。

钱伟和刘玉成都有些不解，张晓舟之前明明说过要稳定人心，但他怎么直接就把这样的消息说出来了？或者，稳定人心的话在后面？

张晓舟站在讲台上，静静地等待着人们安静下来。

几个组长和他们手下的骨干开始让人们安静。几分钟后，这个消息带来的震撼才终于平息下去。

所有人都在看着张晓舟，期待着从他口中说出转折的话来。

他不是曾经带领他们杀死了那些速龙吗？也许他已经有办法消灭那些新的想要

入侵这里的野兽了?

“我们现在还没有很好的确保大家安全的办法。”张晓舟在人们安静下来之后说道,“我们还有很多工作没有完成,最关键的是,我们的种植计划还没有开始实施。大家都看得到,我们现在连一点土都还没有。在这样的威胁下,这个计划也许会被迫拖延很长时间。我相信在大家的共同努力下,我们一定能够克服所有困难,继续把我们的计划推行下去,但至少在眼前,我们还没有找到很好的方法。”

“那我们应该怎么办?”有人终于叫了出来。

“我们还没有来得及拟定新的计划。”张晓舟说道,“但有一点是显而易见的,我们现有的粮食很有可能没办法像之前计划的那样坚持到收获的时候。所以我现在必须向全体会议提出三个议案,请大家进行表决。”

人们在等待着他的议案。

“第一,鉴于现在的状况,我认为现有的粮食储备已经不足以支持我们吸收更多的人员,所以我提议,从现在开始,我们暂时停止接收新的成员。直到外部威胁得到控制或者是被解除,或者是我们的种植计划进入实施。”

这个议案几乎没有人反对,全票通过。

“第二,在第一次会议上,我们确定了新加入的人员要在三个月之后才能获得投票表决权,但现在的情况是,我们在这个时间段里已经吸收了很多人,而且他们的表现和贡献都有目共睹,继续把他们排除在全体会议之外,既不符合现在的实际,也对他们的付出很不公平。所以我提议,给予这一批新成员完全的提案和表决权。”

人们有些不明白,这个提案和当前所面临的困境有什么关系?也许是想要激励新人更加努力地工作?但这个事情张晓舟之前就已经提过好几次,大家也都在一起干活时有了一定的了解。对于大多数人来说,其实加入安澜大厦的时间也不过就是前后差了没几天,因此,这个议案也很快就得到了全票通过。

“谢谢大家!”张晓舟第三次站上了讲台,“我们现在面对新的情况,而且不知道这样的情况将会持续多久。为了更好地应对新的情况,保证我们所有人都能够坚持到收获的那一天,我们必须做出新的应对。我希望能够给予管理团队授权,对我们现有的分工、分组和物资分配方式进行调整。具体的方案我们会尽快拿出来提请大会表决。”

“要怎么调整？现在吃的已经够少了啊！”马上有人低声地说道。

“我们不会让大家饿肚子的。”张晓舟说道，“恰恰相反，要让大家吃好、吃饱，有更好的体力和动力去面对新的、更危险的情况。分工也是如此，之前我们并不清楚大家擅长些什么，也没有征求过大家的意见，就简单地按照性别、年龄之类的进行了分工。经过一段时间的磨合，大家相互之间都有了了解，有条件让大家在更适合的岗位上发挥作用。现在我们的确面临一个很大的危机，但请大家相信，管理团队一定会想出办法，带领大家克服这个危机！我相信大家一定会支持我们，也请大家相信我们！”

这个提案让一些人开始疑惑起来，但张晓舟所说的话合情合理，在经过一番讨论之后，人们终于以多数票同意，通过了第三个提案。

第6章

改 革

“张晓舟，你刚才那些话是什么意思啊？”刚走进房间，钱伟就迫不及待地问道。

他的话里并没有指责的意味，但满是不解。张晓舟所做的事情和他预想的完全不同，这让他微微有些不满。

“抱歉，本来应该和大家详细地商量过之后再开始做这些事情，但时间真的来不及了。”张晓舟一脸歉意地拍了拍他的肩膀，让他坐下。

“你有什么新的想法？”刘玉成问道。

张晓舟点点头：“确切一点说，并不完全是我的想法。”

刘雪梅和李建业这时候也进来了，李建业准备把门关上，张晓舟却说道：“稍等一下。”

人们有些惊讶，过了一会儿，梁宇扶着常磊慢慢地走了进来。

“老常你怎么来了？”钱伟惊讶地站了起来，“我的意思是说，你的身体……”

“早就已经可以下床走动了，只是动刀的地方还有点疼，不碍事。”老常慢慢地找了一个地方坐下，对钱伟说道。

“梁宇，把门关上吧。”张晓舟说道。

钱伟和李建业当然对自己组里的成员不陌生，但对他出现在这里还是略微有点吃惊。

“老常大家应该都知道吧?”张晓舟问道。

老常苦笑了一下,作为整个团队唯一的重伤员,想不被人认识都难。他这些天来什么忙都帮不上,每天只是扶着墙壁在走廊里走来走去,或者是晒晒太阳。人们经常会在距离他不远的地方小声地议论他,让他感觉有些不舒服。

但他很清楚,自己的存在对于团队的稳定来说却是不可或缺的。人们看到他的时候,多多少少会感到安心。既然张晓舟能够把他救活,那其他人受伤的时候,或许也能够像他一样恢复健康。

在这个陌生的世界中,唯一的医院已经变成了一个对外界极不友好的地方,在这种情况下,一个能够动手术救人的医生就成了非常宝贵的资源。老常和王蓁蓁成了两块活招牌,很多人选择加入安澜大厦,未必没有这方面的因素在里面。

“下一步我准备请老常帮帮刘哥的忙,主要负责一些大厦内部的事务。”

这也是之前张晓舟就曾经透露过的想法,大家都没有什么意见。

“那我介绍一下梁宇。”张晓舟说道,“他之前是一家工程公司的人力资源部主任,对于管理上有很多很好的想法,我准备请他来做综合组的组长。”

钱伟和李建业自然没有什么意见,从行动组又走出来一个管理团队的成员,对于他们来说当然是一件好事。刘雪梅从来都不会表达什么意见,刘玉成一向孤掌难鸣,现在多了一个勉强算是和他一样后加入的成员,也许算是好事。这样一来,这个提议马上就定了下来。

“梁宇,请你把你之前对我说过的那些想法,再向其他人介绍一下吧。”张晓舟于是说道。

梁宇也不推辞,略微清了清嗓子,便开始侃侃而谈。

很显然,他在从张晓舟这里离开,并且经过了一次表决之后,某些想法又按照张晓舟所表现出的倾向进行了一些调整,这样一来,他表述出来的东西,除了很小的一部分张晓舟仍然感觉不妥之外,大部分已经非常符合他的想法。

“早就应该这么办了!”钱伟眉飞色舞起来,他本来就很支持梁宇关于要把人们都变成狼的说法,现在他的想法就更坚定了。

刘玉成看了看李建业,梁宇的横空出世让他们都感觉有些压力,但他们不得不承认,这样的提议对于他们现在这个执行力越来越显得不足的团队来说,应该有着很好的促进作用。

“现在的问题是，大家会不会支持这种做法。”刘玉成斟酌了一下之后说道，“分配方案和新的团队架构肯定是要全体会议通过的，明眼人应该都能看出来这些举措的目的是什么。如果有很多人反对的话……”

“所以我今天才提议让新人获得表决权。”张晓舟说道，“新的调整对于他们来说影响相对比较小，甚至还有好处。他们与其他人还没有那么深的交情，应该不会希望吃大锅饭。按劳按岗分配之后，他们的收益和获得的绩效很明显是增大了，他们应该会支持这样的调整。”

“我们应该成立更多的部门。”梁宇说道，“我的建议是，至少再建立两个部门，把吴工和王牧林吸收到管理团队来。这样一来，我们就能慢慢把和他们一起加入的人纳入核心圈子。”

刘玉成和李建业微微有些不快，尤其是刘玉成，安澜团队可以说是在他的大力推动下成立起来的，这让他在第一批加入的成员当中有着不错的人缘和声望。但按照梁宇的说法，很显然，新的构架下，这些拖儿带女的家庭将会成为最大的受害者，为了让家人吃饱，他们必须付出比以前更多的努力。在这样的状况下，他们很容易就会把怨气集中在曾经被他们视为代言人的刘玉成身上。

“核心圈子这种说法……我个人不太赞同。我们就只有这么一百多人，难道还要搞出不同的阶级和派系来？”他于是说道。

“只要存在组织关系，必然就会有核心圈子存在。除非人数少到不需要分级管理，否则的话，自然就会形成远近亲疏，这是人的天性。”梁宇反驳道，“那些新加入的人，尤其是批发市场过来的那些年轻人，对于我们这个团队的存续来说非常重要，把他们排除在核心圈子之外简直不可思议。刘组长，我没有针对你的意思，我自己也是有家有口的人，所以我很清楚，像我们这样的人，做事的时候首先考虑的必然是自己的家庭，遇到危险的时候必然会有所顾忌。这和个人的品德或者是修养无关，而是家庭的负累。从这个角度来看，像我们这样拖家带口的人，必然会比较自私。你是当组长的，对此应该深有体会，私藏东西的，偷奸耍滑的，爱占小便宜的，遇到危险就往后躲的，干不了多少活就想回来照顾家人的，多半都是我们这个年龄层次的人；而年轻人或者是单身汉却多半不怎么计较，也愿意出力。你说，我们更应该把什么人拉到核心圈子来?”

“但有家有口的人更稳定得下来!”刘玉成说道。

“对。”梁宇说道,“所以我们要通过制度的改变,让他们为了家人、为了自己、为了团队做更多的事情。”

“我们内部表决一下吧。”张晓舟说道。

管理团队当中,张晓舟、钱伟、老常、刘雪梅都是最初那个小团队的成员,也都是单身;刘玉成、李建业和梁宇是拖家带口加入的,但梁宇是新政策的提议者,他不可能反对自己,表决的结果根本就不会有什么悬念。

“我本身对这个提案没有什么意见,我只是担心,大家会感觉被欺骗了,滋生出不满的情绪来。而且如果要按这个来,就要求我们做出很细致的分工和对应的各种档次的标准,这个工作量太大了,现在又没有电脑可用,短时间里根本就弄不出来。”

“这个没问题,大家把原则性的东西确定下来,其他的交给我就行了。”梁宇说道,“以前我所在的公司有四十多种岗位,每种都要考虑职称、年资、薪点和岗级划分,每种都有不同的上岗标准和岗位说明书,绩效考核方式也不同。现在我们只有约一百五十号人,对于我来说没什么困难的。”

刘玉成彻底说不出话来。

张晓舟急忙说道:“刘哥,你的意思我明白,你这也是为了团队的稳定考虑。你放心,我不会让愿意和团队共进退的人吃亏。现在我们只是要从规章上把那些负能量的东西从我们这个团队里清除出去,让愿意为团队做出贡献的人得到应有的尊重和回报。我想只要大家耐心地说明,大家应该都会理解和支持的。”

刘玉成总算是找到了台阶,于是也不说什么反对的话了。

会议开始进入实质性的阶段。

在梁宇的提议下,他们同意对原有的团队构架进行细化,将原有的四个组拆分成八个部门,而且不再用“组”这样没有气势的称谓,改称“部”。

新的八个部门分别是:

综合管理部:负责安澜团队的人力资源管理;负责会务管理、计划统计、文件管理;负责对会议形成的决议和各项工作计划进行督办;负责协调处理各部门之间的工作;负责安澜团队成员内部协调。拟由张晓舟兼任部长,梁宇担任常务副部长。

物资保障部:负责所有物资的收集、整理、分类、仓储保管、维护保养和发放;负责仓库的安全保卫工作;负责对所有人员的工作积分进行管理和登记,处理个人消费。拟由刘玉成担任部长,梁宇兼任副部长。

安全保卫部:负责安澜大厦的安全保卫、消防、保养维护等工作;负责外出工作人员的安全保卫工作;负责管理所有的武器、消防器材;负责民兵队伍的组建、日常训练;负责各类应急预案的制定和演练。拟由常磊担任部长,李洪担任副部长。

后勤保障部:负责食物的加工和保存(分配由物资保障部负责);负责饮用水及日常用水的过滤、加工和保存(分配由物资保障部负责);负责大厦的卫生保洁工作;负责伤病员、七十岁以上老人和十五岁以下儿童的照管。拟由刘雪梅担任部长,董丽娟担任副部长。

农林牧产部:负责组织实施农业、林业、畜牧养殖业,对于劳工部派出进行农林牧劳动的人员进行指导、监督、管理和考核;负责管理与农林牧业相关的技术资料和专业人才;负责管理种子;负责指导大厦的医疗卫生保健防疫等工作。拟由张晓舟兼部长,李雨欢代理副部长一职。

生产制造部:负责机械、工具、武器等的生产、加工、修理和维护保养;负责管理所有机械、工具、车辆和油料;负责管理所有机械加工相关的技术资料和专业人才。拟由钱伟担任部长。

工程技术部:负责管理除农林畜牧业和机械加工之外所有技术层面的资料和专业人才;负责对劳工部的相关工作进行指导、监督和验收考核等;负责对现有的人员进行教育和培训,以帮助人们获得更多的技能和知识。拟由吴建伟担任部长。

劳工部:负责管理所有非专业技术人员,按照其他部门拟定的工作计划和内容派出劳务人员进行工作,接受专业技术人员的指导和监督;负责对所有非专业技术人员的工作积分进行考核。拟由李建业担任部长,王牧林担任副部长,梁宇兼任副部长。

另设民兵,所有十五周岁以上、六十周岁以下,身体无残疾的男女都必须无条件加入,轮流执勤。民兵日常训练由安全保卫部负责组织,日常任务则由当值的各队队长负责指挥。民兵的总队长为张晓舟,常务副队长为钱伟。

这样的机构设置显然比之前张晓舟弄出来的那个不伦不类的东西要责权清晰得

多，需要说明的是，这些部门当中除了部长和副部长的职位之外，所有职位都是兼职，并且都有相应的工作积分。所有的生活用品、食物、饮用水，除了基本保障之外的淡盐水和食物之外，都需要用工作积分来换取。

比如说，张晓舟身为团队负责人有相应的积分，但这只能让他勉强够吃。但是加上他兼任综合管理部和农林牧产部的部长的工作后，他就可以吃得比较好了。如果他在工程技术部组织的培训中担任老师，将会额外获得工作积分，再加上他作为民兵总队长的职务，他的工作积分就足够他在眼下的条件下，过上可以说得上是奢侈的生活了。

钱伟也是如此，生产制造部部长的职务只能让他勉强够吃，但他同时还负责培训焊工，这让他能够吃好。而作为民兵的常务副队长，他的津贴就能让他从物资保障部的仓库里购买一些额外的物品。但对于他来说，最大的收入来自带队外出的津贴，仅仅是这一项收入就足够他养一家子人。当然，现在他还没有这项开支。

对于一个不在团队抚养范围内（七十岁以上老人和十五岁以下儿童），又没有特殊知识或者是才能的普通成员来说，只要能够获得一份工作并且在当天的工作中获得合格的评语，就至少能够确保自己勉强够吃；而如果能够在当天的工作中获得优秀的评语，那这一天的工作积分就顶得上两天的工作；但如果评语是不合格，那对不起，积分只有正常的一半，而且第二天不安排工作。情节严重的，那你就得做好长时间饿肚子的准备了。

积分的来源还有参加民兵训练、参加应急预案演练和民兵的正常轮值，这些任务不常有，但收入大致上与一份普通的工作差不多。如果他愿意在空余时间接受技能培训，那还能得到一点聊胜于无的积分。但如果他不怕死、不怕危险，则可以主动申请参与外出任务。外出工作的津贴至少相当于五天普通工作，对于很多人来说，应该有相当大的吸引力。

工作积分其实就相当于以前的货币，大家对此应该都不难理解，也不难接受。

值得一提的是，对于违反团队规定或者是原则的处罚因此而多了一项：扣除积分。在梁宇的强烈要求下，积分将可以扣为负分，在当事人没有获得正积分之前，他每天都只能以基本食物补给维生了。

“我们要保证每个人只要愿意并且认真工作，就一定能得到一份工作并且获得工作积分。”张晓舟这样说道。这让梁宇感到很不满意,在他看来,每天都有一些人饿肚子,没有水可用,这样才能保证大家都努力工作,于是说:“但我们必须杜绝任何形式的和稀泥、当老好人或者是随意给出优秀评语的现象。综合管理部在对各项工作进行督办的时候,要特别注意这样的现象。如果存在,一定要对当事双方都给出处罚!”

“现在的问题是,不同的岗位和工作内容应该给出多少积分,我们现有的物资又分别应该标多少积分?”在张晓舟和梁宇的提议下得以掌握物资分配大权和工作积分的管理权,刘玉成对自己的地位还是感到挺满意的。但这份工作显然并不轻松,任何形式的失误都有可能造成安澜团队的经济损失,并让整个团队崩溃。

“交给我吧。”梁宇说道。长达三个半小时的会议让所有人都有些困倦,但他依然神采奕奕,“只要你能给我提供足够的照明和办公用品,我保证在两天以内拿出一个草案来。”

“全靠你一个人肯定不行,你别给自己这么大的压力!”张晓舟说道。

这件事情确实是越快越好,但他并不希望凭借梁宇一个人的力量仓促地弄出一个不合时宜的方案,最终让团队因为这次变革而瓦解。

“我们还需要去说服一些人站在我们这边,这也需要时间,方案只要在这之前拿出来就可以了。”张晓舟说道,“刘哥,你来牵头这个事情,再叫上孙然好了。”孙然也是之前他们那个小团队的成员,以前是一家公司的会计,应该对于财务方面的东西比较熟悉;而刘玉成是做生意的,对于价格应该比较熟悉;再加上梁宇这个对于岗位设置和绩效考核非常熟悉的人力资源专家,这样的组合在他看来应该是比较合适的。“两天之后把草案拿出来,主要先弄岗位和每种工作能够得到积分的部分,还有就是各类食品、饮用水和生活用水以及生活必需品的标价,其他物资的标价可以后一步再来决定。”

刘玉成愣了一下,随即点了点头。

“我们的目标是在表决之前获得一半以上人的支持。”张晓舟对其他人说道。如果不做这样的准备,真的把事情拿到会议上去讨论,那么多的内容,也许几天都不可能有一个结果。他们必须在这之前就获得大多数人的支持。

钱伟点点头说:“以前我们那个团队肯定都没问题,我和老常会去找他们谈的。”

他们之前这个团体的这十三票应该是属于他们的铁票,但他们还是要提前去交个底。

“行动组里面的骨干，我和钱副队长负责去打招呼，他们应该会支持这样的改革。”李建业说道。这个改革方案当中，劳工部将直接掌握绝大多数人的日常生活，可以说是权力很大，但也是很得罪人的一个部门。张晓舟把这个事情交给他来负责，既让他感到被信任，也让他感到了沉重的压力。“应该能拉到至少八张铁票，他们应该能确保自己的老婆不投反对票，再加上我，这就有将近二十票了。”

“支援组这边我也可以找人个别谈谈。”刘玉成说道。但他这话说得有点不自信，与年轻人比较多的行动组不同，支援组里的老油条比较多，这次改革中，他们肯定会受到很大的影响。刘玉成平时重用的几个人多多少少都有些私心，他还真怕把消息透露给他们之后，马上就闹得沸沸扬扬。

“刘哥你们的任务很重，你还是别操心这个事情了。”张晓舟微笑着说道。

刘玉成既感到有些失落，也松了一口气。

“我这边……我这边……”刘雪梅一脸为难地说道。

她这里是这次改革要针对的重点，而且有些女人很难保守秘密，想法多，容易动摇，她还真没有把握说服几个人。她其实还是想从管理团队里脱身出去，为此专门推荐了这段时间以来一直和她配合得比较好，性格泼辣也不怕事的董丽娟来代替自己，没想到张晓舟他们却还是只相信她。

“刘姐，你就找董丽娟谈谈，确保她这一票就行了。”张晓舟说道，“你们俩以后要好好配合，借这个机会拉近一下彼此的关系也是好的。”

比其他人提前知道一些内部消息显然是一种让人觉得自己重要，并且认为自己已经进入了核心圈子的好办法。由刘雪梅去告诉她这件事情，并且由刘雪梅去告诉她即将推荐她进入管理团队的消息，对于今后两人的合作来说应该会很有帮助。

“那好，帮不上忙真是对不起。”刘雪梅说道。

“你别这么说，你手下那些人本来就是最不好管的。”

“吴工那边？”

“我去找他，然后去找王牧林。”张晓舟说道。

在昨天的会议之后，这两批人都获得了表决权，吴工他们三个团队加起来有十九票，而王牧林他们有十四票。这些新加入的人素质还比较好，这样的政策他们应该会乐于支持的。

全体会议有表决权的总人数也不过七十七人，只要有五十二人投赞成票，提案就能得到顺利通过。拿到了这里面的票数，有了集群效应和示范作用，再设法说服其中一些人，提案顺利通过表决应该就没有多大问题了。

“新的规定我看很好，我没什么意见，只是……我刚刚加入就担任一个部门的负责人，这是不是有点……”吴工看了张晓舟给他的草案之后说道。

“你是我们里面在工程建设这块当之无愧的专家，之前修筑那个临时工程的时候大家都看在眼里，也都和你配合得很好，我觉得不会有什么问题。未来工程技术部的工作模式也和我们那时候的做法很相似，我相信吴工你一定能把这个事情做好。”

“那……好吧，我就却之不恭了。”吴工点点头说道，“我之前这个团队的七票没问题，我保证说服他们，不过另外那两个团队的……”

“我会再去找他们。”张晓舟说道。

“我和你一起去吧。”吴工说道。

这两个团队的负责人在新的改革方案里没有任职，这让他们微微有些失落，不过张晓舟承诺让他们在民兵团队中分别出任队长，这让他们表示，一定说服自己的人全力支持改革。

“这对大家都是好事。”他们对张晓舟说道，“张队长，你放心吧，我们这些人绝对不会拖后腿的！”

王牧林对于张晓舟向自己伸出橄榄枝也丝毫没有感到意外，自从认清了这个世界所发生的事情，并且加入安澜大厦之后，他就知道与自己一起加入的这些年轻人是自己在团队中立足的本钱，无论在什么情况下都要极力地拉拢他们，让他们形成一个相对独立的小团体。

幸运的是，在被困在那个小小的铺面中的那些绝望的日子里，他已经在这十几个年轻人里树立了一定的威信和信任感，在加入陌生的团队之后，他马上利用人们的本能，越发紧密地把他们团结在了自己的身边。

这样的局面，他相信以张晓舟的智慧不可能看不出来，对于这个一百几十个人的团队来说，他们这个平均年龄不到二十五岁的小团体绝对是不可忽视的力量。

更何况，他还借着向张晓舟讲述自己经历的时机，隐晦地表明自己是有管理经验的人。他之前所在的4S店就有将近八十名员工，作为副经理，他相信自己完全可以很好地胜任安澜团队的任何管理职位。以安澜团队现有的人员构成，他相信自己很快就能得到重用。

唯一让他感到诧异的是对李雨欢的任命，但想到张晓舟之前面对李雨欢时的表现，他便了然于胸了。"张队长，你放心，你是我们的救命恩人，我们所有人都不会忘了这一点。而且新的政策也非常实际，非常好，我们一定会全力支持管理团队的这个决定！"

李雨欢却彻底惊呆了。

她只不过是个职场新人，在原先的公司里也只是那些师傅和老师呼来唤去的小跟班，现在，突然让她做代理副部长？

虽然和其他人都不一样，前面多了"代理"两个字，但这样的决定还是让她有些晕乎乎的。就连她自己也觉得，张晓舟这样做是不是……是不是有点太明目张胆了？

"你还是别这样了……"在王牧林离开之后，她红着脸留在张晓舟的房间里，小声地说道，"别人会说闲话的……"

"说什么闲话？"张晓舟哭笑不得。他对李雨欢有好感，想要追求她不假，但他绝对不是会因为这个理由而假公济私的人。

实在是因为高辉之前统计的人员情况里，与农林牧业相关的人才一个都没有，算来算去，只有李雨欢还算勉强有些这方面的基础。虽然她不是学这个的，但至少在种子公司待了半年多，接受过长达几个月的入职专门培训，可以算得上是除了张晓舟之外，在这个方面最有科学素养的人才了。

张晓舟本身是团队的总负责人，又兼任民兵的总队长和两个部门的部长，要协调处理的事情肯定会很多，更别说他还是整个团队中唯一具有一定医疗知识的人，真的忙起来，肯定没有时间去管很具体的日常事务。农林牧产部不设一个副部长肯定不行，如果不是因为李雨欢实在是太年轻难以服众，他还真想让她担任常务副部长而不是代理副部长。

"大家都知道……"李雨欢又羞又急，恨不得在张晓舟的脚上狠狠地踩上一脚。

看着她一脸娇羞的样子，张晓舟真的很想对她做点什么，但现在他真的是没有那个时间，也没有那个精力。"雨欢，"他对她说道，"我喜欢你，这一点我从来都不掩藏。

但如果你以为我会因为这种原因而把你提拔到一个不适合你的岗位,那你既看低了我,也看低了你自己。对你的任命是管理团队的所有成员共同商讨之后做出的决定,我们都认为你是这个岗位最适合的人选。”

李雨欢的脸彻底烧红了,看上去十分可爱。

“我相信你可以做好,你也要相信自己。我们俩一起努力,尽早把前面的‘代理’两个字去掉,好不好?”

李雨欢不知道自己应该说什么,她也不敢看张晓舟的眼睛,原地站了一会儿之后,她终于说道:“那……那我就试试吧。”

张晓舟真的很想把她抱在怀里,但他犹豫了片刻,只是轻轻地伸手拍了拍她的肩膀,便开门让她出去了。

这样一来,比较有把握的表决票其实已经超过了一半多,但张晓舟不希望因为自己的“懒政”而让剩下的那些人感觉自己被排挤在了核心圈子之外。

至少,他觉得自己可以努力让他们感觉自己是受信任的。于是在接下来的两天里,他和钱伟、李建业、吴工、王牧林等人开始分批找团队中的成员们谈话,有时候是个别,有时候是一组组地来,有时候是对已经说定的那些人再亲自面谈一次,对于那些有可能反水的人,他们甚至专门安排一些铁杆成员和他们一起谈话,让他们在自己发言之前就跳出来表示支持。

改革的内容很快就变得众人皆知,绝大多数人都表示了支持,少部分人虽然意识到了什么,但在张晓舟等人特意安排的场合和人员当中,他们也不方便明确地表示反对。

所有人都在等待着刘玉成等三人把最终的草案拿出来。

而这个时候,暴龙终于第一次从安澜大厦旁走了过去。

所有人躲在远离窗户的地方,偷偷地看着那头巨兽从旁边走过。

这并不是他们第一次看到它,他们曾经凭借车阵的保护与它僵持,并且成功地逼迫它退却。它也曾经在他们所有人的注视之下,把那几个拼命想要逃命的人杀死、吃掉。

但在那种情况下看到它,和在自己居住生存的地方看到它,感觉全然不同。

看着它能够直接让一个人消失在里面的巨大头颅从下面晃过,许多人都不由自主地颤抖了起来。

它吐出长长的鼻息，轻轻地发出类似鸟类的咕咕声，慢慢地在街道上嗅着。

其实它距离安澜大厦还有一段距离，但很多人都有一种感觉，好像它马上就要冲进来，把他们最后一块乐土彻底毁掉。

安全感在这种情况下几乎不复存在。在城市的另外一个区域主动向它发起挑战，和在自己入睡的地方看到它，完全是两种不同的概念。许多人终于第一次明白张晓舟之前对他们所说的话，终于理解了他那时候的焦躁和恐慌。

当这头史前巨兽出现在他们最后的堡垒前时，这意味着，他们已经没有任何后路了。

“它有多大？”钱伟忍不住低声地说道，“五米？六米？”

“你看对面的房子。”吴工小声地答道，“那种楼一层是三米三，它现在这个姿势应该有五米多高，但如果直立身体，也许会有八米到九米高。”

“会有多重？”钱伟再一次问道。庞大的身躯下，那些健壮的肌肉就像是石头一样，让人看了心里没底。他一直觉得自己带着人们抢工做起来的防盗栏很坚固了，但在这么近的地方看着它，却让他不确定了起来。

他们所用的那些材料来源复杂，良莠不齐，有些是不锈钢的，有些是普通钢的，甚至还有铸铁的，它们中有相当一部分是空心结构，面对这样的庞然大物，真的能够挡住它的撞击吗？

“以前的数据是，最大个体臀高五点一米，长十四点六米，估计重量在十五吨以上。”张晓舟轻声地说道。

这样的数据让钱伟和吴工彻底说不出话了。

暴龙慢慢地向安澜大厦这边走了过来，所有人的身体都一下子绷紧了。

它想干什么？

“气味！”张晓舟突然意识到了这一点。

猎食猛兽很少有嗅觉不佳的，敏锐的嗅觉能够帮助它们在密林或者是广阔的原野上轻松地找到那些受伤或者是已经死亡的动物，如果它已经习惯了以人类为食，那安澜大厦里一百几十个人长期在这里活动所留下的气味一定会让它清楚：这里有猎物存在。

“燃烧瓶！”张晓舟紧张地叫道，这个命令很快就被传递了下去，大概二十个最勇敢的人做好了准备，如果它真的试图对安澜大厦发起进攻，那他们就在楼上点燃燃烧瓶向它扔出去。

但张晓舟并不愿意走到这一步。

在这么近的距离里，可以看到暴龙身上某些地方长着很短的绒毛一样的东西，但大部分地方都是如同鳄鱼一样的皮肤。它应该不像速龙和恐爪龙那样长了羽毛容易引燃。另一方面，如果火焰真的烧在它的身上，难以判断它会有怎样的反应。

逃走？或者是被彻底激怒，疯狂地把安澜大厦一面墙体撞开，让他们暴露在危险当中？

如果没有到最后一步，张晓舟不想在距离安澜大厦这么近的地方给予它这样的伤害。那样他们也许能够拼命把暴龙消灭掉，但必然付出极大的代价。

暴龙的动作看起来不快，但只是几步就跨到了安澜大厦旁，它谨慎地嗅着距离自己最近的那扇窗户，那间房子里的人早就已经逃到了走廊里。

它也许是感觉到了什么，突然咆哮起来，那看起来就像是一辆小车一样庞大的脑袋重重地向窗户撞去，玻璃马上就彻底碎裂，到处飞溅。人们惊叫着，远远地逃离那个地方。一个燃烧瓶被一名过于紧张的投手扔了出去，暴龙谨慎地退了一步，那个玻璃瓶在空中带着火焰不断地旋转着，落在了距离暴龙不远的地方。

“砰！”一团火焰突然就迸射开来，暴龙应该是被吓了一跳，迅速扭头离开了这个地方。

张晓舟想到了何家营外地面上那些火焰燃烧后留下的黑色痕迹。

看它的样子，应该已经不是第一次面对这样的攻击了。

人们在它离开很久之后才陆陆续续回到靠近路边的那一排房间，那个被它漫不经心地攻击了一下的房间里满是玻璃碎片，不锈钢的防盗栏已经扭曲得不成样子，好几个地方在强大的力量攻击下被扯断了。

“墙壁……”吴工愁容满面地说道。

这对于它来说显然并不是蓄意发动的攻击，只是临时起意的试探性的恐吓，但靠近窗户处被它撞了一下的墙壁仍然出现了明显的扭曲和变形，靠近窗户的那个地方，墙面漆已经脱落，几块砖头裸露了出来。吴工用手试着动了一下它们，很显然，里面的结构已经受到了严重的损坏。

暴龙那个巨大的头颅也许有好几吨重，被这样的东西撞了一下之后仅仅是出现这样的损伤，张晓舟已经感到很满意了。

“安排他们到其他房间住，这扇窗户必须尽快封起来，要防止有虫子从这里进来。”张晓舟说道。

吴工点点头。虽然正式的改组还没有开始进行，但这样的工作显然是他的职责。

他们一起向自己的房间走去，刘玉成和梁宇等三人已经拟出了一个初稿，必须抓紧时间审核。暴龙试探性的袭击让他们有一种强烈的时不我待的紧迫感。

他们沿途一直给人们鼓着劲，但大家脸上的担忧却很难因为他们的几句话而消失。

其他管理团队的成员已经在那里等他们了。

“现在的防护根本不够！”李洪说道。因为老常受伤未愈，他已经开始逐步履行安全保卫的工作职责。他曾经以为这是一项不太复杂的工作，但刚才的一幕却彻底让他失去了信心。

这还是白天他们全都躲在安全的房子里的情况。

如果他们的某支队伍在外面遇到它？如果某个夜晚它突然尝试着撞开墙壁，把里面的人拖出去吃掉？

钱伟感到烦躁不已：“这已经是我们能够做到的极限了！还能怎么办？把大厦用钢铁包裹起来？我们有那么多材料吗？！”

“大家都不要着急。”张晓舟说道，“办法一定会有的。”

“挖壕沟和陷阱？”老常说道。但他自己马上就摇了摇头。

在城市里挖出足够把如此巨大的怪兽挡在外面的深沟，那不是他们能完成的工程量。更何况，无论是水泥地面还是柏油路面，还有路面下的那些复杂的管路，都不是凭借人力能够破坏的。

“我们也许可以在墙面外面安装尖刺，就像我们之前改装那些车子一样。”刘玉成说道。

“没有那么多材料！”钱伟说道，“绝大多数的材料都已经用掉了，我到什么地方去找更多的钢材？再说了，没有窗户的地方怎么装钢刺？在墙壁上打洞？那根本就没有任何强度可言！”

“为什么非要安装在墙上？”梁宇突然说道，“你们注意到它的脚了吗？那么大的脚,踩下去要占很大的面积。其实我们只需要在大楼附近的地面上装上让它没有办法落脚的尖刺不就行了？除了要到外面去工作比较危险,施工难度应该不大?”

钱伟愣了一下,随即认真地考虑了起来。

“你说的没错。”他对梁宇说道,“我们现在的防护已经足够挡住那些中小型的恐龙了,唯一能够对安澜大厦造成破坏的只有这头暴龙。只要在大厦周围安装上一圈钢刺……它应该就没有办法靠近了。这样做工程量小多了,对材料的要求也不高,弄点水管、钢管什么的,从中间锯开,用砂轮把一头磨尖,然后挖个坑埋进去就行。最外面的那些可以想办法弄点水泥来浇灌一下,里面的应该只要埋下去就行了。”

他一下子高兴了起来,拿起一支笔开始在纸上画起草图来。

张晓舟点点头,这样的局面正是他一直期望的。

“刘哥,初稿已经出来了?”他问道。

“对。”刘玉成点点头说道。他看了梁宇一眼,但他却很平静,一点也没有争功的意思,“能这么快多亏了梁宇,我和孙然只是在旁边稍微帮了点忙。”

他把一沓写得满满的纸递给张晓舟,张晓舟把它们分给身边的人,大家交换着快速地看里面的内容。

“哨兵一次值班六小时,二十个工分？一碗粥十五个工分？这怎么行?”李洪第一个叫了起来,“那干一天连两碗粥都换不到,还有谁肯干这个?”

“一次只有六个小时,难道他之后就休息什么都不干了？现在我们可没有条件让人过得这么舒服。”梁宇不慌不忙地说道,“之前我们确定的原则就是要把大家调动起来,多干活。他值完六个小时的班,只是精神上的消耗,体力上并没有什么消耗,完全可以去打扫卫生、搬运物品或者是去劈柴,甚至可以去挖土、提水。以后我们肯定要制作很多手工品,只要愿意学,完全可以做手工来赚取更多的工分。我认为每个人每天理想的工作时间应该在十二到十四个小时,只要工作的内容侧重不同,就不会对人们的精神和身体造成什么影响。”

十四个小时?

好几个人都摇起头来。但他们没有办法反驳梁宇的话,难道在现在这个时候还提倡八小时工作制?

“我们有这么多活给人干吗?”王牧林问道。

“你们如果看过张晓舟的那个小本子，就知道要干的事情多得数也数不清，只是绝大多数都必须要到外面去，甚至要走得很远。”刘玉成答道，“我们大致上进行过一些计算，我们现在最紧迫的事情是找到足够的土，并且把它们运到楼上，这需要大量的劳动力。即使是一时没有办法进行集体工作，我们也需要提前制作出滑轮、铲子、筐子、背篓、绳索之类的工具。”

“我们有原材料吗？”李建业惊讶地问道。

“其他的我不知道，但那种高分子材料的窗帘如果拆下来，用刀子裁剪成细长条，应该可以用来编织。那些办公桌、办公椅上的铁制部件、滚轮之类的应该可以拆开利用起来，说不定能制作出滑轮。”梁宇说道，“还是那句话，只要拼命想，肯定能找到很多可以做的事情，也可以找到很多可以用的材料。”

“我提个建议，应该可以让人们通过发明或者是复制出我们急需的某种工具或者是找出某些问题的解决之道而给予他们一定的积分奖励，那些老人其实动手能力很强，如果这么做的话，他们也许能想出不少办法来。”

“这没问题，由工程技术部牵头，临时成立评判组对成果做出评价就可以。”梁宇答道，“你这个建议很不错。”他匆匆地在一张空白的纸上把这条记了下来。

“应该要给大家一个适应期。”老常说道，“食物的价格一开始的时候是不是可以低一点，等到大家适应了新的做法之后，再一次两次地涨上去？”

钱伟说道：“我觉得不好，物价波动太明显的话，很可能会造成恐慌，还不如一开始就固定下来……”

“如果一开始就说明几天以内是过渡期，几天之后就进行上调呢？”

大家激烈地讨论起来。

张晓舟看了看大家，之前因为暴龙出现而带来的不安在这样的气氛下已经被彻底冲淡。

“你笑什么？”李雨欢在旁边什么话都不敢讲，但看到他的样子，不知为什么心里就一阵不高兴。

“我现在一点儿也不担心，一点儿也不害怕了。”张晓舟对人们说道，“我相信大家，也相信自己，我们一定能把那些丑陋的怪物赶出城市，一定能恢复正常的生活！只要我们能够一直这样同心同德、紧密配合，这就只是时间问题。我对此深信不疑！”

第7章
收 留

天蒙蒙亮的时候，严烨就已经被饿醒了。但周围还是一片寂静，这时候起床也只是白白浪费力气，让自己变得更饿。于是他只喝了一口节省下来的凉开水，便小心地把那个不锈钢罐子收了起来，继续把自己的身体蜷缩在房间的角落里。

“哥……”十二岁的妹妹严淇因为他的动作醒了过来，迷迷糊糊地说道。

“没事，还早呢，睡吧……”严烨轻轻地用手摸了一下她的头发，安抚着她说道。

妹妹很快就重新进入了梦乡，十二岁的女孩看起来个子已经很高，但脸上的稚气和骨子里的单纯却还是和以前一样，没有什么改变。

即使他们已经被困在这个世界十几天，即使一切的规则都已经变得和原来完全不同，即使他们已经失去了自己的至亲，在这个世界上只剩下彼此，也没有办法让她变得马上就成熟起来。

但严烨并不觉得这是她的责任，毕竟，她还只有十二岁。

“小烨，你马上就十八岁了，以前还可以说是个孩子，但现在，你必须要快点成熟起来。如果我出了什么事，你一定要负起责任！要好好地保护你妈和你妹妹！”这是他记忆中父亲对他说的最后一句话，而现在，父亲的嘱托已经变成了他唯一的信念。

如果当时我们没有往这边走……

他没法不这样去想，但在那样的慌乱和惊恐之下，他们又怎么可能知道什么才是正确的选择?

外面的小雨又淅淅沥沥地下了起来。

房间里的其他人终于陆陆续续醒了过来,房间里很快就充斥着叹息、咳嗽和打哈欠的声音,但并没有多少人起床。

起床也没有什么事情可以做,躺在床上至少能减少体能的消耗,让自己不至于那么饿。

这间屋子里多半都是他们这样从外面逃到村子里的人,十几天来,大家相互之间已经很熟悉,虽然还没有办法做到像家人那样信任和相互依靠,但彼此之间也算是心照不宣,这里并没有特别坏的人。

但相应地,也没有他曾经期望过的那种好人。

也许在这个世界里,好人要么已经死了,要么就只能逼着自己慢慢对周围的事情变得淡漠,甚至无视。

十几个人里面,只有两个三十岁出头的男子坐了起来,从贴身的衣服里掏出一点东西吃了起来。房间里马上安静了下来,不知道是谁的肚子咕咕地响了起来,随后是一片咽口水的声音。

但这两个男人对此视若无睹,他们早已经学会了不去看其他人羡慕而又饥渴的眼神,慢慢地,小心翼翼地把自己好不容易才弄到的食物细嚼慢咽了下去。

一点儿也不敢浪费。

也许就是这一点点食物,最终决定了他们能比别人获得更多的机会。

随着时间的推移,人们终于还是起床了,他们对着镜子梳理着自己的头发,拉平衣服,努力让自己看起来健壮有力。

没有水可以洗漱,严烨用手指帮妹妹梳理了一下头发,用橡皮筋扎了起来,随后把罐子里所剩不多的水给她喝了一大口,自己小心翼翼地喝了一小口。

"下楼集合!"楼下的院子里有人叫道,本来无精打采的人们就像是见到避难所的兔子,快速地向楼下跑去。

小小的院子里聚集着将近三百人,这几乎是附近几幢房子里所有的人了。即使是老人和小孩也在外围充满期望地等待着,虽然可能性很小,但如果能有一份工作,至少今天就不用挨饿,或者是不用从家里的壮劳力那里分走一份糊口的粮食。

“拆卸汽车，处理废旧金属，管两顿稀粥！要十个人，谁干？”站在那辆作为讲台的汽车上的男子叫道。他的口音让大家清楚地听出，他应该是本村人，这些人以前被部分人鄙视为以出租房屋牟利、混吃等死的社会蛀虫，但现在，他们已经成了这个名为何家营的村子里当之无愧的统治阶级，甚至掌控着其他人的生死。

“我！”“我我！！”人们骚动了起来，站在汽车周围的那些壮汉用手中的棍棒狠狠地劈头盖脸地向他们打去，逼迫他们离开车子。

“你，你！还有你！”男子站在车上随意地指点着，被他挑中的人们兴奋地从人群里站出来，小心翼翼地按照那些人的指挥站到提前划出来的空地去，有人给他们发了一顶黄色的帽子，让他们集中在一起站着。

“拆房子，两顿饭，管饱！要有力气的，八个人，谁干？”男子继续叫道。

人们越发兴奋起来，拼命地在人群里挤着、跳着，希望能够被他的目光看到。

严烨却拉着妹妹的手，无奈地站在人群的边上。

这些待遇丰厚的临时工作很难轮到他这样身材瘦弱的人来干，在来到这个世界之前，他曾经很长一段时间被人戏称为“豆芽菜”，专注学习让他的体能几乎只是勉强达标，远远达不到强壮的标准。在这样的情况下，他几乎没有任何获得这些工作的可能。

十几天来，他都只能带着妹妹做一些简单的、不消耗多少体力的工作，但显然，这样的工作也不会有多少报酬。

更关键的是，并不是每天都能等到工作。

一开始的时候，他们还能从其他人那里获得一些接济，但现在，谁也吃不饱，再也没有人会把自己好不容易获得的食物平白无故地分给其他人。

“挖蓄水池……”那个人继续在台上叫着。

饥饿让严烨很难集中起精神来，他现在总是很容易走神，有时候脑袋里会突然空空如也，什么也想不起来。

会死吗？

他突然这样想道。

昨天他幸运地获得了一份掏粪的工作，这让他和妹妹幸运地分吃了一大碗稀粥，不是那种像水一样找不到什么颗粒物的稀粥，而是能够一颗颗吃出米粒的真正的稀粥。

他从来没有想过，他这样的高才生会因为能够得到一份这样的工作而感到前所未有的幸福，也从来没有想过，这样没有油盐、没有任何味道的白粥会让人感觉就像是吃到了天下最美味的东西。

但和他一起干活的一个老头却在喝粥之前突然一头栽倒，再也没有爬起来。

严烨之前还和他说过几句话，老头说他已经有整整两天时间什么东西都没有吃过，只喝了一点水。"今天运气真好。"他笑着对严烨说道，"要是明天也能干上这活儿就好了。"

八个人里面，就数他最不怕脏，也最肯干活，在管事的人面前忙来忙去。大家都知道他想要成为固定工……据说每十个人里面只有一个人能有这样的运气，那必须是被原来的村民赏识，愿意提拔你才有可能发生的事情。

据说村里一直刻意地控制着固定工的数量，能够成为固定工的，到现在也只有那几百个作为护村队的汉子，还有那些有着各种各样专业技术的人才。

老头一直在卖力地表现着自己，但管事的人根本就没有正眼看过他。也许恰恰是因为这样做消耗了他身体里的最后一点能量，在上午的活计终于干完，所有人都坐在化粪池边上等待中饭的时候，他的身体突然软了一下，随即直挺挺地向前倒了下去。

严烨被吓了一跳，但周围的人却都只是麻木地看着他，什么都没有做。

妹妹被吓得哭了起来，严烨小心地摸了摸他的颈动脉，很微弱，但还活着，也许只是一时的低血糖导致的眩晕。但周围来来去去的人当中，却没有一个人想要帮助他一下。

"快点吃！吃完了继续干活！"管事的把他们的报酬放在地上，之前还木然得像是一群雕塑的人们突然一下子就活了过来，如果不是害怕因为违反规定而被那些时常在周围巡逻的护村队的人扔到村外，他们或许会争抢起来。

饥饿让严烨忘记了倒在地上的这个老头，他丢下老头慌张地跑了过去。地上只有七碗粥。

很显然，管事的已经把老头看作死人了。

事实上也是如此，当他们吃完饭开始继续工作时，老头就这样一直倒在地上没有人管。几个小时之后，专门负责收集路倒的人路过这里，用手在他的鼻子下面探了探，在他身上翻找了一下，随后粗暴地把他扔到那辆垃圾车里带走了。

"收尸队，要两个人，给一碗稀粥！谁干？"

之前那些人已经一批批地被带走，车子前面的人群终于松了下来。严烨下意识地高高举起了手。

"行！那个穿蓝T恤的，就你了！"

严烨愣了一下，身体里突然有种如释重负的感觉。

有活干，就意味着有东西吃。

他和妹妹又能活下去了。

真好。

"以这条街为界，你们俩就负责这一半。尸体都运回来扔到那辆车子里，有人会处理。中午十二点到这里吃饭，知道吗？"管这件事的人穿着白大褂，戴着口罩，看上去不像是村子里的原住民，倒像是医生或者是从事相关工作的人。"不单单是死掉的人，快死而又没有人管的，也是一样的处理方式！要是发现什么地方有很多人发高烧、呕吐或者是拉稀、昏迷，马上回来告诉我！"

严烨和临时的搭档点点头，表示听到了。

那个人看了一眼跟在他身边的妹妹，微微愣了一下，什么都没有说，转身走回了办公楼。

未成年人跟在父母或者是长辈身边已经是一种常态，只不过，严淇的个子看上去的确是高了一些。严烨也想给她试着找一些工作，但分派工作的人只是看看她的样子就摇头了。"小孩子一边玩去！"他们总是这样说道。

另一方面，在这样混乱的环境中，他还真有些不放心妹妹的安危，只能把她一直带在自己的身边。

青壮年每天多多少少都能找到一些可以勉强糊口的事情，严烨听说这是因为村子里的高层们害怕他们因为饥饿和失去希望而在村里搞破坏；另一方面，他们也是宝贵的人力资源。按照屋子里那些消息灵通人士的说法，村子里的几家金属加工厂正在夜以继日地生产武器，很快就会组织人们攻出去。那些该死的怪物被杀死后，将会需要很多人去收集散落在城市各个角落的物资，并且分门别类地进行整理，让它们派上用场。

“只要能活到那个时候，一切就苦尽甘来了。”总是有人这样说道。

但大多数人却已经因为饥饿和干渴而变得麻木，完全没有办法因为这样的前景而振奋起来。

有人说村子里的高层们正在有预谋地消灭老人、小孩和那些生病、瘦弱的人。严烨不知道这是真还是假，但他每天所看到的死者中，的确绝大多数都是这些人。

他们很少能够获得高报酬的工作，很多人即使是辛苦一整天也只能弄到一碗稀粥来勉强维持自己的生命。有些人饿得不行，干脆报名去了拾荒队……那里随时随地都可以报名参加，也没有任何门槛。只要有勇气通过那些地下通道到村子外面去找到一些急需或者是可用的东西带回来，就能换到吃的东西。守在门口的人会给他们一块刻着字的木牌作为通行证。

唯一的问题是，据说每天都有很多人死在外面。

有人信誓旦旦地说，有一群可怕的恐龙专门守在外面，等着吃这些人，而村子里的人也是在用这种办法减少那些在他们看来属于累赘的人口。

“走慢点，省着点劲，混到吃饭再说。”和他搭档的男子对严烨说道，“只要保证一天能走完一圈就行了，没必要白费力气。”

他是一个大概五六十岁的男子，看上去干干瘦瘦的，就像是一根会移动的木棍。

严烨不知道应该怎么回答。

他很怕被当作偷奸耍滑的典型而被护村队抓起来……几乎每天都有人因为各种各样的理由被抓起来，吊在村子中央那片刚刚拆平几幢房屋建起来的那个小广场上。

如果只是被吊上一两个小时还好，至少不会送命，有些罪行严重的人会被狠狠地用鞭子抽打，直到血肉模糊。如果他们没有家人的话，这几乎就等于送命了。

而那些公然违抗村里的命令，试图煽动大家反抗的人则被直接吊死在那个小广场的路灯杆上，现在都还在随风摆动。

男子看出了他的恐惧：“你不用怕，这活儿我干过三次了，这么干不会有事的。”

两人各自套着一件脏兮兮的白色大褂，戴着不知道什么人戴过的口罩和手套，各自拖着一辆板车，沿着村子里的道路慢慢地向前走。

何家营的占地面积不算很大，据说在这件事情发生之前，村子里的常住人口有将近六千人,其中只有不到一半是本地的村民。因为靠近副食品批发市场和五金机电市场,附近又有很多工厂和物流公司,很多在那些地方打工的年轻人都租住在这里。

随着一万多名逃难者陆陆续续进入这里,这些人现在都被吸纳进入何家营的体系,变成了其中的一员。

村里的高层—土生土长的村民—原先租住在这里的人—获得了固定工作的逃难者—每天等待成为临时工的逃难者

这就是现在这里的阶层划分,像严烨这样的人,无疑是处于食物链最底层的草民。

"其实这份工作不错。"男子对他说道,"运气好的话,有时候能从那些死人身上搜到些好东西,可以拿去换吃的。我上次找到一把大号的瑞士军刀,换了一个馒头!"

他的喉咙动了一下,似乎是在回味那个馒头的味道,这让严烨变得更加饿了。

"喂！收尸的！这里有死人!"前面不远的地方有人叫道。

两人拖着车子向那边走去,那个叫他们的人应该是这幢房子里管事的,他一脸厌恶地站在那个房间外面。严烨往里面探进头去,看到那是四楼的公用卫生间,两大一小三个身影吊在气窗上,已经僵硬了。

那个人满脸不高兴地在旁边骂着脏话,说他们想死的话就不应该逃进村里来。

"要死不死早一点！死在我房子里算什么？真他妈的晦气!"他大声地说道。

大部分人都出去了,只有几个应该没有找到活计的老年人畏畏缩缩地站在旁边的房间门口看着这边。

"你扶着它们,我来解绳子。"严烨的搭档对他说道。

虽然已经见过了不少死人,但这样上吊而死的尸体还是让严烨感到恐惧,但他知道,自己不做的话,有的是愿意做这个的人,于是他不得不抱住了距离自己最近的那具僵硬的躯体,努力让自己不去看他的脸。

"往上一点儿!"老头有些不满地叫道。严烨用尽全身的力气把尸体向上提,突然,所有的重量一下子都压在了他的身上,让他失去平衡摔了下去。

青紫而又扭曲的脸冷冰冰地触碰在他的脸上,让他惊恐地尖叫了起来。他拼命地挣扎着,终于从那具压住他的尸体下面挣扎了出来。

"真没用!"老头说道。

严烨一句话也说不出来，老头抓住他，把他拖了过来，让他扶住另外一具躯体，他的脑海里却一直都是那直挺挺向他扑过来的脸，根本就不知道自己在做什么、应该做什么。

老头狠狠地给了他一个耳光，终于把他打醒了。

“不想像他们一样，那就把该干的活计干了！”

整个上午他们收集了六具尸体，除了那选择在卫生间里终结自己生命的一家三口，剩下的都是睡下去就没有再醒过来的老人。

“发什么呆！还有水没有？分我一口，等会儿水来了我还给你。”把最后一具尸体扔在之前那个管事的让他们集中堆放尸体的地方，老头便直接坐在了地上。他这些天来应该也是饥一顿饱一顿，这样的工作让他也累得不轻。

严烨茫然地看着老头，过了一会儿才意识到他是在对自己说话。他犹豫了一下，把自己身上唯一算得上值钱物品的不锈钢罐子拿了出来，递给了老头。

“你这倒是个好东西，又能装水，还能当锅用。要是拿去换东西，说不定能换半个馒头。”

严烨摇了摇头。

老头倒也不贪心，只是喝了一小口水，就把罐子还给了严烨。

“别想那么多了。现在这个世道，能比别人多活一天就是赚的。”

严烨没有搭话。

“那是你什么人？”老头指着严淇问道。

严烨在忙的时候，她就在附近寻找可能有用的东西，或者是可以用来烧火的垃圾。他们罐子里的水就是用这些东西烧开的。否则的话，以严烨能够找到的零工发下来的水，根本就不够他们两个喝。

“我妹妹。”严烨答道。

“几岁了？十二还是十三？”

“十二。”

“和我弟弟的儿子一样大。”老头说道。

严烨没有回答，也不想问他关于他们的事情。

“你带着她活不下去。”老头说道，“这么大的孩子没人会给她工作，但她吃的东西却一点儿也不比你少。这样下去,你们俩迟早都得死。”

严烨一下子愤怒了起来:“这不关你的事!”

“我看你可怜才想给你指条明路,你别不识好歹!”老头说道。

严烨的脸一下子红了,但他却拉不下脸来给老头赔不是。

“她长得还算是周正,也乖巧。”老头说道,“你不如把她卖给村子里的人去做使唤丫头。”

严烨又愤怒了起来,但老头的话却让他没有办法反驳。

“你以为带着她是对她好?你想想,凭你这个样子,拿什么养活她?两个人一起慢慢地饿死?你要是出了事情,她又怎么办?我告诉你,等她饿瘦、饿病之后,你就算求着送也不一定会有人肯要。现在不是以前了,能给人当使唤丫头,至少能吃顿饱饭。有饭吃,那就能活下来。”

“哥!你看我找到什么了?”严淇这时候却惊喜地跑了过来,她把手伸出来给严烨看,那是一条小小的蚯蚓,正在她苍白的手心里翻滚扭动着。

“我在那边挖到的!”她得意地说道,“哥!你快把它吃了吧!”她小心翼翼地看了老头一眼,把蚯蚓塞在严烨的手里,似乎是怕老头把它给抢了。

严烨的鼻子突然变得很酸,他紧紧地咬着牙,生怕自己会哭出来。

不知道是不是自己的幻觉,严烨觉得中午时管事的给自己的那半碗粥要比给老头的那半碗稠得多,他惊讶地抬起头,看着那个消失在办公楼里的身影,不知道应该说什么。

整整一个下午他都在考虑老头对他说的话。

把妹妹卖掉,这样的做法他当然无法接受,但如果是把她送给一个好心的村民,每天哪怕是能够吃一碗稀粥或者是吃点剩饭剩菜,那也比跟着自己,每天只能分一半少得可怜的食物要强得多。

他不时地看着蹲在附近光秃秃的泥地上试着想要找到一些虫子的妹妹,突然就这么下了决心。

整整一天,他们这个组一共收殓了九具尸体,把尸体全都抬到指定的地方放好之后,老头开始靠在一根路灯杆上闭目休息,严烨把妹妹拉到一片看起来还算是清澈的积水旁,沾湿了自己的衣服,开始给妹妹擦脸。

“哥，你干吗？好疼啊！”严淇低声地抱怨了起来。

严烨的眼泪突然就流了出来。

“严淇，你听哥说。”他低声地说道。

“哥你怎么了？”他的样子让严淇惊慌了起来，她伸手去抹严烨的眼泪，但他的眼泪却更多了。

“严淇，你听话，等会儿我们一起去求那个穿白大褂的人，好不好？”

“好。”严淇点点头，她不知道哥哥要让自己干什么，但他已经是她在这个世界上唯一的依靠，也是她唯一能够信任的人了。

“好。”严烨点点头，开始继续用自己的衣服给她擦脸。

严烨心里酸得无法忍受，眼泪不停地往外面冒，止也止不住。

严淇突然感觉到有些不对劲，她忍了好一会儿，终于问道：“哥，我们求他什么？”

“求他收留你，好不好？”严烨试了好几次才把这句话说出口。严淇愣了几秒钟，眼泪突然就涌了出来。

“哥你不要我了吗?!”她低声地抽泣起来，“我哪里做错了？你告诉我，我可以改啊！我知道自己笨，什么都不会，什么也干不了，但我可以改的啊！哥，我错了，你别不要我！”

“不，不是的！”严烨慌张地把她抱在怀里，“你很乖，很听话，你什么都做得很好。是哥没有用，我找不到好工作，没有办法让你吃饱。不是你不好，是我没用！妹妹，对不起，是哥没用。”

“我可以自己找东西吃的。”严淇哭道，“你看我中午的时候不是找到可以吃的东西了吗？哥，你答应过爸爸妈妈要照顾我的，你别这样丢下我！”

“不是我要丢下你，我真的没有办法……”严烨痛苦地给了自己一个耳光。如果自己以前别那么宅，如果自己以前好好吃东西，别那么挑食，如果自己以前多锻炼一下身体，让自己看起来壮实一些……“妹妹，哥真的是没有办法了……”

“有什么好哭的，又不是生离死别。”老头突然在旁边说道，“这个地方又不大，只要都没死，难道以后没有见面的机会？小姑娘，你懂点事，你要是能找到个好人家去当使唤丫头，在这个世道相当于找了份好工作，到时候你哥说不定还能因为你转成固定工。就算这做不到，你每天能有东西吃，难道不相当于帮了你哥一个大忙？”

兄妹俩的哭泣因为他的话而渐渐停下了。

对于他们这一辈已经习惯了美好生活的人来说,这样的事情简直无法忍受;但对于老头他们那一辈的人来说,根本就不算什么。

人格、自由,这些东西有什么用?能换饭吃?

女孩沉默了下来,不再抗拒,严烨心里依然很难受,但至少没有刚才那么痛苦了。

把脸和手擦干净后,他又帮妹妹把头发放下来,重新仔细地用手指梳理整齐,用橡皮筋扎了起来。

严淇其实很漂亮,在她就读的那所小学,她一直都是文艺骨干,唱歌、跳舞、朗诵、弹钢琴,样样精通,甚至代表学校到市里参加比赛拿过奖。

严烨把这个妹妹视作珍宝,一直以她为荣。

因为担心在这样的环境里遇到坏人,他之前特意把泥巴糊在妹妹的脸上,此刻把那些泥污完全拭去之后,就连坐在一边的老头也微微地感叹了一下。

“你妹妹生得这么标致,一定没问题的。”他对严烨说道,“就是年纪小了点儿,不然的话……”他摇摇头,没有再继续说下去。

三人在路边等待着发放下午的那半碗粥,但直到天色有点发黑,才看到那个穿白大褂的男子拿着两个碗走了出来。他把碗分别往两人手里一放,转身就走,严烨看了一下自己的碗,里面几乎是一整碗粥,这让他进一步确定了自己的判断。

这是个好人!

“老师!请你等一等!”他不再犹豫,向前跑了两步,挡在了男子的面前。

“你干什么?!”男子的声音一下子严厉了起来。

“求求你……收留我妹妹好不好?”严烨把严淇一把拉了过来,“她很乖很懂事的,可以帮你干家务活,帮你洗衣服做饭!求求你,收留她好不好?”

男子愣了一下,严淇现在的样子和早上那个脏兮兮的丫头已经完全不是同一个人,甚至让他有一种惊艳的感觉。毕竟在这个人人都朝不保夕的环境中,除了极少数的女人,已经很少有人会很在意地打扮自己。

但他马上就摇了摇头,准备从他们身边绕过去。

“求求你!”严烨没有想到会是这样的结果,他忍不住拉住了男子的白大褂。

“你疯了吗?”男子低声地说道,“把护村队引过来,你知道是什么后果吗?”

“求求你！”严烨再一次说道。

“你找我没用。”男子低声地对严烨说道，“我不是村子里的人，我自己都保证不了自己的地位。”

严烨失望地放开了他。

他不知道这个男子是找借口还是说真的，但很显然，他并不愿意收留妹妹。

那该怎么办？

在现在的世界里，想要找到一个好心一点儿的人已经是一件非常困难的事情，大多数的村民看他们的眼神都带着蔑视，似乎他们根本就不是人类，而是一个个牲口。这些天来他已经见过太多以欺凌逃难者为乐的村民，如果把妹妹交到那样的人手里，那他宁愿就这样带着妹妹继续艰难求生。

他不相信这个村子里一个好心人都找不到，但问题是，以他现在所处的阶层，根本就接触不到这样的人。几天以来，这个男子已经是他所能接触到的统治阶层当中，唯一一个对他们这样的逃难者表现出善意的人了。

他的失望和失魂落魄让男子叹了一口气：“你叫什么？”

“严烨！我妹妹叫严淇！”严烨心里突然又升起了一线希望。

“我没有资格收留你妹妹，但我可以去帮你问问。”男子对他说道，“你们先吃饭吧。”

“谢谢！谢谢！”幸福来得太快，让严烨一下子措手不及，他拉着妹妹连连对这个男子行礼。

“行了行了！我只是问问，不一定能成。”男子慌张地挥挥手，走进了办公楼里。

“小王，还不吃饭去？”一名四十来岁的女子迎面过来，和他打了个招呼。

“哎，李老师！这不是正准备去嘛。您吃了没？”他急忙姿态很低地对女子说道。

他叫王哲，其实比严烨大不了几岁。他本身也不是何家营的人，而是在这里租住的租客，因为他在附近的一家药店上班，多多少少比一般人多一点医疗知识，便幸运地被吸纳进了何家营的医疗卫生体系，成了一名工作人员。

他们这些人算是勉勉强强挤进核心圈子边缘，但地位并不稳固。无论是从逃难者中吸收的那些技术人员，还是被吸收进护村队的那些人，其实都比他们要更靠近核心圈子。

他们这个机构的负责人每天都会拿外面那些逃难者来告诫他们:好好干活,认真干活,否则的话,有的是想要取代你们地位的人。

他所在的这个部门负责处理防疫的事宜,部门负责人照例是村子里的人,十几天相处下来,王哲知道她根本就不懂这些,能成为这个部门的领导,仅仅是因为她老公是村子里唯一土生土长的医生。她老公现在是何家营医院的院长,手下管着所有与医疗卫生有关的事情。

这个女人没什么文化,嘴碎而且没什么主见,但不是坏人。

王哲想来想去,自己身边唯一有资格而且也有能力接纳和保护那个女孩的,也只有她了。

但这样的事情对于他来说却有着很大的风险。如果女孩在这里惹了什么事情,偷东西或者是干了别的什么,他这个举荐人肯定落不了好;另外一个方面,现在整个村子里有将近两万人,粮食的压力非常大,他不止一次地听女人说村里要求各部门必须尽可能地压缩编制,减少粮食的消耗,在这种时候做这样的事情,会不会让女人觉得他不识好歹?

但女孩的样子让他想起了自己的妹妹,在看到她的那一刻就刺痛了他心里最柔软的那个地方,让他不知不觉地对他们动了恻隐之心。

看他们的运气吧。

他对自己说道。

他快步地走上四楼,女人正在和身为院长的老公、十岁的儿子一起吃饭。作为纯正的土生土长的村里人,他们都是单独开小灶的。

这让他迟疑了一下。

“小王?”女人看到了他,“有事找我?”

“刘姐……张院长。”他伸手摘下口罩,满脸堆笑地打了招呼。

院长根本就没拿正眼看他一下。

“没什么事,就是向您汇报一下,今天死亡的人数只有三十五个,比昨天少了五个。”

“哎呀,你这孩子,说这些事情不会挑一下时间?”刘姐皱了一下眉头。

“其实还有另外一个事情。”王哲看到院长的脸色不好看,急忙说道,“下面有个十一二岁的小姑娘，正求着想送人。我刚好路过，看着那个小姑娘长得还不错，而且看着也老实听话……我就寻思着刘姐你们不是还没有个使唤的人，上来问问您有没有兴趣?”

“十一二岁？有什么用?”张院长把筷子拍在桌子上，有点不高兴地说道。他并不认识这个年轻人，但对他的话很不满意。

医疗口每天的口粮数量都在减，作为院长的他为这个事情头疼得不得了，还有人想着给他添麻烦?

他根本就不相信这个年轻人所说的话，现在这个世道，还有人会帮无亲无故的人?

“十一二岁?”刘姐却动了心思。

她到现在也还没有办法理解外面发生的事情，不过这并不妨碍她知道，以后他们生活的地方就是个与世隔绝的世界了。村里的人在经历了最初的惊慌失措之后，很快就抱成团，在村主任的带领下，牢牢地把这个地方变成了他们的地盘。

第8章 陷入深渊

许多人在短短几天的时间里就迅速地实现了自己身份的蜕变。好几个以前连媳妇都找不到、被村里其他人看不起的男人，都找了如花似玉的老婆。倒是这些原本就有老婆的男人，现在还暂时没有开始动歪脑筋的。

但现在没有，不意味着将来不会。

就她所知，好几个和老公地位差不多的村里人，已经开始借着找用人的借口，把狐狸精往家里带了。

十一二岁的小孩子，虽然干不了什么重活，但懂事一点儿的也可以当用人，在家里干家务活了，正好可以断了老公学坏的借口。如果长得还可以，那就当提前给儿子找个童养媳，四五年之后，刚好可以给他当媳妇生孙子。

“在哪儿，带我看看去。”她于是对王哲说道。

王哲带着刘姐下楼，路上小心翼翼地给她打着预防针，努力把自己从这个事情里摘出去。

让他没有想到的是，刘姐一看到严淇的样子就非常喜欢。

虽然脸色不太好，看起来偏瘦，但文文静静的，漂亮得就像是电视上的小明星，让人心生好感。

要是搁在以前，她的儿子根本就不可能找到这样标致的女孩当媳妇。

“你叫什么?”她把严淇拉到自己面前,仔细地看着她,越看越喜欢。

嗯,就是身上的味道有点……

“严淇……”女孩看了哥哥一眼,小心翼翼地答道。

“你是她……”

“我是她哥哥。”严烨急忙答道。从王哲的态度来看,这个貌不惊人的女子应该是这幢楼里地位很高的人,这让他一下子燃起了希望。

“那你们……”刘姐从来也没有做过这样的事情,一下子不知道该说什么了。

“求您收留她,给她一口吃的就行! 她从小就很乖的,学东西很快,您让她做什么都行! 她一定会努力去做的! 您放心!”

这样的话如果是面对男性,严烨自然说不出口,但对方既然是女性,那他也就没什么顾忌了。这甚至比他想象中还要好,妹妹被一个好心的女性村民收留,这是他所能够想到的最好的结果了。

刘姐看了看严淇,她的眼睛里含着点泪水,像个瓷娃娃一样,真是让人看了心疼。她本来还想说点话拿捏一下这兄妹俩,这时候也没有这个心思了。

“那行,小姑娘我挺喜欢的,以后就在我们家干活吧。我也不占你的便宜,以后你要是找不到工作,就到这楼下来等着。多的不敢说,一份收尸的活是没有问题的。”刘姐说道。

既然准备把小女孩当成童养媳,那她也不准备把姿态放得太高。要是真成了,眼前这个干瘦的小伙子就算是自家的亲戚了,总不能眼睁睁看着他饿死。

严烨和严淇一下子惊喜地拥抱在了一起,那个老头有些嫉妒地在旁边看着。

“但如果你不听话……”刘姐一下子觉得自己是不是太好讲话了,于是马上补充道。

“不会的,不会的!”女孩急忙说道,“您放心,我一定听您的话!”

“行了,我带你去洗洗……你这是几天没洗澡了?”

刘姐牵着女孩的手往楼里走,她依依不舍地回头看着哥哥,严烨又是难过又是欢喜地站在原地,向她挥着手。

“这是我们院长夫人。”王哲心情复杂地说道。

“多谢! 多谢你了大哥! 以后不管什么事,只要你开口,我绝对没有二话!”严烨急忙说道。他很清楚,这件事能成,多亏了这个男子。

从某种意义上来说,他们兄妹俩从现在开始在这个世界已经有了一小块立足之地。

王哲摇了摇头。

人命不如狗,谁知道未来是什么样子？报答？你先活下来再说吧。

刘姐带严淇去简单地梳洗了一下,找了一件自己不要的衣服给她换上,眼睛不由得一亮。

“倒是个标致的人儿。”她不由得说道。

严淇不知道该说什么,只是咬着嘴唇站在原地。

“跟我来。”刘姐说道,“以后你就负责打扫屋子、洗衣服、做饭、洗碗这些杂活。没问题吧?”

严淇急忙点头。

两人一起进了四楼的房间,张院长已经吃完了饭,坐在沙发上看一本专业书。他们的儿子还在吃饭,两人看到跟在刘姐后面的女孩,眼睛不由得全都一亮。

“妈,她真好看,我要她给我当媳妇!”男孩儿突然说道。

现在的小孩本来就早熟,再加上世界变成现在这个样子,他们这么大的小孩子根本就没人管了,成天就聚在一起瞎闹。里面有几个十三四岁的半大的小混混,教了他们不少稀奇古怪的东西。

严淇的脸一下子就红了,站在门口不知道该怎么办。

“小王八蛋！你才几岁就要媳妇了？什么叫讨媳妇,你懂吗?”刘姐没好气地拍了一下儿子的脑袋,心里却乐滋滋的。但她看到了自己老公的表情,心里却咯噔了一下。

女孩的个子几乎和她一样高,如果不看脸和胸的话,几乎就像是一个成年女人了。

“她叫严淇,今年十二岁。”她特意在“十二岁”这三个字上加重了语气,“以后就在我们这帮忙了。严淇,你以后就叫我阿姨,叫我们家老头子叔叔好了。”

“嗯。”严淇点了点头。

张院长把目光重新放回了书上,他们的儿子却在饭桌那儿叫了起来:“你吃饭了吗？快点过来，这些菜给你吃！”

他之前的话让严淇有些不知所措，十二岁的女孩其实对这些事情已经不能算是完全懵懂，但十岁的男孩儿却还只是半懂不懂。被打了一下之后他也老实了，于是开始做起主人来了。

严淇的肚子咕咕叫了起来，她红着脸看了看刘姐，刘姐笑着把饭锅里剩下的那点锅巴舀出来，放在了女孩面前。

“你吃吧。”

真香啊！

女孩忍不住狠狠地咬了一口，饭粒的香味让她的眼泪都要流出来了。

她想起哥哥，很想留下一块明天给他吃，但众目睽睽之下，她却不敢这么做。

“严淇是吧？”张院长突然说道，“给我泡杯茶过来。”

“是！”女孩急忙放下手里的东西，急急忙忙地跑了过去。

水壶、茶叶和茶杯都放在桌上，她很快就找到了所需要的东西，小心翼翼地泡了一杯茶，端到张院长面前。

“谢谢你。”张院长的手摸到了她的手上，她吓得哆嗦了一下，但他很快就拿过茶杯，开始继续看自己的书。

应该不是故意的……

严淇这样想着，她低着头，不敢去看张院长的脸。

……

“哥，你吃慢点。”何家营卫生院外一个僻静的地方，严烨正狼吞虎咽吃着。

虽然只是又干又硬的黑乎乎的锅巴，但却充满了米饭的香味，让人根本就没有办法抵抗。

严烨噎得流出了眼泪，他用手敲着自己的胸口，但嘴里还是在不停地嚼着。

“还有呢！”严淇很高兴地把自己随身带着的那个袋子拿给严烨看，她突然感到，自己已经长大，可以反过来照顾哥哥了。

“怎么会有那么多……”严烨有些惊讶地问道。

“我第一次用柴火烧饭，火候没控制好。”

“他们骂你了吗？”严烨的动作一下子停了下来。这点锅巴如果是在以前，那根本就不算什么事情，但现在，却有可能成为严重的问题。

“没有，刘阿姨人可好了！她不但没有骂我，还教我怎么烧饭、怎么炒菜，我今天主要是给她打下手，她说我学得可快了，明天就让我来。”严淇兴奋地说道。

“他们对你好吗？”严烨忍不住问道。

“可好了！哥，你放心，他们都是好人！”

“那就好！那就好。”严烨看着妹妹满是笑容的脸，心情说不上是高兴还是失落。妹妹总算是有了着落，他的心就放下了一大半。但从某种意义上来说，这却凸显了他的无能。

他今天其实没有找到工作，但不好意思真的来这里混一份工作。

如果自己过于依靠妹妹的关系，也许会给她在这家的生活带来不好的影响。

少年倔强地这样想着。

“你吃过了吗？”他突然想到了这一点。

“吃过了！吃得饱饱的呢！”严淇笑眯眯地说道。

但他们却不知道，有人这时候在楼上偶然看到了他们。

“去，帮我把卫生防疫科的那个小王叫来。”

“院长？”王哲接到通知以后马上放下手中的事情跑上四楼。张院长很少过问他们这一块的事情，这让他感到很不安。

“如果我没记错的话，你以前应该是租住在如安街那边吧？”张院长慢条斯理地说道。

“是，院长，你知道我？”王哲惊喜地说道。

“我们现在预算很紧，有些科室要撤销，要合并，你听说了没有？”张院长喝了一口茶，慢慢地说道。

“院长，我……”

“我是觉得你这个人不错，值得提拔，但就是不知道你……”

王哲知道他肯定是要拿捏自己做什么事了，但他却没有拒绝的权利。“院长，您放心，您说干什么我就干什么，绝不含糊！”

“那好，昨天你推荐到我家来的那个小姑娘……”院长轻轻地说道，王哲只能把自己的耳朵凑了过去。“你应该知道她哥哥住在哪个地方？”

“院长,这我还……”

“你去找那边负责的人,不要让他们知道是我的意思,就说是他得罪了你,让他们别给他任何工作……”

一股冷汗浸湿了王哲的衣服,但他知道,要保住自己的话,只能照做,“是,是……”

“然后呢,你也不要给他安排任何工作……不要让我们这儿的任何人给他安排工作。”

“是,是……”

“我也不是要干什么,但收个陌生人到家里来做事,总要恩威并施,让他们死心塌地地做事……你明白了吧?”

“是,是,院长,我完全明白了。”王哲的后背已经完全湿了,凉飕飕的。恩的部分当然是由张院长或者是他老婆来做,而威的部分,那就是他现在要做的事情了。

“那你就去办事吧。”院长再一次端起了茶,“你这小伙子不错,有前途,我看好你。”

严烨感觉自己的运气在把妹妹送走的那一天开始就用光了。

从那一天开始,他就再也没有找到过任何工作。

妹妹那边也被管得严格了起来,在第一天弄到不少锅巴给他吃之后,就再也弄不到任何食物,甚至没有什么机会到楼下来见他。

但他们都不知道,起因只是张院长对老婆的一番话:“你要看着点这个小姑娘,她是给我们做饭干家务的,成天跑下去和那些人接触,谁知道会不会把什么病带到家里来。”

她被吓了一跳,随即把严淇反锁在屋子里,再也不准严淇出来了。

第三天,严烨饿得受不了了,只好觍着脸想要在这里找一份院长夫人承诺的工作,但之前曾经帮助过他们的那个男子却一脸嫌弃地看着他。

“领导就是客气一下,你还真把自己当回事了?”他的脸藏在口罩后面,话语却是冷冰冰的,“每天的定额都是固定的,给你一份工作?行,那你看在这里的人,让我把谁换掉?”

那几个好不容易才得到这份零工的人马上愤怒而又紧张地看着他,让他只能讪讪地离开。

村子里已经找不到任何可以吃的东西,所有没有被保护起来的植物都已经被连根拔出来吃掉了,甚至连墙角的青苔也没有放过。他试着到处寻找虫子,但在消耗了大量的体力之后,却什么都没有找到。

最后他还是回到了那幢楼下,在屋檐下淋了整整一个下午的雨。

但妹妹却一直没有下来。

要死了吗?

他感到自己的精神已经完全没有办法集中起来,肚子里一阵阵地刺痛,就像是因为找不到任何东西可以消化,胃酸只能开始对付胃和肠子。

他唯一能够做的,就是张开嘴,喝一些屋檐上滴下来的水,以此来缓解身体的痛苦。

“哥……”严淇在楼上看着哥哥的样子,心里难受得不得了,但房门被反锁了起来,窗子上又有栏杆挡着,她没有办法出去。

“哥——”她站在楼上,朝下面一次次地叫着,严烨终于听到了她的叫声,他在小雨中仰起头,看到严淇准备把一个小口袋对着他这个地方扔下来。

就在这时,护村队的人突然走了过来。

“你在这里干什么?想偷东西?”领头的那个人气势汹汹地问道,“抓起来!”

王哲一直在偷偷地关注这里的事情,看到这样的情况被吓了一跳。谁都知道护村队就是阎王殿,很多人活着进去,出来的时候就只剩半条命了。他们专找那些看上去没有背景而又对村子贡献不大的人下手,以他们的悲惨来威吓其他人,让他们乖乖就范,接受奴役。

“院长!”他急忙跑到院长办公室,张院长正在里面看文件。

“怎么了?慌慌张张的像什么话!”

“那个严烨,就是帮院长家干杂活的那个严淇的哥哥,刚刚被护村队抓起来了!”

“护村队?”张院长愣了一下,随即笑了起来,“干得好!有悟性,不错!”

王哲愣了一下,没有明白他的意思。

“她知道了?”张院长问道,“你现在就找个机会去暗示一下,这里只有我能解决这个问题……这是我那个房子的钥匙,你去把她放出来……注意一点,千万别让我老婆知道这个事情。”

王哲浑浑噩噩地退了出去,他到现在才彻底明白院长到底想干什么。他的确是要拿捏一下这对兄妹,但目的却不是要让她死心塌地地帮他们干活,而是……

这个禽兽！那个女孩才十二岁啊！

我该怎么办?

他一下子矛盾了起来。

与高高在上的院长对抗是不可能的,现在的何家营,他这样占据了高位的村民是统治阶层当中绝对不可动摇的成员,以他一个小小的外来租住人员的身份,根本就不可能对他造成任何影响。

在这样道德沦丧、一切规则都已经被推翻的大环境下,这样的事情也不可能对院长有任何影响。

唯一能够阻止这个事情的只有院长夫人,但如果被院长知道……他每天都要面对那些没有身份的人,很清楚他们的生活是什么样子,他无法想象,自己如果被剥夺了现在的身份……

正当他站在门口犹豫不决时,却看到严淇一瘸一拐地向这边跑了过来。

哥哥被护村队抓走让她心急如焚,情急之下,她把屋子里的柜子和椅子搭起来,从卫生间旁边那个小小的气窗爬了出来,落地的时候重重地摔了一下。

“严淇,你……”王哲惊讶地说道。

办公室的门这时候打开了,张院长一脸慈祥地站在门口。

“小王,严淇,你们这是……你的膝盖怎么了?”他看了严淇一眼,微微有些惊讶地问道。

“张叔叔,求您救救我哥哥吧!”严淇忍不住哭了出来,她毕竟只是个十二岁的女孩,面对这样的事情根本就没有什么办法。她一开始是去找院长夫人,但她却不在办公室里,情急之下,她便跑到了这边。

“不急,你哥哥出什么事了?慢慢说,我一定会帮你的……你别哭,我先帮你处理一下伤口。放心,你张叔我还是有些办法的,不是我吹牛,现在在村子里,还没有事情是我解决不了的……”张院长脸上的表情让王哲看了只觉得恶心,他笑着对王哲点点头,从里面把门关上,然后反锁了起来。

怎么办?!

这样的变化让王哲束手无策。

他无法接受这样的事情,尤其是,他在无意中充当了帮凶……

但严烨被护村队的人带走,如果不通过张院长调解,那他也几乎是死定了。

王哲极度矛盾地走回办公室,却看到院长夫人从卫生间那个方向走了过来。

“刘姐……”他下意识地叫了她一声。

“你怎么了?脸色这么差,就像是见了鬼一样。”女人奇怪地看了他一眼,偶然间却看到了他手里的那串钥匙,“我家老张的钥匙怎么会在你手里?”

“刘姐……”王哲的心里咯噔了一下。

他已经被逼到了一个死角。一边是道貌岸然的张院长,另外一边是眼前的这个女人和那个可怜的女孩子。

“张院长他……”他迟疑了一下,不知道该怎么说,女人却一下子就想到了什么。她每天什么地方都不敢去,成天守在这里,就是为了防止自己的老公偷腥。也许她对于其他事情没有什么智慧,也没有多敏感,但王哲脸上的表情却一下子让她就想到了那个方面。

“王八蛋!”她一下子像是一头被激怒的母狮那样跳了起来,一把将王哲手里的钥匙抢了过去,大步流星地向着院长办公室走去。

“刘姐!”王哲急忙大声地叫道,“您别急,事情不是您想的那样……”

不管事情最终怎么发展,他在这个事情里都讨不了好了。现在唯一的指望是,这么短的时间里张院长还没开始做什么,听到他的声音能够及时悬崖勒马,那样的话,也许所有人都有台阶下,他也不会因为这个事情而被迁怒。

“你给我让开!”刘姐却疯狂地一把将他推开,直接拿出钥匙就开门。

但房门被从里面反锁了,她在外面怎么可能打得开?

这让她彻底发怒了,用力地砸着门:“张德安!你这王八蛋!快点开门!”

房间里出现一阵慌乱的声响,过了一会儿,门终于开了,张院长的衣服显然是刚刚才穿好的,纽扣都扣错了地方。“误会!都是误会啊!”他赔着笑说道。

刘姐一把推开他,直接就往里面走。

“死狐狸精!你好大的胆子!”她一把抓住在沙发上埋头痛哭的女孩,愣了一下,随即狠狠地一个巴掌砸了上去,“好!好!老娘一时心软收留你,你这个死不要脸的下贱货，这么快就开始勾引男人了！”她抓着严淇的头发，劈头盖脸地就是一顿拳打脚踢。

张院长一边整理身上的衣服，一边溜了出去，丝毫也不管这里发生的事情，王哲急忙冲进去，尽力把她们分开。

“我没有……”严淇大哭了起来，这短短的几分钟已经完全颠覆了她的人生观，一方面是那个道貌岸然的长辈突然以哥哥的安危要挟她，对她动手动脚；而另外一方面，她原以为是来解救自己的人，却根本不去管那个罪魁祸首，把所有的矛头都对准了她。

她尽力地护住自己的身体，但那个女人却抓着她的头发，用力地撕扯，把她的头往墙上撞。

楼里各个部门的人这时候都听到声音跑了出来，有几个村民身份的人出来劝阻，但大多数人却都只是在一边看着热闹。

“贱货！不要脸的贱货！”院长夫人已经彻底失去了理智，抓起旁边的一个东西就往严淇身上砸。

女孩一边躲一边哭叫着：“阿姨，我不是……我真的不是……”

“嫂子……事情闹大了你脸上也不好看哪……”医院里地位最高、原来开小诊所的李医生这时候上来了，她的劝阻终于让院长夫人的气稍稍消了一些。

院长夫人一面骂，一面观察着沙发上的痕迹和女孩身上的衣服，那个王八蛋应该还没有得手，但女孩楚楚可怜的样子却让她气不打一处来。

天天防贼，没想到自己却亲手把贼引到了家里。

这些该死的男人！

“你现在就给我滚蛋！滚！”她又狠狠地踢了女孩一脚。

哥哥的事情还没有解决，自己又面临着被驱赶的困境，女孩终于彻底崩溃，大声地哭了起来。院长夫人想要把她拖起来扔出去，她却死死地抱着门，怎么也不肯放手。

王哲在这里的处境相当尴尬，他正不知道该怎么办，突然有人从背后轻轻地拉了他一下说：“张院长让你到男厕所去找他。”

“小王，你给我说说，到底是怎么回事？”张院长的脸色很不好看。他这个老婆的泼辣性格以前都是出了名的，这也是他一直以来都没敢利用自己的身份偷腥的原因。好不容易有了一个容易得手而且应该也不会被发现的目标，连便宜都还没有占多少就被老婆撞破了，还闹得这么大，这让他气不打一处来。

“张院长，这我真不知道。”王哲心里七上八下，生怕自己因为这件事情而被迁怒，“刘姐她之前可能是去上厕所，出来的时候远远地看到她进了您的办公室……我已经想尽办法挡着她，而且大声地提醒您了，这可不能怪我啊！”

张院长看着他，心里的怨气却一下子没有办法平息下去。但眼前这个节骨眼上，他也没有别的人可用。

“那个臭三八现在在干什么？”

王哲可不敢接这样的话。

“你帮我想个办法。”张院长说道。

如果说从来都没有过这样的指望，那他也许就算了，可这么一朵娇艳欲滴的鲜花放在自己面前，而且感觉伸手就能摘到，就这么把这件事情放过去，他可咽不下这口气。

王哲这时候肠子都要悔青了，为什么当初要一时心软？如果他当时根本就不理严烨的恳求，那他现在就不会遇到这些破事了。

“院长，再把她留在这里，恐怕刘姐那边又要闹腾。可如果放着不管，严淇她哥说不定就给弄死了……到时候也不好办。张院长你有没有信得过的地方，把她先安置过去，把她哥哥先捞出来，然后再慢慢想办法？”他想了半天，决定设法拖延时间，先把严烨救出来，后面的事情他就不管了，看他们兄妹自己的造化吧。

张院长沉吟了一下。

“我写个条子给你，你把严淇先带到我妹妹家去避两天。她老公是护村队的副队长，是个知情识趣的人，和我关系也不错。她在那边应该不会有什么问题，她哥哥的事情也可以一并处理了。”他停顿了一下，对王哲说道，“这件事情一定不能让我老婆知道！你要是再办不好，那就别怪我心狠了。”

“不会！”王哲急忙说道，“您放心，绝对不会！”

第9章

胁 迫

“我哥叫你带来的人?”女人冷笑了一下,把王哲带来的那封信接了过去,“男人真是没一个好东西!”

王哲不知道该怎么接话。

这里是何家营最大的暴力机构护村队的办事处之一,不远的地方就是村里的那个小广场,抬眼就能看到吊在路灯杆上的那几具死尸。

这个地方让他感到非常不舒服。

“张院长说,她吃的口粮他会想办法……”

“不用了。”女人嗤笑道,“你告诉他,这么点粮食我还能凑出来。但如果我嫂子找过来,那我可不会帮着他。”

“明白明白!”王哲连连点头。

女人把严淇身上的薄斗篷拉开,微微有些吃惊。不是因为她脸上的伤,而是因为她的外貌和年龄。

“得,你平时还是这么穿吧,要不然,我可保不住你。”女人没好气地说道,“张德安是疯了吗? 也不想想这是什么地方,尽给我找事情做!”

护村队里都是青壮年男人,这样一只小白兔放在这里,简直就像是进了狼窝。

王哲和严淇都不敢搭话,女人把严淇拉进屋,见王哲还站在门口不走,问道:“还有什么事?”

“她哥哥……”王哲赔着笑说道。

“一会儿我找个人说一声就行了。”女人说道。她看了看王哲,摇摇头,“你怕不好交差是吧?行,虎头!虎头!”她突然对着楼下叫了一声,一个十三四岁的半大小孩跑了上来。“三婶,叫那么大声干什么?”

“你带这个人去……村卫生院那块是谁管的?三队还是四队?反正就说是你叔要的人,让他们把人放了。”

“好嘞!”小孩一溜烟地跑了,王哲怕追不上他,只能跟着他跑,也没来得及和严淇再说什么话。

“我先和你说好了。”女人把门关起来,冷笑着说道,“我可不像我嫂子那么好说话。你在这个地方,就好好地待在里面那间屋子里,除非我让你出来,不然你就别出声,也别随便走动!最好是让人根本就不知道有你这么个人!这里男人多得很,而且都不是什么好人。别怪我没提醒你,你要是被他们看见了,‘轮了大米’可别怪我!”

严淇什么都不敢说,女人把她带到里面的一个用阳台改成的小房间,把她关在了里面,过了一会儿,又拿了点药酒进来。

“自己擦!”

门又重重地关上了。屋子很小,而且几乎没有什么家当,就只有一张单人床、一个小柜子,里面扔着几本破破烂烂的书和杂志。

一阵酸楚涌上心头,眼泪哗哗地向外流,她咬着嘴唇,生怕自己哭出声来,惹恼了外面的那个女人,过了一会儿,她终于坐到了床上,拿起了药酒。

哥哥的命应该是保住了,可自己的未来又会变成什么样子?

一想到张德安在办公室里对自己说的那些话,还有他想要做的那些事情,她就恨不得死掉。

但王哲在来的路上对她说的话却让她无法这样去做。

“张院长已经让我给你哥安排一个固定工作,不是什么好活,但起码能活下去。”他深深地叹了一口气,“妹子,别怪我,我也不知道事情会变成现在这个样子。可你要往好的方面想,最起码,你和你哥哥都能活下去,这就比大多数人都强了。现在已经不是以前了,既然没有办法反抗,那你就学着习惯和忍耐吧!最起码,能让自己活得舒服一点儿,能让你哥哥活得舒服一点儿。”

……

严烨算是幸运的,因为他瘦弱的身材,抓住他的人也没有怎么打他,但王哲见到他的时候,他也已经被吊了将近一个钟头了。

“高副队长要的人？行,那就放下来吧!”抓住他的那个人冷笑了一下说道。

这样的事情在他们看来很平常,只要人没被弄死,那就没什么大不了的事情。不过话又说回来了,真要和高副队长有什么关系,那被抓的时候早就叫出来了,不会让他们弄到这里。估计又是走了什么七弯八拐的关系找到了门路。

严烨重重地摔在地上,半天都没有缓过神来,他的手仿佛已经不是自己的手了,身上也几乎没有什么感觉,就像是死了一样。有些人这样被吊了一整天之后,手臂会脱臼或者是损坏了关节和骨头。对于他们来说,也和死了差不多了。

他在地上趴了好几分钟才渐渐地缓过气来,王哲掏出一小块锅巴扔给他,他才突然活了过来,抓住它就往嘴里塞,拼命地吞下肚子去。

“你妹妹在张院长面前求了情,张院长又找了很多关系才把你放出来。”王哲对他说道。王哲不是要刻意欺骗他,但让他知道真相又有什么用呢？非但改变不了他们兄妹俩的现状,反而有可能带来更大的麻烦。与其这样,倒不如让他活在一个假象里,这样大家或许都更快乐一些。

严烨拼命地嚼着那些锅巴,也不知道有没有听进去。

“他还同意给你安排一份固定工作,你以后每天早上六点钟过来找我报到就行了,知道吧?”

严烨点点头。王哲叹了一口气,把剩下的锅巴扔给他,慢慢地走了。

严烨一口气把那些锅巴全都吃完,终于感觉自己又真正活了过来,胃里那种火烧一样的痛也终于缓解了。

他犹豫了一下,离开护村队的院子向卫生院那幢楼走去,但他在窗户下面逛了好一会儿也没有见到妹妹。天色渐渐暗了下来,他害怕又被护村队的人抓起来,只好怀着忐忑不安的心回了住的地方。

大家都没有心思说话,很多人甚至都没有发现自己身边那个瘦瘦的身影已经消失了好几天。有几个人把床铺上的被单做成网兜,准备晚上冒险出去抓那些嗜血的昆虫。

“你们不怕被蜇?”

“饿得都快死了,还怕被蜇?”其中一个人一脸狠劲地说道,“看是谁吸谁的血吧!”

其他人用复杂的目光看着他们,这里的很多人都被蜇过,那可不是一般的疼,有时候,身上甚至会被撕下一块皮肉来。

但起码这是一条活路。

“要是被护村队抓住……”又有人说道。天黑以后不准乱走,这是村规之一,为的是防止人们相互串通,引发骚动。

“老子就在院子里,要么到楼顶去,谁来抓我?”

许多人都寻思了起来。

如果他们能够成功,那自己是不是也要试试?

严烨却没有精力去想这些事情,他的脑袋昏昏沉沉的,一上床就睡着了。

第二天,他早早地就到卫生院后门等着,他希望能够看到妹妹,却一直都没有见到她。

“大哥……”在王哲分配了任务之后,严烨终于鼓起勇气去问他,“我妹妹她……”

“她现在不在这里住了,去张院长妹妹家干活了。”王哲不忍心看他每天在这里瞎等,于是对他说道,“不过你放心,那是个好人,你妹妹不会有事的。”

“那……她现在是在……”严烨被这个消息惊了一下,这么大的事情他根本就不知道。

“反正不是什么坏地方,你就别瞎操心了。”王哲微微地叹了一口气,硬着心肠走了。

整整一天严烨都在想这个事情,下午的时候,他忍不住又拉住王哲的衣服,求王哲告诉自己妹妹的情况,王哲被他纠缠得没有办法,只能把那个地方告诉了他。

“护村队的办事处?”这个地方让严烨倒吸了一口凉气。

“你放心,她是给副队长家干杂活,不会有事的。”王哲只能这样安慰他。

严烨不敢靠近那个地方,他在天黑之前远远地看着那幢房子,希望能看到妹妹的身影,但却没有如愿。

他心里的困惑和担忧越来越深，如果妹妹真的像那个人所说的那样什么都好，为什么既不告诉自己她的具体位置，又不让自己和她见面？

到底发生了什么？

“李叔。”他悄悄地找到了旁边床铺的一个中年人。

“干什么？”对方不耐烦地问道。

“你那把刀还在不在？”严烨问道。

“什么意思？”

“我这个罐子换你那把刀，好不好？”

“你说的是真的？”对方有些惊讶。所谓的“刀”，其实只是他在处理废旧金属的时候偷偷藏在身上带出来的一块细长的铁块，在石头上勉强磨出了刀口，可以用来切点东西，也可以拿来吓唬人。

严烨身上的那个罐子却是货真价实的好东西，材料好，容量不小，还能用来煮东西吃。

严烨点了点头。

对方马上把“刀”拿了出来。

严烨小心地把它塞在衣袖里藏好，回到自己的床铺，却一直都睡不着。

妹妹到底怎么样了？

他几乎等不到第二天天亮了。

在等待王哲出来分配任务的时候，身边的人们异常兴奋，一直谈论着什么。

严烨一心只想着妹妹的事情，从来没有关心过周围的事情，但他们的声音太大，让他没有办法不听进去。

“你们听说了吗？昨天有一支队伍到副食品批发市场去抢粮食，结果半路上被恐龙袭击，半路转道逃进村子里来了！”

“听说有十几辆车，全是粮食！”

“村里不是早就在做准备要去那儿拉粮食吗？怎么会让别人抢了先手？”

“那些人之前就去过一次了，要不是他们成功过，村里也不会想到要改装车子。”

“听说那边有好多玉米种子！都是亩产上千斤的好种子！”

“真的吗?”人们都兴奋了起来。

“我同屋的人昨天干活的时候见过改装好的那些卡车了,听说就是这几天的事情了！这次足足要动用上千人！一次性把那个地方彻底搬空!”

“那就有盼头了。”其中一个人竟然激动得哭了起来。

严烨完全无法理解他们的兴奋。

即便是有再多的粮食,对他们这些处于最低阶层的人来说,又有什么用?

即使真的有种子,种出来的玉米他们这些人又能吃到多少?

王哲终于出来了。

严烨等待着他布置完任务,等所有人都向拉尸体的板车走去,才悄悄地追了上去。

“王哥……”他低声地叫道。

“你又要干什么？该告诉你的我不是都已经告诉你了?”王哲真的有点愤怒了。

之前的那件事情张院长还没能平息下去,他老婆这两天每天都在和他吵,这已经变成了卫生院的一个笑话。

张德安没少因为这个事情而给他脸色看,甚至把他叫到办公室骂了好几次；而他老婆也因为严淇是他介绍进来的,没少给他小鞋穿。

他现在每天都战战兢兢,生怕他们俩其中的某一个突然发疯,把他的岗位给剥夺了。

“求求你,让我见妹妹一次,王哥,求求你。”

“让开!”王哲厌恶地推了他一把。

如果不是因为要帮你们……

他的动作却不得不停下了。

“王哥,对不起,但我真的没有办法……你别逼我,我真的放心不下。你让我见妹妹一次,求求你,让我看看她,确认她没事。你让我做牛做马,让我干什么都可以!”

冰凉的刀刃顶在腰上,看着那张惊慌而又无辜的脸,王哲欲哭无泪。

严烨的表情比他还要紧张、还要恐惧,最初的惊愕和愤怒过后,王哲心里只剩下了无奈。

“就算我愿意带你去,你觉得就我们俩现在这个样子,能走到护村队门口吗?”

严烨摇了摇头。“对不起，但我真的……”胸口又是一阵刺痛，让他几乎说不出话来。

整整一个晚上他都在想妹妹的事情。

被护村队抓住并且当作小偷吊起来之后，他已经完全绝望了。谁能想到，他竟然会这么容易就被放了出来？

这中间发生了什么？

他不敢想，也不愿意去想。

这短短的十几天来，他已经见过了太多的冷漠，同情、恻隐之心这些东西，在最初的几天之后，就迅速地被饥饿和恐惧打败，彻底消失在了这个地方。

眼前的这个名叫王哲的男子也许是他见到的唯一一个还愿意帮助陌生人的人。但在发生了这些事情之后，他也开始无法确定，这个王哲到底是好人还是坏人？为什么他一开始的时候对自己兄妹俩还有恻隐之心，后来却变得极其冷漠，然后又把自己从护村队里救出来？

里面到底发生了什么？

妹妹仅仅是替那些人做一些家务活，真的能够让他们愿意费心去把自己捞出来？

严烨很清楚，这样的可能性几乎是零。

一个十二岁的女孩，除了长得漂亮之外什么都没有，她又怎么能求动那些高高在上的人？凭什么？她又是因为什么原因从这里被送到了另外一个地方，而且不能和自己见面？

一想到这里，胸口的那股刺痛便涌上来，让他喘不过气，心跳也几乎停止。

他恨不得让自己死了算了。

如果不是那唯一一点微茫的希望支撑着他，他真的无法坚持下去。

“放开我，做你的事情去！”王哲对他说道。

“我……”

“你挟持我有什么用？我们俩现在过去，只会因为擅离职守被抓起来，到时候谁来救我们？”王哲无奈地说道，“你现在过去也没有用，根本就不可能进到那里面去。”

严烨却紧紧地咬着牙，保持着原有的动作。

“放心吧。”王哲叹了一口气对严烨说道，“这几天张德安被他老婆盯得死死的，根本就没有机会去骚扰你妹妹,你担心的事还没有发生,短时间里也应该不会发生。”

“真的?”严烨的心一下子猛地跳动了起来,虽然王哲的这几句话里无意当中已经透露出了很多非常不好的信息,但他只听到了自己最想听到的那一句话,“那我……”

“你好好地把自己该做的事情做完,下午放工之后到天黑之前的那段时间是大家唯一可以自由活动的时间,我们在那个时候以张德安的名义过去,才不会有人怀疑。”

严烨不自觉地松开了手中的刀子。“可是……我怎么知道你不会……”

“唉……”王哲深深地叹了一口气,“上辈子我一定欠了你很多钱。”他摇着头说道,“你有别的选择吗? 哪怕是你现在就劫持我过去,又能走多远?”

他转身向卫生院的办公楼走去,严烨呆呆地在原地站了几秒钟,然后才说道:“谢谢! 谢谢!”他不知道应该怎么表达自己的感激,最后跪了下来:“对不起! 对不起!”

“算我倒霉吧。”王哲说道,“你别害我了,快点去干活吧!”

整整一天严烨都魂不守舍,在中午吃饭的时候他也一直看着王哲,王哲只是叹了一口气,对着他摇摇头,示意让他少安毋躁。

好不容易等到活干完,下午的稀粥发下来,人们心满意足地散开,王哲才拿着一件白大褂偷偷摸摸地走了出来。

“穿上这件衣服,还有,把你的脸擦干净,戴上口罩! 别让人一眼就看出来你是散工!”

严烨慌忙照做了。

“你身上这味道……算了,很多人都不洗澡,他们应该不会因为这个怀疑……”王哲说道,“把你的刀交给我!”

严烨迟疑了一下。

“那里有几十个护村队的人,你带着这么一把刀有什么用? 别给我惹麻烦! 我告诉你,为了帮你们兄妹俩,我自己已经惹了大麻烦了! 你别再害我了,行不行?”

“不会的!”严烨急忙说道,并且把刀交了过去。

“你一句话也不要说,就跟在我后面,即便是见到你妹妹也别冲动! 知道吗? 你要清楚,我这么做是冒了很大风险的! 要是被揭穿了,我们俩都没好果子吃,而且有可能会连累你妹妹!”

严烨连连点头。

“我上辈子到底是造了什么孽?!”王哲看着他的样子,心里完全没有底,“我再告诉你一遍,你妹妹现在所在的那个地方是护村队副队长家,如果你被人看出问题,不但会害了我,也会害了你妹妹!你知不知道?”

“我知道,我不会乱来的!”严烨拼命地点着头。

“走吧。”王哲说道。

他回头看了一眼这幢房子,轻轻地摇了摇头。

……

“来来来!杨兄弟,我再敬你一杯!”

“不敢不敢!高大哥,应该是我敬你!嫂子,我也敬你!”

几个人在外面喝着酒,吵作一团,严淇小心翼翼地躲在属于自己的那个小房间里,一点声音都不敢发出。

最大的那个声音她知道,是把她藏在这里的那个女人的老公,严淇猜想他应该是村子里很有权势的人,因为她听到很多人来找他商量事情,就连晚上也有人悄悄地跑来送礼,请他关照。

但她却没有和他打过照面,女人很小心地没有让自己的老公看到她,只是隐晦地告诉他,自己的哥哥在这里藏了个女人,不敢让老婆知道。

“张德安那个——怂包!”当时这个男人很不屑地说道,但也没有对她产生任何兴趣,甚至没有过来看看她的样子。

她就这样一直被关在这个房间里。白天男人出去的时候,外面这个女人会让她出去帮忙干点活。她好像很怕自己的老公,严淇无意中听她说起,这个男人在外面已经养了两三个小老婆,可她什么也不敢多说。

“你们这些狐狸精!”有时候她会突然无缘无故地就狠狠掐严淇一下,让她疼得眼泪一下子就涌出来,越是这样,这个女人就越喜欢这么干,“装可怜骗同情!我告诉你,你要是敢勾引我男人,我就拿剪子把你的脸铰花了!”

“我不会!我不会!”严淇只能一次次地这样回答。

她完全就没有办法理解,为什么明明是那些男人起了坏心,这些女人却完全无视他们的罪恶,反而把一切罪责都推到自己的身上?

她惴惴不安地等待着那属于自己的噩梦,但奇怪的是,那个让她作呕的男人却一直都没有出现。

如果能够一直这样下去就好了。

她悄悄地祈求着。

如果还能让她看到哥哥,知道他一切平安,那她就别无所求了。

可她知道,这绝不可能。

这个女人不会一直这样白白地把她养在这里。

那一天一定会到来,她只是祈祷着,能够再晚一些,哪怕只是晚一天也好。

“杨兄弟,你是个有本事的人!我高鸿昌最佩服的就是你这种人!来!咱们俩单独走一个!”

外面的人还在喝着酒。

许多人已经连糊口的粮食都没有了,可这些人还在大吃大喝。

严淇觉得很不公平,但她也知道,这样的事情不是她应该考虑的。

那个姓杨的急忙谦虚了几句,但又吹嘘了自己几句。严淇大概能够听出来,他好像不是村子里的人,而是刚刚从别的什么地方带着队伍逃进来的。他们应该带了很多粮食进来,而且对什么地方很熟悉,这让高鸿昌很看重他。

“杨兄弟,说起来惭愧,老哥我这段时间一直被困在这个鬼地方!对外面的情况那是两眼一抹黑,什么都不知道。难得你这样的生力军加入咱们护村队,你给老哥我说道说道,现在外面究竟是个什么样子?哪些地方还有粮食?”

“咳咳。”被称为杨兄弟的人吞吞吐吐的,似乎是不想把这些东西轻易就告诉高鸿昌,只是很简略地说了一点皮毛的东西。按照他的说法,这个城市里其实不仅仅是何家营一个地方有人,城北还有好几个地方都有人建立起了据点,有的地方的人数甚至不亚于何家营。

“他们肯定是比不上咱们何家营,不过人也不少。”那个杨兄弟说道,“不过高大哥你放心,那些地方的底细兄弟我都清楚!城北那些分散的小势力,兄弟我还是有点面子的!把他们拉过来也不难!只要高大哥、何大哥你们发句话,给我两百个精壮的汉子,我绝对把那片地方拿下!”

“哈哈!那是肯定的!”高鸿昌笑道,“别人我不信,我还不信杨兄弟你?”

他肚子里却在骂着。

人？要人有什么用？

现在何家营最不缺的就是人，只要有粮食，他现在出去，随随便便就能拉起上千人的队伍。

但那有什么用？没东西吃，队伍马上就会散掉。

现在护村队只敢维持四百人的规模，不就是因为养不起？

高鸿昌想知道的是，城北什么地方有粮食？有多少？能不能让他拉一支队伍起来？

副食品批发市场那个地方已经没多少脑筋可以动了，现在村里所有的大佬眼睛都盯着那块地方，根本就没有任何手脚可动。

何家兄弟鬼得很，他们家在何家营是大族，姓何的男丁足足有五六十人。更关键的是，事情刚刚发生的时候，身为村主任弟弟的何春华不知道从哪里捡了一只恐龙的头回来，说是自己杀的，一下子成了大家心里的英雄，这让他哥马上把他任命成了护村队的队长。

他们兄弟俩不但掌握了护村队最大的一支队伍，还掌管了村里所有粮食的管辖和分配大权。这让哥哥何春成的村主任地位牢固得很。

可凭什么呢？

高家在何家营也是大姓，足足有三四十口男丁，高鸿昌的二叔以前也当过将近十年的村主任，凭什么现在就是他们姓何的说了算？比手段，比心狠，高家什么地方不如他们？他高鸿昌什么地方不如何家兄弟？

关键就是没有粮食。

不然的话，凭他的能力，分分钟就能把何家兄弟赶下台！

他拿着酒杯，眯着眼睛看着那个满脸络腮胡子的男人。这家伙也是不见兔子不撒鹰的主，知道自己现在唯一的价值就是手头的消息。

要怎么才能让他开口？

高鸿昌渐渐烦躁了起来。

“妈的！热死了！去，把阳台的那道门打开了！”他对自己的老婆说道。

女人犹豫了一下，那里还藏着个人呢。

她的动作反倒让高鸿昌想起了这个事情。

给你个女人,你总愿意开口了吧? 他看着姓杨的想道。

反正张德安也是个怂包,竟然到现在都还没有搞定老婆,这个女人看起来他也没本事消受了,倒不如拿来收买人心。

他摇摇晃晃地站了起来,在女人的惊呼声中,一脚把那道门给踢开了。

严淇惊呼了起来,高鸿昌一把抓住她的手,要把她拖出去,就在这时候,他看到了严淇的脸。

真他妈的!

酒精像是燃料,一下子把他身体里的那股火给点燃了。

“老高,这是我哥……”女人这时候冲过来拉住了他。

“你哥,你哥就是个屁! 他有这福气吗?”高鸿昌舔了舔嘴皮,借着酒兴一下把老婆推了出去。

“杨兄弟,老哥我喝多了,就不陪你了,有什么咱们明天再说。”他对着外面说道:“老五,小九,你们带杨兄弟到下面二楼去乐乐,算在我账上!”

“好嘞!”一直在旁边陪酒的同族小兄弟一下子兴奋了起来,也顾不上吃了,把杯子里的酒一口干了,拉着姓杨的就站了起来。

高鸿昌的老婆一下子急了。

他以前在外面有人,还能装作不知道,可这当着自己的面……

她一下子哭闹起来,伸手来抓高鸿昌。

高鸿昌可不像张德安那样怕老婆,揪着她的头发,反手就是一个耳光:“给老子滚蛋! 妈的,别给脸不要脸! 惹急了,老子把你扔到二楼接客去!”

这话让他老婆一下子蔫了,高鸿昌以前就不是什么好人,吃喝嫖赌样样精通,要不是自己的哥哥帮忙付了赌债,有几次说不定真的就把自己押出去了。

她不敢再拉扯高鸿昌,但又不甘心,坐在地上大哭了起来。

“妈的! 老五,把这女人给我弄走! 真他妈败兴!”

两个小弟可不敢像他一样动手,但又不敢不动手,两人交换了一下眼神,把坐在地上的女人拖了起来:“嫂子,你想开一点儿,现在哪个有本事的男人不是三妻四妾的? 昌哥现在正在酒兴上,你惹他,不是自找没趣? 明天等他酒醒了就好了……”

女人一边哭一边被他们拉了出去,络腮胡尴尬地站在那里,高鸿昌对他挥了挥手："去，跟他们去乐乐，别说老哥我不照顾你！"

屋子里的人一下子走得干干净净，高鸿昌再也按捺不住自己心里的火，转身就往阳台那边走了过去。

"你不要过来！"严淇惊恐地叫道。

"呵呵……哥哥我就喜欢这样的调调。"高鸿昌把自己的衣服一把扯了下来，"叫啊，你再叫大声一点儿，那才够劲呢！"

他一步步地向严淇走过来，随手把裤子也给脱了。

严淇绝望地哭了起来。就在这时，一个身影突然推开门冲了进来，高鸿昌酒后反应慢了半拍，他刚刚回过头，那个身影抓起旁边的凳子，狠狠地对着他的脑袋砸了下来。

"哐啷——"硬木做成的凳子散成几块，高鸿昌摇晃了一下，却没有倒下去。

"你疯了吗？"另外一个人这时候跟着进来，他看到这样的景象，低声而又慌张地叫了出来。

"哥！"严淇终于认出了打高鸿昌的那个人，惊喜的眼泪一下子涌了出来。

严烨想要抱住妹妹，但高鸿昌的身体却摇摇晃晃地挡在他们中间，鲜血从他的太阳穴附近涌出来，就像是水，他下意识地用手捂着伤口。"你……"他张口叫道。

严烨在这一刻突然意识到自己刚刚做了什么，极度的恐惧反倒让他下意识地做出了正确的动作，他直接扑倒了高鸿昌，用手死死地压住了他的嘴。

"哥？"严淇愣在了原地，眼前所发生的一切让她不知所措。

那个眼睛瞪得像是要从眼眶里迸出、表情扭曲得几乎不像是人的身影，真的是自己的哥哥吗？

"把枕头拿过来！"严烨低声地叫道。

严淇下意识地把枕头递给了他，他马上把它折了一下，用力地压在了高鸿昌的脸上。

高鸿昌本能地挣扎起来，他年富力强，虽然并不是很壮的那种类型，但对付严烨这样干瘦的少年依然有着压倒性的优势。如果不是因为喝多了酒，头上又被硬木的凳子狠狠地砸了一下，两个严烨也不是他的对手。

"快来帮我！"严烨转头对王哲叫道。他整个压在高鸿昌身上，但对方马上就要挣脱出来了。

王哲站在门边已经完全不知所措,他曾经想过两兄妹见面会出问题,但他却没有想到,会是这么恐怖的场景。

“让他活下来我们都得死!”严烨再一次叫道,“快来帮我!”

王哲愣了一下,笨手笨脚地扑过来,慌慌张张地按住了高鸿昌的脚。

三个人无声地扭在一起,高鸿昌挣脱了严烨,膝盖重重地撞在王哲头上,王哲的鼻血一下子流了出来。王哲闷哼了一声,还是死死地抓着高鸿昌的一条腿,并且努力地想去抓住另一条。

高鸿昌的手从下面伸了出来,在空中胡乱地抓着,突然扯住了严烨的头发。严烨眼泪一下子涌了出来,按住枕头的手不由得松了一下。

眼看高鸿昌的脸就要从那个枕头下面挣脱出来,一团被子突然又按在了他的头上。

“严淇……”严烨惊讶地看着妹妹。

她的脸涨得通红,整个身体都死死地压在了高鸿昌的头上。

他在被子里叫了起来,声音嗡嗡的,情急之下,严烨突然看到了王哲放在内口袋里的那把刀。

他一下把它抽了出来,疯狂地向压在自己身体下面的那个躯体捅去。

惨叫声从被子下面传了出来,这让严烨的动作越发疯狂,不知道捅了多少下之后,高鸿昌的身体终于不动了。

严烨的身上、手上全都是血,就像是从地狱来的。

严淇再一次低声地哭了起来。

“我被你害死了……”王哲这时候才彻底清醒过来,他感到自己的脸上火辣辣的,用手一摸,全是血,但却不知道是自己的,还是高鸿昌的。

严烨喘着粗气,一句话也说不出来,他全身的力气像是被之前的争斗消耗殆尽了,甚至连动一下手指的力气都没有了。

“我被你害死了……”王哲用力地扯着自己的头发。他曾经远远地看到过高鸿昌在村里带着人巡逻,知道他是什么人。这样一个身居高位的人在自己家里被杀,绝对将是何家营最为严重的问题。护村队绝对会投入全部力量来搜寻凶手,在这个不足两平方公里的地方,他们根本就不可能有任何活路了。

严烨不知道该说什么。但如果再来一次,他知道自己还是会毫不犹豫地杀掉这个人。

“严淇,你没事吧?”他对妹妹问道。

严淇一边哭一边拼命地摇着头。

“我被你们害死了……”王哲还在说着。

“我们逃出去!”严烨突然说道。

“逃? 逃到什么地方? 外面都是恐龙,出去只会死得更惨!”

“总比死在这里好!”

“是啊,被吃掉比被活活吊死要好,是吧?”王哲忍不住想要扑过来给严烨一拳,但严烨手里紧紧地握着那把刀,身上全是血,那个样子让他胆怯了起来。

这个少年已经不是之前那个唯唯诺诺的弱者了。

“逃出去还有一条活路。”严烨说道,“我会拿我的命来保护你……我发誓,只要我活着,你就不会死。”

他的脸上全是血,当他说出这句话的时候,王哲突然不由自主地打了一个寒战。

“他们……他们说城北还有很多人……很多据点。”严淇这时候也平息了下来,低声地说道。

“好……我们就去投奔那些人。”严烨说道。

他看了看自己身上和王哲身上:“我们要换衣服,不能这么出去。”

王哲不由得点了点头。

“我知道他们家吃的东西藏在哪里。”严淇说道。

“好。”严烨点点头。

这时候,门口突然传来了轻微的脚步声,一个人推开了这间屋子的门。

“小妹?”

王哲全身的血都凉了。

张德安! 他怎么来了?

严烨突然像一头野兽那样朝他扑了过去。

张德安这时候才看到屋子里的情况,满地的鲜血,几个满身是血的人!

他刚刚想要尖叫，其中一个人突然从下面抱住了他的脚，他仓皇之间失去了平衡，王哲这时候也醒悟了过来，抓起那团盖在高鸿昌脸上的被子，疯狂地向他扑了过去。

“救……”张德安刚刚叫出来，严烨的刀就狠狠地刺在了他的身上，剧痛让他的声音哆嗦了起来，这时候王哲已经追了上来，死死地把他按在了地上。

“饶了我吧！我什么都不知道啊！”张德安低声说道，眼前的景象已经彻底把他吓破了胆。房间里已经黑了下来，他甚至根本没有看出扑倒他的是谁。

王哲犹豫了一下，但严烨却用被子按住了张德安的脸，狠狠地一刀从他的喉咙上划了过去。

鲜血再一次喷了出来，马上就把那团薄被子浸得透湿，张德安“嗷嗷”地叫了几声，身体抽搐了几下，很快就不动了。

“把尸体藏起来，快！”严烨挣扎着站了起来，王哲这时候已经彻底没了主见，他茫然地跟着严烨把张德安的尸体抬进之前的那个房间，和高鸿昌的尸体一起塞在了床底下。

严烨随手抓起一件衣服擦去自己身上的血，严淇带着他到厨房里，这里有一大桶清水，严烨马上脱掉外面的衣服，用衣服沾了水，快速地擦掉自己身上的血迹。

“快！”他对王哲说道。

王哲这时候才跟着他一样做了起来。严淇跑到高鸿昌的卧室，找出一些干净的衣服和一个背包，然后翻开他们的衣柜，把里面藏着的那些糖果、零食和罐头拼命地塞到里面。

“有衣服吗？”严烨这时候已经大致把自己身上的血迹清理干净，走了过来。

“有！”严淇急忙把衣服递给他，好在黑暗中也看不到他的身体。

严烨快速地把衣服穿上，他找不到背包，于是把一条裤子的裤脚系起来，开始和严淇一起往里面装东西。

王哲这时候也洗好了过来，严烨扔了一套衣服给他，然后把装满了东西的裤子递给了他。

“我们走！”王哲低声地说道。

严淇披起那件斗篷，严烨和王哲走在前面，出门的时候，严烨看到门口挂着一把军用匕首,于是毫不犹豫地把它揣在了自己的怀里。

楼道里没有人,因为有嗜血的蚊虫,人们在天黑之后很少出来。而在护村队的这幢房子里,大多数人此刻都在二楼的俱乐部里鬼混。

他们根本就没有想到,有人竟然敢在他们这个地方乱来。

三人匆匆忙忙地向楼下跑去,一个护村队的成员从他们身边走过向楼上走去,他对这三个人略微感到有些奇怪,却没有多想。

门口的值班室关着门,有几个人在里面点着油灯打扑克,丝毫没有注意到他们在黑暗中悄无声息地走过。

他们就这样从那个院子里走了出来,走进了无边无际的黑暗里。

总算暂时逃离险境,这时候严烨的身体才开始颤抖了起来。

“哥?”严淇担忧地低声问道。

“我没事。”严烨答道。

前方虽然黑暗,但经历了这件事情之后,他已经什么都不怕了。

第10章

出　逃

三人在黑暗中相互依靠着慢慢地往前走，得益于这几天来一直在村里到处收尸，严烨对周围的环境已经比较熟悉，于是他带着妹妹和王哲，向着村子的外围走去。

王哲的脑子里空空的，他到现在都没有办法理解，事情为什么会一步步发展到了今天这一步。

“你们走吧……”他突然说道，“应该没人看到我……”

“不行！”严烨马上说道，“我妹妹失踪了，那两个人都藏在我妹妹住的那间房子的床底下，你觉得他们不会怀疑我们？我们是你推荐到张院长家的，这件事情肯定会追究到你身上！回去你就死定了。”

王哲默然不语，但仅仅是在黑漆漆的村里走动就让他感到恐惧，一想到要到那毫无保护的城市当中去，他就根本没有办法再继续向前迈步。

“我们一定会活下来的！”严烨对他说道，“相信我！”

他们摸索着到了村子侧后方的一条偏僻的街道上，黑暗中缺乏光照，只能够依靠天空中的月光来辨认周围的环境。严烨在地上摸索着，很快就找到了一个井口，他反复地确认上面刻着的字：“雨水”。

“应该能通往外面。”他对王哲说道。

没有撬棍，他便用刚才随手拿的那把军用匕首去撬井盖。

这时候，远处他们逃出来的那个地方突然有人惊叫了起来。

“快！”王哲的脸一下子吓白了，他急忙催促道。

严烨好不容易才把井盖撬开一条缝，王哲急忙把之前那把刀塞进去，他们很快就把井盖移开，然后用力地抬了起来。

远处开始有火光闪烁，应该是有人点燃了火把，随后更多的声音从那边传了过来。

一个女人大哭的声音尤其瘆人。

严烨努力不让自己去想那些事情。“快！”他对王哲说道。

地面上虽然暗，但至少还有一点点光线，看着那个黑漆漆的不知道有多深的洞口，王哲犹豫了一下，终于摸索着爬梯的位置，慢慢地爬了下去。

“严淇！”严烨叫道。

女孩的状态反倒比王哲要好，她无声无息地跟在王哲后面向下爬去。

这时候，王哲突然在下面惊恐地叫了起来：“下面有水！”

严烨的心一下子沉了下去。

怎么可能！村子里那些拾荒队的人不是一直都是通过这些通道出去的吗？

“不是这条路！”王哲在下面说道。

“来不及了！”火光已经从那个地方开始往周边移动，那肯定是护村队的人，他们已经开始追查杀死那两个人的凶手了！

已经来不及另外去寻找其他出路了。

严烨从进口爬了下去，用力移动着盖板。

“不行！我们会死在这里的！”王哲正在往上爬，严淇用力地抱着爬梯，低声地哭了起来。

“不会！”严烨说道。他用尽全身力气把井盖移过来，哐的一声轻响，井盖突然扣住了井口，把所有光线都遮蔽在了外面。

严淇的呼吸一下子急促了起来，这一天所发生的事情对于一个十二岁女孩来说已经严重超出了她的承受范围。

“没关系的！”严烨一手抓着爬梯，一手抱住了她的身体，在她耳边坚定地说道，“我们能逃出去的！”

“我们会死在这里。”王哲在黑暗中惊恐地说道。

“不会,不会的!”严烨再一次说道。

他摸索着爬到井的底部,里面的积水很深,几乎没到了他的腰部,这让他的心凉了一下,但他在周围摸索着,发现通往外部的那条下水道的位置要比他们所站的地方高得多,里面同样有很多积水,但并没有被完全淹没。

“没问题,我们可以出去的。”他对王哲说道。

“你疯了吗?如果这条管路逐渐往下……”

“那我们就回来,重新找一条路!”严烨终于对王哲忍无可忍,他在黑暗中抓住王哲的衣服,把他从爬梯上扯了下来,拖到自己的面前,“我们一定会活下去的!你只要相信这一点就可以了!”

他的个子其实还没有王哲高,但王哲却被他的气势吓住,再也不敢说话了。

“有人……”严淇趴在爬梯上低声地说道。

他们安静了下来,虽然听不到外面的动静,但他们却可以听到有人踩在井盖上。

“走!”严烨对王哲说道。

“严淇,下来!”他低声地叫道。

王哲无奈地沿着狭小的空间摸着黑向前走去,下水道的管径大概有一米,但是三分之二都被水淹没,为了保证自己能够呼吸,他们必须一直抬着头,这样的姿势非常累人。

好在大部分积水或许都是这段时间累积的雨水,还没有到发臭的程度。

外面的气温应该一直都维持在二十多摄氏度,但在这远离地面的阴暗区域内,温度却很低,泡在水里让他们的体温迅速降低,向前爬了一会儿,严烨就感觉到妹妹的动作越来越慢,牙齿都抖了。

“不要停!”他自己也感到冷得厉害,但他很清楚,在这里停下,失温只会更加严重。想要活命,就必须尽快离开下水道,到干燥的地面去,“加油!你可以的!”

严淇感到自己的手脚都冷冰冰的,并且开始像针刺一样痛了起来。

她忍不住再一次哭了起来。

为什么,为什么要遭这样的罪?

他们一家究竟做错了什么,要遭这样的罪?

她突然想放弃算了。

外面的世界会比这里好吗？就算是他们真的逃到了另外一个地方，难道那里的人就会比这里好吗？如果他们千辛万苦地逃出去，面临的却是和这里一样，甚至比这里更坏、更糟糕的局面，那他们遭受的这些痛苦、经历的这些磨难又算什么？

她突然想起哥哥第一次收尸的那一天在卫生间里上吊自杀的那一家人。

他们死去的样子很恐怖，那时候她被吓得根本就不敢看他们。但现在想想，这未尝不是一种选择和解脱。

活着这么艰难，这么累，那又有什么意义？

也许死的时候很痛苦，可只要挨过了那个时刻，一切不就都好了？

"不准哭！"严烨从背后狠狠地打了她一下，"不准哭！给我往前爬！"

三个人当中他的体力其实是最差的，王哲每天都能吃饱，严淇这几天也勉强能够糊口，只有他，一直以来每天都只能吃到一碗稀粥。

杀死那两个人已经消耗了他大量的体力，他只是依靠亢奋的精神一直强行支撑着自己的身体，但随着体温的持续下降，他已经开始感觉自己的眼前发黑晕、冒金星，随时都有可能倒下去。

"不准哭！"他咬着牙叫道，用力地推着妹妹的身体，"给我往前爬！我们不会死在这里的！不会！"

不远处突然传来哗啦的一声，随即是王哲的惊呼。

"怎么了？"严烨急忙问道。

"我们……我们到另外一个井口了。"王哲慌张地从另外一个集水井里爬上来，低声地答道。

当严烨终于最后一个从那条通道里走出来时，他感觉手脚几乎已经不是自己的了。

王哲和严淇都已经抓着爬梯离开水面，他也挣扎着爬了上去，三个人在黑暗中瑟瑟发抖。严烨抱住了妹妹，而王哲紧紧地靠着他们。

空间本来就非常狭小，在这种情况下，没有人还会有什么别的想法，只是本能地互相取暖。

几分钟之后，严烨才想到应该要弄点东西吃，他哆嗦着把身后湿掉的包拿过来，伸手在里面摸索着，然后拿出了一包勉强还能吃的饼干。

三个人都感到饥肠辘辘，分吃完这包饼干之后，严烨又拆了一袋青豆，它终于让他们渐渐恢复了元气。

“要上去吗？”王哲问道。

不知不觉之间，他已经从一个指挥者变成了被指挥者，而他丝毫也没有觉得这有什么问题。

从严烨挥出那一刀开始，两人之间的强弱关系就已经彻底互换了。

“不是这里。”严烨说道。

这里距离他们下来的那个井口应该不到三十米，也就是说，这里要么还在何家营内，要么就在被封锁的那个街口。

从这里出去简直就是自投罗网。

“我们至少要爬出去五十米……”他对王哲说道。

这还是因为黑夜里哨兵们能够看到的距离有限，否则的话，他们就得在那冰冷的水里向外爬出更远的距离。

严淇摇了摇头，死死地抓着爬梯不放。

她一点儿也不想再回到那冰冷刺骨的水里去泡着，但严烨却硬把她的手掰开了。

“还记得小时候爸爸妈妈用鸡毛掸子逼着你学钢琴的事情吗？”他低声地对妹妹说道，“那时候你被打得有多惨你还记得吗？你对我说钢琴是你在这个世界上最讨厌、最恨的东西，但后来呢？你的钢琴成了我们全家最大的骄傲。为了更好的生活，为了我们的未来，我们必须经历这样的痛苦，你明白吗？”

“但是他们已经死了……爸爸妈妈都已经死了！”

“对。”严烨说道，“所以现在由我来鞭策你了。继续走，你可以的，我们全都可以的。”

积水在这一段甚至比之前还要深，在前面开路的王哲甚至觉得他们会不会真的在这个地方被淹死。唯一比刚才好的地方只是，在吃了那些东西并且相互取暖之后，这些水带给他们的痛苦没有之前那么多，而且水的浮力也稍稍地降低了他们行动的难度。

王哲到后来干脆以仰泳的方式前进，这让他节省了不少力气，速度也快了起来。

他大声地告诉严烨和严淇这个发现，于是，他们的移动速度居然奇迹般地变得迅速了起来。

“你们还撑得住吗?”严烨在到达下一个井口时问道。王哲和严淇都给出了肯定的回答，于是一直在经过了四个井口之后，他们才决定离开管道回到地面上去。

严烨猜测他们离开何家营至少应该有一百米，在现在这个世界，又是晚上，护村队追出来的可能性几乎为零。

随着而来的是另一种危险。

严烨努力不让自己去回想父母死去时的景象，对于他和妹妹来说，那或许是一生当中永远也没有办法驱除的梦魇。但他很清楚，如果他被恐惧支配，那他将要遭遇的也许就是那样的结局。

好不容易才把妹妹从可悲的命运中拯救出来，他绝对不会容许自己在这里失败。

他们花了将近十分钟才终于把井盖推开，但没有马上出去。

风呼啸而过，远处隐隐约约有人类呼喊的声音，而他们更加注意的是井口附近的声响。足足在那里等待了十几分钟，确认地面上没有任何活动的生物之后，他们才把井盖完全推到一边，然后小心翼翼地爬了出去。

严烨努力辨认着他们所在的位置，这里距离何家营的直线距离大约一百五十米，比他预想的还要远一些。一些房子和树木遮住了他们和何家营之间的空间，但他仍然隐隐约约可以看到那边的火光。

他们所造成的混乱没有那么容易过去，火光和那里面的声音告诉他们，追捕还停留在村子里，并没有扩大到外面来。

“我们怎么走?”王哲低声地问道。

他们没有携带任何照明用具，甚至没有任何火种，就这样在黑暗中前行，成功逃亡的可能性几乎不存在。

严烨快速地思考着。

“我们先找个安全的地方躲起来，明天天一亮就出发。”他对王哲说道。

“好。”后者点了点头。

他们小心翼翼地离开道路，向侧面的房屋走去，那是间工厂，大门歪歪扭扭地倒在地上，他们迟疑了一下，还是轻手轻脚地走了进去。

“到厂房里去。”严烨低声地对王哲说道，然后紧紧地拉住了妹妹。

厂房的门是开着的，月光透过窗户斜射进来，让他们勉强可以看到里面的情形。

这里显然已经被何家营洗劫过，空荡荡的几乎什么都没有留下。严烨这时候看到了侧面的爬梯和高高的吊车，他轻轻地捅了王哲一下，示意他往那边去。

他们俩都不懂工厂里的这一套，但空旷的厂房里几乎没有什么地方可供他们藏身，唯一能够保证安全的，或许就只有那高高的只能通过狭窄爬梯向上的吊车操作室。

他们很快就爬到了那里。

小小的空间很难容纳三个人，但这里距离地面将近十米，无论什么样的猎食者应该都没有办法伤害到他们。

严烨随手在操作室里翻找起来，报纸、操作说明书、规章制度和记录本，还有一件灰扑扑的工作服。他伸手在工作服里掏了一下，一下子愣住了。

“怎么？”

“我们有火种了。”严烨说道。

那是一个廉价的一次性打火机，但对于他们来说，却是最珍贵的宝物。

身上还湿漉漉的，王哲忍不住看了看何家营那边。

“他们应该不会发现吧？”他说道。

“应该不会。”严烨说道。火光在这样的夜晚也许会照得很远，但他无法抵抗火光所能带来的温暖。

他们开始把操作室里所有能烧的东西都找了出来，严烨甚至再一次冒险下到厂房里，把之前他们曾经看到的那些破烂的凳子也拿了上来。

王哲小心翼翼地点燃了报纸，然后是操作手册，随后便是凳子腿，三人挤在那个小小的空间里，看着这不断跳动的火光，心里的恐惧终于渐渐地平息了下来。

衣服渐渐干了，身上开始暖和起来。王哲把绑在身上的那条裤子放了下来，一个金属罐头滚了出来，他把它捡了起来。

“黄桃！”他低声地对他们说道，犹豫不定地看着他们。

严淇咽了一下口水，对于已经在这个世界挣扎了十几天的他们来说，这样的诱惑根本就无法抵抗。

严烨点了点头。

浓郁的水果混合着糖水的香甜味扑鼻而来，王哲忍着强烈的独占它的欲望，把它递给了严淇。

她如获至宝般捧着它，小心翼翼地喝了一口，马上递给了严烨。

三人传递着这小小的罐头，却感觉就像是经历了一场饕餮盛宴。

“管他呢！”严烨突然说道，“让它们去死吧！”

他把背包放在那个小小的火堆前，一样样地把里面的东西拿了出来，午餐肉、红烧牛肉、锅巴、压缩饼干。而王哲也把那条裤子里装着的东西都拿了出来。

“一人选一样。”严烨说道。

严淇马上把午餐肉罐头拿了起来，而王哲则挑选了红烧牛肉，两人都眼巴巴地看着严烨，他犹豫了一会儿，把那包压缩饼干拿了出来。

“太奢侈了！”王哲一边撕着包装纸一边说道。

严烨已经用匕首把午餐肉罐头给打开了。

浓浓的肉味马上就冲进他们的鼻子，王哲想要把它放到火上加热，严烨急忙制止了他。

香味已经够浓了，再加热的话，那是要通知恐龙到这里来聚餐吗？

严烨用匕首挑了一大块午餐肉出来，放在王哲手上，他马上就把它塞到了自己的嘴里，随即闭着眼睛长长地舒了一口气。严烨也急忙挑出一块大吃起来。

严淇抱着那个黄桃罐头，看着他们，轻声地笑了。

“留一块给我！”严烨含混不清地说道。

“才不！”

“我用牛肉跟你换！”

“才不要！”

小小的空间里充满了欢快的气息。

前路未卜，他们很清楚，今晚也许就是他们在这个世界上的最后一晚，这顿饭也许就是他们在这个世界上的最后一餐。

正是因为如此，他们才要尽力让自己笑出声来。

第11章 新开端

安澜大厦面临着前所未有的混乱。

这样说或许有些夸张，但在张晓舟看来就是如此，人们对于新的团队构架和分配方案议论纷纷，这让他甚至突然感觉没有了底气。

人人都知道安澜大厦将要面临一次改革，但他们却没有想到，改革的力度会这么大。

张晓舟、刘玉成和梁宇三人在讲台上轮流解答人们的疑问，会议整整持续了三个小时，在张晓舟提议开始进行表决的时候，还有很多人希望能够再听一听某些举措的考量是什么。

张晓舟第一次真正感觉到自己建立起这个全体人员表决的规定或许是个错误，但他马上把这个念头从脑海中驱逐出去，等待着最终的结果。

“让我们开始表决吧。”他站在讲台上大声地对人们说道，“同意采用新团队构架的，请举手……”

结果让他微微有些吃惊，虽然很多人并没有真正理解这个体系的实际意义，但它还是获得了几乎全票通过。有时候，你不得不承认，人的从众心理会严重地干扰和影响行为。许多人本来并不支持做这样的改变，但看到大多数人都举手了之后，他们犹豫了一下，最终还是把手举了起来。

有些人也许没有举手投赞成票，但在请反对者举手的时候，一个举手的人都没有。

他们也许仅仅是因为担心被穿小鞋或者是遭到报复，这让张晓舟产生了一些挫败感。他并不希望看到安澜大厦分裂或者有人旗帜鲜明地反对自己，但眼前这样的结果无疑给了梁宇的理论有力的支持。

接下来的表决就更加简单了，在意识到自己势单力薄之后，新分配方案的表决完全就成了走过场——全票通过。

张晓舟甚至有一种感觉，自己花费这么多时间、这么多精力来向人们解释，请他们发表意见和建议，然后进行表决，就像是一个傻瓜拉着所有人一定要玩一个无聊的游戏，而人们迫于无奈最终迁就了他。

新的八个部门的负责人一个个上台露脸并简单地发言表了决心，随后便是另外一场混乱。

人人都知道，能够混进这些部门谋一个职位就意味着未来可以高枕无忧，真正被选好的人早就由各个部门的负责人提前谈话让他们做好了准备，但还是有许多人或明或暗地拉住了这些新上任的部门负责人，拉关系、摆资历、讲人情，希望能够获得一个事少钱多、安全轻松的岗位。

好在管理团队对这样的局面早有了准备，花费了整整一天之后，新的团队构架终于确立了起来。按照他们之前的规划，绝大多数人都归劳工部管辖，并且分配到各个部门参与临时性的工作。每个部门的人员都精简到了极限。人数最少的工程技术部，除了吴建伟这个部长之外，就只有一个曾经在工地上做过技术员和资料员的人来做他的助手；而张晓舟准备投入主要精力的农林牧产部，除了张晓舟和李雨欢之外，唯一的常设人员就只有一位五六十岁的老人。他在村子里干了一辈子的农活，儿子在城市里立足之后把他接来享福，没想到却跟着一起来到了这个世界。

张晓舟发现自己突然轻松了下来。

新的机构划分和职责权限虽然并不完善，但比之前要合理得多，安澜大厦本身也只是一个一百几十人的团队，当责任和职权一层层地分解下去之后，真正要由他来处理的事情其实也不多了。

“挖土的事情我觉得还可以缓一缓，先让大家熟悉一下现在的运作模式，顺便把准备工作做得再足一点。”梁宇建议道。

张晓舟表示同意，他的考虑还有另外一个原因。

猎食动物通常都有固定的领地和巡视路线，他不知道那头暴龙有没有把他们这个区域划进自己的领地内，也不知道那些恐爪龙或者是其他猎食者是不是敢于侵入它的领地。

之前他们这个区域一直没有遭遇其他恐龙的原因很有可能是因为那群速龙已经把这个地方划作了自己的领地，在它们被杀死之后，因为之前所留下的气味或者是其他标记，那些恐龙才停留在了外面。

但在经历了这么长时间之后，它们所留下的那些标记应该是已经消散殆尽，再也不能阻止其他恐龙了。

在这个时段外出会很危险，在领地最终确立之前，暴龙和恐爪龙都有可能在这个区域行动。这让外出人员遇到危险的可能性大幅上升。

等待一段时间，等到它们重新划定各自的领地后，人们便可以观察它们的行动模式，并根据这个结果更安全地做出相应的计划。

张晓舟更希望这里成为那头暴龙的领地，它的杀伤力固然强大，但它的体形却决定了它不太可能在城市中完全地隐藏自己。对于人们来说，这样的目标显然比那些恐爪龙更容易发现，也更容易采取相应的措施。

贸然进入一个陌生的区域当然危险，但这个地方他们已经活动了这么长的时间，在自己的主场，再加上完备的计划和应急措施，他相信自己可以带领大家在它的淫威下安全地生存下来。

“如果一直找不到东西吃，它们会不会离开城市，回到丛林里去？”李洪这样问道，“如果是那样的话，我们完全可以等到外面安全了以后再出去。”

从一个协警成为当前一个重要部门的副部长，他的压力一下子就大了。尤其是，他的职责里还有负责外出工作人员的安全保卫这一条，这真的是让他压力巨大。如果可能的话，他真的不希望有任何的外出作业。

“这不太可能。”张晓舟摇了摇头。

其实这些猎食者这么快就进入城市本身就是一个偶然。

暴龙或许是追踪一批胡乱逃亡的植食恐龙偶然进入了城市，而速龙群则有可能是因为那些受伤者伤口的血腥味。

那个夜晚，那些因为停水、停电、通信中断而从家里出来寻找原因和帮助的人们成了它们的第一批猎物，并且让它们很快就发现，这个陌生的区域当中食物丰富，而且十分易得。

在速龙被他们杀死之前，它们一直在捕猎那些来寻求帮助的人们，直到张晓舟他们在床单上写下大字向人们示警之后，这样的惨剧才没有继续发生，但那些因为没有东西吃、没有水喝或者是其他原因离开家到外面来冒险的人仍然满足了它们的生存需求；某种程度上，也许大大超出了它们的这种需求。

张晓舟猜想暴龙的行为模式应该也是如此。一直有人试图到副食品批发市场去寻找食物，这无形中把那个地方变成了一个食物来源十分丰富的猎场。它仅仅是在那个小小的区域内活动就能满足日常的生存需求。但随着时间的推移，任何敢于冒险的人要么已经知道那里有什么，要么就已经被吃掉，这让它不得不扩大自己的猎食范围，到更广阔的区域内寻找猎物。

但想要让它们因为找不到猎物而离开城市，这样的想法太过于一厢情愿了。

现在距离他们穿越到这个世界已经过去了将近二十天，他们这个团队和那几个跟随他们去冒险的团队还有粮食可吃，但其他团队，那些散落在周围的居民却未必如此。

一个家庭日常会储备的粮食通常有限，在经过了这么多天之后，如果没有在这个过程中获得额外的粮食，那他们应该已经开始挨饿了。

有些人或许会在自己家里等死，但应该会有更多的人被迫到外面的世界去寻找可以果腹的食物。随着时间的推移，这样的人会越来越多。而他们，将成为恐龙最易得的食物。

除非这些人全都被吃掉，不然，恐龙的食物来源不会匮乏。更加糟糕的是，这样的局面或许会迫使这些猎食者以更快的速度适应城市的环境，不断扩大猎食的范围。

大规模的牺牲或许从现在才真正开始。

但安澜大厦的力量太过于弱小，没有能力，也没有条件去拯救他们。

第12章

渴

“该死！”

严烨无法原谅自己。

如果不是他们排泄在了地上，它们也许不会发现他们。

但一切都没有重来的机会，当他们从睡梦中醒来时，两只丑陋的恐龙已经守在下面，跃跃欲试。

王哲被吓得差一点摔了下去，如果不是严烨死死地抓住他的手，他也许就成为这些恐龙的早餐了。

很显然，严烨的行为让它们不满，一只恐龙像火鸡那样嘎嘎叫了几声，几分钟后，另外四只恐龙便从厂房外面跑了进来，围拢在了他们的正下方。

它们大概和一个普通人差不多高，依靠两条强壮的后腿立着，长长的尾巴在空中不断地摆动。它们身体表面有一层青绿色的羽毛，其中有些就像是鸟类的飞羽，这使它们看上去非常古怪。

但最吸引严烨注意力的还是它们后腿上那些巨大的如同利刃一样立着的脚爪，他的父亲就是……

他的胸口突然抽痛了起来，这使他抓紧了旁边的栏杆。

一只恐龙突然向着他们高高地跳了起来，但他们所在的位置距离地面将近十米，它的弹跳力还达不到这样的高度，在空中扭动了一下之后，便重重地摔在了地上。

严烨很希望它就这么摔死，但它在落地之前用力地扑打着前肢，那些羽毛减缓了它下落时的速度，虽然啪的一声摔得不轻，但它还是马上就嘎嘎叫着，从地上跳了起来。

“怎么办?”王哲惊恐地问道。

“躲起来，不要让它们看到我们。”

严烨曾经看到过一种说法，说金鱼的记忆力只有三秒，三秒之后它们就会忘记之前发生的事情。他不知道这是人们刻意编造出来的心灵鸡汤，还是什么民间科学家的研究结果，但他现在真的很希望眼前这些东西的记忆力也是有限的。

他们三个努力地把身体缩在那个小小的操作室里，希望它们过一段时间就忘记他们的存在，自己离开。但一个小时之后，虽然多数恐龙都离开了厂房，但有一只就是不走，一直在下面不远的地方往他们这个方向仰着头，一动不动，就像睡着了一样。

“我的脚抽筋了……”王哲突然痛苦地说道。

这个操作间仅仅是为一个人在里面操作吊车而设计的，加上旁边那个小小的不到半个平方米的平台，他们三个人才勉强挤了一个晚上，现在三个人都挤在这个操作间里，每个人的姿势都非常别扭，很不舒服。

王哲不得不从操作间里出来，坐到了那个平台上，严烨用力掰着他的脚，帮助他放松，他不敢叫出声，死死地咬着牙关。

那只恐龙在下面咕咕地叫了几声，似乎对于他们的动作很好奇，但停在原地没有行动。

“它们真的会忘记我们在这里吗?”王哲龇牙咧嘴地说道，“我记得有种说法是，它们当中有些品种非常聪明……说的不会就是这些畜生吧?”

严烨摇了摇头。

恐龙的知识在考试中所占的比重少得可怜，他根本就没有多少时间去看关于它们的闲书，唯一的印象还是来自很久以前所看的那部电影里的形象。但电影里的恐龙与他们所见的实物差距太大，根本就没有办法作为参考。

“等吧。”他对王哲和严淇说道。

但那东西显然比他们更有耐心，也更有等待下去的资本。

他们昨天晚上选择这里是想要有一个挡风遮雨的地方，而现在，这却成了一个困住他们的囚笼。

中午的气温大概有三十五六摄氏度，虽然有一层屋顶隔着，但热度却丝毫没有因为这而有什么明显的下降。空气中的湿度很高，又闷又湿的天气很快就让他们感到干渴，随着时间的推移，这样的感觉很快就被放大，然后变得无法忍受。

但在这个距离地面十米的平台上，却没有办法找到水。

自从来到这个世界之后，似乎就没有停止过下雨，只不过有的时候是淅淅沥沥的小雨，而有的时候是瓢泼大雨，这让人们从来都没有为水的事情发过愁。他们三个从何家营逃出来的时候，也根本就没有想过要随身携带一些水。

口越来越干渴，身上却在不断地出汗。

王哲把自己的T恤脱下来，试图把里面的汗水拧在昨天晚上吃空的罐头盒里，严烨感觉自己头晕得厉害，只能看着他做这样的尝试。但在费了半天的劲之后，却只挤出了很少的一点汗水。

王哲把罐头盒立起来，那些汗水慢慢地沿着盒子向下流，许久之后才滴在他的口里，他忍不住深深地叹了一口气。

透过玻璃窗可以看到外面正在下小雨，但他们所在的位置距离窗户将近两米，根本就没有办法从那边弄到水。

三人只能眼睁睁地看着雨水打在玻璃窗上，毫无价值地流淌下去。

咕咕……

那头恐龙在下面歪着脑袋看着他们，似乎是对他们的动作感到奇怪。

“哥……”严淇突然红着脸低声说道。

“怎么了？”

“我想解手……”她难为情地说道。

其实凌晨严烨和王哲站在平台旁边向下面撒尿的时候她就有点想了，但因为不好意思就没有说，憋了将近两个小时之后，她实在是忍不住了。

“等等。”严烨在周围寻找了一下，把那个黄桃罐头递给了她。

“哥……”严淇的脸红得像苹果一样。

“我们出去。”严烨对王哲说道。

几分钟后，她又叫了严烨一声，那个罐头里满满的，她不知道应该怎么处理。

“你渴吗？”严烨问道。

严淇几秒钟后才理解了他的意思，她急忙摇起头来。

“那就先放着。”严烨说道，“谁知道它们什么时候离开。”

他曾经听过这样的故事，在沙漠里走失的旅人，靠着喝自己的尿活了下来。既然别人能够做到，那他们也可以。

他们就这样与那头野兽对峙着，有一段时间它跑出了厂房，这让王哲忍不住兴奋地轻声叫了出来，但几分钟后，它便又重新跑了回来，非但如此，还带回了另外一只恐龙。

“难道它们就没有别的地方可以去了吗？”王哲绝望地说道。

他们还有东西可以吃，但渴的感觉却越来越强烈，快要让他承受不住了。

严烨摇了摇头，看着那两只在厂房里追打嬉戏的恐龙，脑子里空了起来。

王哲又开始拧 T 恤，但湿漉漉的衣服里却挤不出多少水。

严烨终于有了尿意，他拿起红烧牛肉的那个罐头，背对着妹妹尿了进去。

量很少，而且很黄。

王哲无言地看着他，他的表情很惊恐，意思很明确：你真的要喝？

严烨把罐头拿到了嘴边。

昨天晚上曾经让他感觉到幸福的红烧牛肉的味道和腥臭的尿液混合在一起，散发出可怕的气味，只是闻了一下他就差点呕吐出来。但那已经开始灼烧喉咙的干渴却让他知道，自己已经到了非要补充水分不可的时候了。

他闭上眼睛，深深地吸了一口气，快速地拿起罐头盒，将里面的液体倒在嘴里，然后强迫着自己把它们吞了下去。

王哲的眼睛像是要瞪出来，严烨极力地压制着自己强烈的呕吐的欲望，不断地喘着气，终于把那可怕的气味从自己的感官里驱逐了出去。

“我宁愿死也不会喝尿。”王哲说道。

六个小时之后，他不但喝光了自己的尿，还哀求着严淇，分走了她那一盒的一半。

“那天我为什么要理你们……”他坐在那个平台上，完全无视下面跃跃欲试的恐龙，悲凉地对严烨说道，“我上辈子究竟欠了你们兄妹俩什么？你毁了我的生活，毁了我的一切……”

“你的生活早就已经被毁了。”严烨对他说道,“我会带你走出去的。现在,请你闭嘴吧。”

雨渐渐停了,下午的阳光开始透过玻璃洒进来,这让严烨他们所在的地方温度变得更高。

严烨开始感到自己的脑袋昏昏沉沉的,身体一直在出汗,却再没有水分可以补充进去,这几个小时甚至连尿意都没有了。

再这样下去,他们只有死路一条。

操作室里的玻璃开始变得有些雾蒙蒙的,王哲努力地想要把这些水分收集起来。严烨看着他,却丝毫也没有帮助他的想法。

就算是他们真的通过某种方式弄到了水,一直被困在这里的话,吃光了食物之后的他们又能生存多久?

两天?三天?五天?

他的脑海中突然出现了他们中的某一个死去、其他人开始吃尸体的画面,这让他打了一个寒战,赶快把这个念头从自己的脑海中赶了出去。

问题的症结还是在守在下面的那些恐龙,不解决它们,就根本没有活下去的可能。

但很显然,它们已经把他们三个当作了势在必得的猎物。

这一群恐龙至少有七八只,杀掉它们是不可能的。

他们手边的武器只有一把军用匕首和一把简单的用铁条磨成的刀,对付人类或许勉强能够算得上是利器,但对付那些凶猛的野兽,严烨一点信心都没有。

赶走它们?

操作室里的东西一目了然,所有可以烧的东西都在昨天晚上被烧光了,他们现在甚至连引火的东西都找不到。

还能怎样?

严淇突然低声地叫道:“妈妈……”

严烨的心里一阵烦躁,他向妹妹看去,却发现她的脸色潮红,用手一摸,烫得吓人。

他猛地跳了起来。

王哲被吓了一跳:“怎么了?”

“她发烧了。”严烨焦躁地说道。

也许是因为惊吓,也许是因为昨天晚上长时间泡在冷水里,也许是因为昨天晚上穿着湿衣服就这么睡了一夜。在有火的时候,严烨和王哲都把自己的 T 恤脱下来烤干了,但作为女孩子,她却没有这样做的勇气。

我这个哥哥根本就不够格!

严烨一下子烦躁了起来,现在别说药,他们就是想弄点水来给她降温都不可能!

他重重地一拳砸在操作台的面板上,下面的恐龙一下子被这个声音引得兴奋了起来,王哲慌张地一边看着下面,一边看着他说:“别乱来啊,总有办法的。”

“有什么办法?!”

“也许会有人路过,把它们引出去……”王哲随口说道。

“你说什么?!”严烨脑海中突然灵光一闪。

“我只是随口……”

有人路过……有人……

严烨的脑袋一下子快速地运转了起来。

他的目光开始再一次在周围寻找,那从操作台下面延伸出去的电线吸引了他的注意力。他掏出匕首,开始用力地撬那块面板,很快,薄薄的金属板就被他打开,里面的电线、电路板和其他配件都露了出来。“帮我! 快点!”他说。

“要做什么?”王哲问道。

“把这些电线都拆出来!”

整个操作台都被他们拆开,里面的电线被他们用刀硬生生地切了下来,所有的塑料、橡胶材质的东西都被严烨用刀切下并收集起来。

不够!

他摇了摇头。

他的目光停留在了那已经被他切断的控制电缆上,他探出头,发现它一直延伸到操作室顶端的那台机器上,如果拉直的话至少应该有三四十米长,而更让他在意的是,那台机器露在外面的钢绳上全都是黑色的润滑油。

“帮我一把!”他再一次对王哲说道,“帮我爬上去!”

如果是吨位再大一些的吊车,从操作室的平台一般都直接有爬梯可以到上层去,有的甚至在钢梁的顶部会有一个足够人站立的平台,以提供更大的活动空间。但他们所在的这台三吨吊车却只有一条主梁,就像是一条窄窄的独木桥。

“逃不出去的!”王哲说道。

这条主梁架在厂房两端的轨道上,上去了之后他们也许能够获得更多的空间,却依然没有出路。轨道上有爬梯可以下到厂房里,但问题是,那上面根本就没有什么遮蔽物能够挡住恐龙的视线。

“我不是要从这里逃出去,快帮我!”严烨抓住操作室的门,踩着侧面的把手向上爬,王哲在下面用力地托着他,他差一点就滑了下来,但最终还是爬了上去。

他马上就往起重机那里爬去,机器架在横梁上,没有办法移动,也没有办法拆开,他用手中的匕首试着撬了一下,但马上就放弃了这样的尝试,只是从根部切断了控制电缆,把它们收集起来,小心翼翼地放到了下面的平台上。随后他脱下 T 恤,把它往钢绳露出在外的部分用力地擦着,衣服上很快就沾满了黑色的油脂。

“把你的 T 恤给我!”他回头对王哲说道。

“这有什么用?”王哲没有理解,但他还是把自己的衣服脱下来,小心翼翼地递给了严烨。

严烨重新回到了平台上。他们现在已经有了两件沾满油脂的衣服,一大卷控制电缆,一堆电线和从控制台上拆下来的塑料、橡胶条,甚至还有操作台前那把椅子上拆出来的海绵。

全是可以燃烧的东西,也全是会发出刺鼻气味和浓烟的东西。

“这些东西不够赶走它们。”王哲沮丧地说道。如果他们是在一个狭小的地方,这些东西燃烧所产生的浓烟和恶臭也许会把恐龙赶走,但他们所在的地方是一个几千平方米的车间,他们手边这些东西所能制造的烟雾根本就不能充满整个车间,为他们的逃跑制造出机会。

严烨却没有说话,他拿起从操作台上拆下来的把手,狠狠地向他们旁边的玻璃窗砸去。

哐啷一声,玻璃窗被他砸出一个大洞,一大块玻璃旋转着向下跌落,在地面上撞得粉碎。

那头恐龙被吓了一跳，小心翼翼地过去嗅了一下。

严烨继续用从操作台上拆下来的东西砸玻璃，直到距离他们最近的那几块玻璃都碎掉为止。

湿热的空气扑面而来。

严烨拿出打火机，点燃了其中一件 T 恤。片刻之后，浓烟和刺鼻的气味就冒了出来。

“你疯了吗？距离这么近，何家营那边会看到的！”

“就是要让他们看到。”严烨咬着牙说道，“不然的话，我们就半点机会都没有了！”

明火终于亮了起来，他一边咳嗽，一边把电线和塑料放在火头上，随后是电缆皮。火焰伴随着浓烟在这个小小的平台上燃了起来，严烨抓起操作台的面板，用力地扇着风，让浓烟向破开的窗户那边飘去。

第13章

凶　案

何春华感到非常生气。

并不仅仅是因为有人在自己的眼皮子底下杀死了村里重要的人物，更重要的是，即使是已经有了明确的证据证明这件事情与他无关，但很多人还是用怀疑的目光看着他。

他和姓高的有矛盾，一直都在暗地里别苗头，这不假。

姓高的像只鹌鹑那样被人这样杀掉让他感到很痛快，这也不假。

但是他妈的，这件事情真的和他无关哪！

高鸿昌的老婆已经证实当时房间里应该还有一个女人，是另外一个死者张德安藏在她这里的女人。而当时高鸿昌酒后乱性，正准备对这个女人施暴。

何春华从来都不喜欢看什么普法节目之类的东西，但这并不妨碍他进行判断。

高鸿昌身上被捅了二十几刀，头上有一个窟窿，身上还有明显的淤青，死前肯定是和什么人打斗过。但按照之前和他一起吃饭的那几个人的口供，他当时已经喝了不少酒，这或许是他为什么没有挣脱出来，也没有大声呼救，在自己的家里被人干掉的原因。

张德安的死则简单得多，何春华也认识这个怕老婆的软蛋，他死前应该没有任何的挣扎，被人一刀下去，干净利落地抹了脖子。

嫌疑人也很快就找到了，那个被张德安藏在这里的女人的哥哥——有人在悬赏前出来揭发他曾经弄到一块铁条，并把它磨成了刀；而另外一个嫌疑人则是张德安的下属，一个名叫王哲的年轻人。

据说这个女人就是他举荐到张德安家干活的，由此可见，他与这个女人很可能有着某种亲密的关系。

何春华和他的手下们很容易就还原了事情的整个经过：

这个名叫王哲的年轻人喜欢上了这个女人——虽然据说她才十二岁，但很多人都声称她长得很不错。大概是出于同情或者是某种交易，他把这个女人举荐到了张德安的家里干活。原因大家都很清楚，张德安是个出了名的怕老婆的软蛋，把自己的女人放在他家是绝对安全的。

但事情却发生了变化。也许是张德安这家伙被女色冲昏了头脑，也许是他窝囊了二三十年之后突然想要改变，他竟然对这个女人下手了。

这样的结果当然让这个名叫王哲的男人感到极度的愤怒，但他竟然很好地隐藏了这一点，甚至还被张德安信任，由他来把这个女人带到了高鸿昌的家里藏起来。

据说这个名叫王哲的男人一直在刻意挑拨张德安和他老婆之间的关系，让张德安一直没有机会再一次去对那个女人下手。从这一点就能看出，这个王哲不愧是个阴险而又狠毒的角色。他应该是一直在暗处监视着那个女人的情况，当高鸿昌酒后准备对她施暴时，他潜入高鸿昌的家杀死了高鸿昌。

张德安这个倒霉蛋好死不死，刚好在这个时候摸过来，仇人见面分外眼红，于是直接就被割了喉咙。因为做出这样的事情，不可能再继续留在何家营，他们便通过下水道匆匆逃离了这里。

现场留下的痕迹让何春华都有些胆寒，很明显，杀死他们俩的人并没有仓皇逃走，而是从容地在高鸿昌的家里洗掉了身上的血迹，换了衣服，甚至从他藏东西的柜子里把高鸿昌珍藏的那些罐头和高热量食物打包，这才从容地离开了现场。

何春华不禁对这个王哲起了爱才之心，在这个世界上，现在最缺的就是这种心狠手辣、行事周密、冷静果断的人才。但他偏偏杀的是高鸿昌，而且已经逃了出去。

猎犬追踪他们的气味一直到了那个下水道井口，但因为里面的积水，没有办法再继续追查下去。

一切都已经清清楚楚，高鸿昌的死完全是他咎由自取且疏于防范，而他手下的那些人简直是无能到了极点。

一名高鸿昌的手下说他曾经在那个时段看到三个人下楼，但他忙着上楼拿自己私藏的食物以便下楼翻本，没有多想他们为什么会出现在这里。

更让人生气的是，当时值班室里至少有八个人在打牌，竟然没有一个人抬起头来看看是不是有人进出！

他们非但没有看到凶手进入，没有看到凶手出去，甚至连张德安是什么时候进来的都没有看到。

高鸿昌是个废物！他的手下也都是废物！

何春华毫不犹豫地借这个机会把这批人全都换掉，重新拉起了一支队伍，交给了刚刚带着一批粮食、车辆和人手进入何家营的杨勇。这个人是个人才，对于外面的情况也熟悉，最关键的是，他在何家营里没有根基。何春华不怕他像其他副队长那样听调不听宣，更不怕他自立山头。

但他万万没有想到，高家却因此把矛头指向了他，一口咬定一切都是他安排人做的，目的就是把高家的势力从护村队里除去，好独掌大权。

最让何春华无法接受的是，他的亲大哥，在他辛辛苦苦想出各种举措的帮助下坐稳了村主任位置的亲大哥何春成竟然也把他叫去，隐晦地告诉他，这次做得有点过火了，搞得自己作为村主任很被动，要他尽快拿出一个说法，把高家人的情绪安抚下去。

我去！

连自己的哥哥都不信自己。

高家的人此刻就在何春华的办公室里坐着，他懒得和这些人鬼扯，干脆到充当何家营边墙的那排房舍上来。

像高鸿昌这样的人甚至都没有真正见过正在吃人的恐龙是什么样子，他们只会躲在村子里安全的地方，依仗着宗族的力量作威作福。

几乎所有真正对何家营有益的事情都是何春华带着他的部下完成的，把卡车拉来做成路障，加固外围的房屋，清理出村子里的土地，收缴所有粮食、妥善保存并且严格进行分配和管理，用燃烧瓶把暴龙挡在村外……如果没有他何春华，何家营早已经被攻破，或早已经因为粮食问题而四分五裂了。

高鸿昌那样的人只会把何春华提出的所有建议都往庸俗下贱的方向扭曲，他的原意是要在逃入何家营的人里发掘出更多可用的人才，但偏偏那些无知而又缺乏远见的人就是喜欢高鸿昌那一套。

这个王哲干得真好。

即使他不动手，何春华相信自己有一天也会真的亲自动手把像高鸿昌这样的垃圾干掉。

“二哥，高家的人又在闹了……”他的堂弟何春潮匆匆地从楼下上来，一脸为难地对他说道。

真想直接调护村队来把他们都抓起来吊死……何春华忍不住这样想着。但他知道那不可能，宗族和紧密抱团在一起的村民是他们管理和维系现在这个体系的根基，要干掉高家那六七十口人当然很简单，但一旦动摇了这个根基，那近万个被强行压制下来的逃难者还会不会臣服在他们的脚下？以何家营原有的两千多人的人数，又怎么可能一直把他们像现在这样死死地压制着？

“队长！”一名队员突然惊讶地叫道。

何春华向着他手指的方向看去，那是很早以前就被他们搜索过的被搬得空无一物的那片工厂区。

一幢大概距离不到两百米的厂房里，浓烟正从一扇窗户里往外冒。

巧得很，那正是杀死高鸿昌的人逃走的方向。

“你觉得那是什么？”何春华问堂弟。

“大概是有人被恐龙困住了，希望我们去救他们？”何春潮说道，“真是疯了，谁会去冒这个险？”

这是最合理的推断。

但如果被困在那里，不得不以这样的方式发出信号的人是那个阴险而又果断的王哲呢？

“告诉高家的人，我们已经知道杀死高鸿昌的人在什么地方了。”何春华对堂弟说道，“要是他们有本事把这几个人抓回来，那我就同意恢复他们之前那个队，并且给他们一百人的口粮。如果他们不敢，那就别他妈的再来烦我了。护村队不是垃圾堆，不收他们这样的垃圾！”

“我只能帮你到这里了。”他看着那道越来越浓的烟雾，默默地在心里说道。

第14章

搏 斗

“果然……没有人是笨蛋吗?”虽然已经尽力屏住呼吸,但在这么近的距离内,还是没有办法完全避免吸入那些带有强烈刺激性的气体。几个人都在不停地咳嗽,甚至流出了眼泪,这让下面那些恐龙越发兴奋了起来。

电线和那些塑料已经烧完,控制电缆烧了一小半,反倒是那两件沾满了机油的衣服持续燃烧了很长时间,并且制造出了大量的浓烟。

他们用力地扇着,看着烟雾从破开的窗口里飘出去,心里的希望却越来越渺茫。

口也越来越干。

如果没有人过来,那他们该怎么办?

严烨不得不开始考虑这个问题。

从吊车的横梁上可以勉强爬到对面的轨道上去,在轨道两端都有简陋的爬梯可以下到地面。行车控制台这边的楼梯和最远处的那个爬梯之间的直线距离应该有将近八十米,但从轨道下到厂房里却有十米……如果自己拼死在这边吸引那些恐龙的注意力,王哲有没有可能带着妹妹逃离呢?

他微微地摇了摇头。

这些畜生的行动速度太快,如果厂房里还有大量的物件遮挡它们的视线,这样的计谋或许还有成功的可能性,但自己就算再怎么努力也不可能把全部恐龙吸引到这儿，八十米的距离对于这些畜生来说也许就是十秒钟的事情。而那个时候，王哲和妹妹也许还没有跑出厂房，不，也许还没有下到地面。

那么，想办法爬到屋顶去寻找机会？

房顶上是彩钢瓦，严烨不知道它能承受多大的重量，但看它的厚度……他再一次摇了摇头。

难道真的就困死在这里吗？

“严烨！”王哲突然兴奋了起来，“有人过来了！！”

斜斜地透过玻璃看过去，只见几辆外部焊满尖刺的车子正往这边过来，严烨曾经在小广场上见过它们，是不久前才逃到何家营的那些人带来的车子。

他们的行动看上去小心翼翼，车速很慢，而且走走停停。

希望突然又出现了！

“你继续扇火！”严烨对王哲说道。

唯一的机会就在于此了！

他回到操作室里，把妹妹扶了起来。

她全身都在发烫，神志也开始迷糊了。

“严淇！”他用力地摇晃着她，用手掌拍着她的脸颊，好让她清醒过来，“醒醒！”

“哥……”严淇迷迷糊糊地说道。

“醒醒！”严烨不得不用力地掐着她的虎口，好让她稍微清醒一点儿，“我知道你很不舒服，头很晕，但现在是我们唯一的机会了！你必须做好准备！一有机会就跟我们一起跑！知道吗？”

严淇迷迷糊糊地点了点头。

严烨心里急得要命，但对此却没有什么办法。

就算是拖也要把她拖到安全的地方。他这样想着。

车子在不远的地方停了下来，王哲已经停止了手中的动作，茫然无措地看着严烨。

下一步的计划是什么？

之前还在厂房中的那些恐龙突然不见了踪影，严烨到处寻找它们，但它们似乎是已经被那些车子吓到，再也看不见了。

“我们下去!”严烨咬咬牙说道。

留在这个平台上不会有任何机会,他把还在燃烧的控制电缆向下扔在爬梯落脚的地方,希望这能够令那些恐龙始终远离这个区域,随后扶着妹妹从操作室里走了出来。

“我们唯一的生路是下水道。”他对王哲说道。

带着因为发烧而已经开始迷糊的严淇,他们不可能快速地在地面上移动。无论是那些车子还是恐龙,都会很容易就追上他们。

幸运的是,之前他们从下水道出来的时候,并没有把盖板封起来,只要能够跑到那里,跳下去,以那些恐龙的体形就不可能再继续追捕他们。

而他们也有了逃脱何家营的追捕的机会。

那个井口距离厂房的出口大概三十米。

这是一段很短的距离,但在这样的情况下,却也是很难跨过去的距离。

王哲点点头。

事到如今,他们也没有别的选择了。

不管落入哪一方手里都是死。

他们再一次确认那些恐龙不在附近,于是两人一起又拉又推的,终于把严淇弄到了地面上。

车上那些人透过玻璃窗看到了他们的身影,两男一女,完全符合之前的情报。这让他们不再迟疑,四五个男人拿着铁棍和砍刀从车上跳了下来,向厂房里跑了过去。

冲在最前面的就是那天晚上与严烨他们擦肩而过的男子,这件事情简直是他一生中最大的污点,高家的人恨死了他,何家的人也看不上他,眼看就要从护村队里被踢出去,如果他再不抓住这次机会,那安逸舒适的生活也许就真的要彻底离他而去了。

“该死的！总算是抓住你们了!”那天晚上和高鸿昌一起喝酒吃饭的两个高家兄弟紧紧地跟在他身后,对于他们来说,除了相同的对于前景的恐慌之外,还多了发自内心的仇恨和愤怒。“活剐了你们!”他们恶狠狠地叫道。

严烨他们这时候才刚刚下到地上,烟雾呛得他们睁不开眼睛,这时候,四五个男人却气势汹汹地从敞开的车间大门那边冲了过来。

严烨马上把地上还在燃烧的电缆抓住，疯狂地向他们挥舞起来。

火焰、滚烫的塑料和烟雾让这些人马上就停下了脚步，他们已经习惯了逃难者的无力和顺从，习惯了对方在自己的凶恶面前绝望地放弃一切抵抗并束手就擒，面对这样的凶徒，他们突然就失去了之前的凶猛。

"找死吗？快点把东西放下！"

"还敢反抗?！看老子等会儿怎么收拾你！"

"我警告你！快点把那东西丢了！"

"操！快点抓住他！"

四五个大男人犹豫不决，被挡在了门口，光是电缆对他们来说没什么威胁，但没有人想被那东西燎一下。

他们其实都很清楚，只要有一个人不怕火焰和烟雾，拼命扑上去抓住电缆，以严烨的体力根本就不可能抵挡住。但偏偏他们中没有一个人有这样的勇气和牺牲精神，都希望身边的人能够做这样的事情，这让严烨反倒把他们慢慢地逼了出去。

"你们以为自己还逃得了吗？"其中一个人大声地叫了起来，"不要怕他！看他能挥多久！"

确实也是如此，以严烨的体力，要一直把这沉重的电线圈挥舞下去是不可能的，但他仅仅是要为自己争取一点时间和空间。

"小心！"留在车上的人们突然惊恐地大叫了起来，怪异的声音从侧面急速地靠近。

站在最右边的那个人本能地感觉到了异样，但他还没来得及转身或者是做出任何反应，一个墨绿色的身躯突然快速地从厂房侧面冲了出来，几乎只是一眨眼的工夫就到了他的面前。

巨大的钩爪直接刺穿了他的脖颈，鲜血一下子从断裂的颈动脉喷射出来。

尖叫声中，另外一只恐龙从后面将一个人扑倒，尖利的牙齿咬住他的颈部用力地拉扯了一下，他便彻底不动了。

王哲被吓得腿都软了，眼前的场景甚至比之前他们杀死高鸿昌时更血腥，那时候天已经黑了，而现在，一切都发生在明亮的阳光之下。

"快！"严烨大声地叫道。

一只恐龙向着他们这边冲了过来，他及时地把燃烧着的电缆头甩了过去，那只恐龙或许是被这样的气味吓着了，或许是惧怕那燃烧着的火焰，它尖叫了一声，快速地在空中扭转了身体，将侧面正在拼命逃跑的男子直接扑倒。

王哲趁这个机会拖着严淇，向那个窨井口狂奔了过去。

更多的恐龙从藏身的地方跳了出来。

一个人慌张地从他身边逃过，严烨的体力让他在这样的战斗中无法取胜，但他马上就拿起地上的砍刀，从背后狠狠地一刀砍在那个男人的腿上。男人惨叫一声摔在地上，严烨从他的身边跑过，他大吼了一声，但下一个瞬间，两只恐龙便扑了上来，狠狠地咬住他的脸颊，一扯，他便彻底昏死了过去。

"快！"王哲几乎是直接把严淇扔到了那个下水道井口中，然后慌乱地跳了进去，严烨感到自己的胸口疼得就像是要炸开，但他还是拼命地向那边跑去。

爪子在地面上快速奔跑的声音突然在不远的地方传来，严烨心里一惊，下意识地往前一滚！

一道墨绿色的身影从他的头上一掠而过，尖锐的爪子几乎是贴着他的脑门滑了过去，他感觉自己全身都凉了！

那个身影一击失手，还没有落地就开始迅速地调整着自己的身体，严烨则抓住这个机会，连滚带爬地向井口扑了过去。

他的身体重重地撞在井口边缘，弹回来又重重地撞在爬梯上，在王哲的尖叫声中，直接砸在了王哲和严淇的头上，扑通一声掉在水里。

他的手拼命地在周围抓着，王哲抓住他的身体，把他从水里提了起来。

那只恐龙愤怒地站在井口，试图用尖嘴巴咬住他们，三个人都被吓得蹲在了水里，恐龙在短暂的尝试之后，终于放弃了，转而攻击其他目标去了。

严烨这时候才感觉自己全身都在发抖，到处都疼得要命，但他却忍不住大笑了起来。

王哲一脸痛苦地看着他，严烨摔下来的时候膝盖重重地撞在他的肩膀上，他的半个身子都麻了。

"我们成功了。"严烨把妹妹抱了起来。

她正在瑟瑟发抖。高烧不退，周围却是冰冷的积水，这让她的嘴唇马上就变得乌紫。

但严烨已经顾不上这个了。

“我们成功了!”他疯狂而又欣喜地对着他们叫道。

人们的惨叫声从敞开的井口传下来,但很快就停止了,只剩下撕扯和咀嚼的声音。车辆发动了起来,有人在大声地叫着,似乎是在试图把恐龙赶走。

但这已经与严烨他们无关了,冰冷的积水和妹妹的病情很快就把他的兴奋彻底浇灭,让他从死里逃生的狂喜中清醒过来。

“我们走。”他对王哲说道。

“去哪儿?”

“城北!”

其实严淇也只是道听途说,知道那儿有其他人类的据点,但在这个时候,他们三个已经没有更多的选择了。

严淇站在水里哆嗦着,她身上的体温已经降了下来,额头却还是烫得可怕。严烨一点儿也不怀疑,在这样的水里再泡上一个小时,自己也许就会永远失去她了。

“走!”他焦急地对王哲叫道。

有了之前的经验,他们已经懂得借着水流的浮力在下水道中游动。严烨在前面开路,托住严淇,而王哲在后面轻轻地推着她。

水越来越深。突然,游过一个井口之后,他们三个一起摔进了一个更大的空间里。

“是主管道!”严烨对王哲说道,“是主管道!我们应该走对了!”

这里的积水更深,已经到了严烨的胸口,但空间却更大,简直就是一条地下河流。

他一手托着妹妹,用另外一只手把打火机拿了出来,微弱的火光只能照亮周围很小的一个区域,而远处却都是深邃的黑暗。

“往哪边?”王哲问道。

“等一下!”严烨说道。

冷静!冷静下来!

他强迫自己把妹妹的病情和那些杂乱的思绪从脑海中赶出去,再一次回想之前的整个过程。他努力地回想着何家营的方位,和他们进入下水道后行进的方向与距离。主下水道的位置应该是在主干道下面,这也就是说,他们现在应该是在何家营正对的那条通往副食品批发市场的道路的下方,只是不知道具体在哪个位置。

“我们得找到一个井口!”他对王哲说道。

“往哪边走?”

严烨握紧了拳头。“左边!”他大声地答道。

一次性打火机没有办法支持长时间的照明,他只能走一段点亮它一下,好在走了不到二十米的距离,他们就找到了一个井口。严烨马上顺着爬梯上去,用尽全身力气把它顶开。

他的判断没有错！他们几乎已经到了弘昌路的那个路口,从前面不远的地方转向北方,那里就是通往城北的道路了!

“我们走对了!”他兴奋地说道,“继续往前走,前面往左！那里一定有下水道通往城北!”

黑暗中看不清严淇的脸色,但他知道她已经快要坚持不下去了。

“加油！我们马上就要到了！坚持住!”他大声地对妹妹说道,强迫她保持清醒。

“不能再让她泡水了。”王哲对他说道。虽然只是药店的店员,但他比一般人多多少少多一些医疗常识。严淇的情况已经非常糟糕,她必须马上找到一个安全的地方,能够让她脱下湿衣服,喝点开水,裹着被子好好地睡上一觉。他不敢奢望能够找到退烧药,但再这么下去,她绝对活不了。

“我们上去!”严烨咬牙说道。

周围一片死寂,路口的地方有好几辆翻倒在地上的车子,上面都是血迹。严烨用力把妹妹抱在怀里,再也不管周围的环境,不要命地向着弘昌路的方向跑去。

王哲背着包,拿着匕首跟在他后面,小心地看着周围。

之前那个修罗场的血腥应该引走了附近的猎食者,他们向着高速公路的下穿路口一路狂奔,王哲惊叫了起来:“被水堵住了!”

“旁边!”严烨叫道。

那里有一条不知道什么人修筑的简易通道,但现在已经垮塌了下去,几辆被破坏得非常严重的车子倒在坡脚。严烨一路抱着严淇狂奔过去,用力地爬上那一个个坎。王哲在旁边帮他把严淇抱起来,三人终于快速爬到了高速公路上。

地面上有一连串巨大的脚印，但他们都不愿意多想那意味着什么。

“新洲酒店！”严烨对王哲说道。站在这里第一眼能够看到的就是那个地方，于是也成了他的第一选择。

王哲点点头，两人一前一后地穿过高速公路，狂奔下坡，严烨的脚下突然一软，抱着严淇直接滚了下去。王哲惊叫了一声，好在那个坡本身并不算很陡，他们只是向下滑出去几米，摔得满身是泥，并没有摔伤。

不远的地方突然有巨大的咆哮声响了起来，两人的脸色不约而同地变了，好在发出叫声的东西并没有出现在他们前进的方向，他们埋头冲进酒店，心里一直绷着的那根弦终于松了。

“到楼上去。”严烨对王哲说道。

通往楼梯的门没有上锁，但里面却很黑，严烨再也抱不动严淇，只能把她放在楼梯上，累得几乎喘不过气来。

“让我来吧。”王哲说道。

黑暗中严烨看不到他的表情，但他知道凭借自己现在的体力，根本就不可能抱着妹妹再往上走。

“谢谢。”他对王哲说道。

“别说这个了。”王哲说道。

如果说之前他还在为了自己的遭遇而迁怒到严家兄妹身上，那现在，他对严烨已经完全没有任何愤恨之类的情绪了。

一个人能够为了自己的妹妹、为了生存拼到这个份上，除了佩服，他想不出自己还应该有别的什么态度。

他们一路踉跄着向上，二楼是餐厅，三楼是会议室，直到四楼他们才找到了客房。

王哲抱着严淇好不容易找到一张看上去还算干净的床铺，把她放在了上面。

“水……”严淇低声地说着。

严烨挣扎着在房间里搜寻着，终于找到了两瓶没有打开的瓶装矿泉水，欣喜地跑了回来。

严淇一口气喝下了大半瓶水，而严烨和王哲则喝完了剩下的。之前的下水道里虽然有水，但他们都知道喝下那里的水有可能致命，直到现在，他们才终于从干渴中暂时解脱了出来。

严烨坐在地上就再也没有力气站起来，之前的一系列行动已经彻底透支了他所有的体力。

王哲休息了一会儿之后，重新到各个房间里去搜寻用得上的东西。但大多数房间都被人洗劫过，他最后只找到了几床看上去还干净的被子，还有几件抖掉了灰之后看上去还算干净的浴衣和几条毛巾。

“我们都得换上干衣服。”王哲对严烨说道。

严烨把妹妹叫醒，逼着她脱掉湿衣服，用毛巾擦干身体，然后让她换上了浴衣。

王哲重新整理出一个房间，换上那些被子，严烨把妹妹重新放在床上，突然一头撞在床上，不省人事。

“严烨！严烨！”他的昏倒让王哲惊慌失措，几秒钟之后他才想到摸一摸严烨的脉搏。

真是……

严烨的身体也烫得厉害，他竟然硬撑到了现在……

王哲长长地吁了一口气，把他抱上旁边的那张床。

这对兄妹……还真是赖上我了。

他无奈地苦笑了起来。

但不知道为什么，此刻他的心里却没有抱怨或者是烦躁，有的只是一种难以名状的轻松，甚至还有一些微微的安宁。

坐在严烨的床边就可以看到何家营，很难想象，就那么大点的地方，竟然挤了那么多人。

更加难以想象的是，人们竟然就那样接受了那些人的统治，接受了他们的奴役。

终于，自己还是逃出来了……

第15章
纷　争

“张队长，你还是换别人吧，我真的是做不了这个事情。”

天亮了没多久，各个部门都还没有开始一天的工作，刘雪梅突然找上门来，没头没尾地就这么说道，这让张晓舟有些摸不着头脑。

“刘姐，你别急，慢慢说，出什么事了？”

“你还是换其他人来干吧，这个事情我真的是做不了。”刘雪梅却依然这么说道，她的眼睛红红的，像是马上就要落下眼泪来。

张晓舟给她倒了一杯水，安抚了一下她的情绪，这才慢慢地把发生的事情问清楚。

这是新制度实行后的第二天。

按照新的构架，刘雪梅负责的后勤保障部的工作其实已经不多了，很多原本由后勤负责的工作都已经换到了其他部门。但按照张晓舟的要求，要尽可能地为每个愿意工作的人都安排一份工作，这就使得很多部门还是出现了因人设岗的情况。因为要给一百几十人做饭，保证所有人的用水，负责保洁，照顾老人、小孩和伤病员，每天她们上报给劳工部的用人计划是两班制，从凌晨四点到晚上十点，每个班次是十五人。

规定列出来明明白白贴在墙上，每天完成工作的评价有优秀、合格、不合格三种，不同的评语获得的工分差异很大，这多多少少激励了一些人尝试着努力去获得“优秀”的评语。

这样一来,因为人数本来就超出了真正需要的数量,又有人抢着干活,一部分习惯了偷懒混日子的人一下子就显得很突出了。

第一天结束,刘雪梅和自己的副手董丽娟商量了一番之后,对四个表现特别好的人员给了“优秀”的评语,其中有两个人连续两个班都在后勤保障部工作,而且一直表现不错,连续得了两个“优秀”。

她们同时也对三个表现特别不好的人给了“不合格”的评语,其中有一个人也是连续两个班都在后勤保障部工作,得了两个“不合格”。

在她们看来,表彰的人比批评的人多,这已经兼顾了公平和激励的原则。

但被评为“不合格”的三个人却不这么想,尤其是那个被评了两个“不合格”的人。她们觉得自己怎么说也干了一天活,虽然的确干得不多,可这并不是因为她们不肯干,而是那些不要脸的人把她们本来准备干的活给抢了。

结果刚刚公布出来,她们就指桑骂槐地说开了。

“太不公平了！是我们不想干吗？我们有机会干吗?”

“有这么踩着人往上爬的吗?”

“抢别人的活干,踩着别人表现自己,真是小人!”

“就不怕遭报应!”

“有些人就是喜欢舔屁股,舔去啊！舔屁股得来的好处,看你们吃不吃得下去!”

话越来越难听,她们在的这个地方很多人来来往往,一些人不明白真相,站在旁边凑热闹。脾气火暴的董丽娟听不下去,直接就和她们吵了起来。

这三个人也不甘示弱,干脆就堵在厨房门口,指天骂地地闹了起来。

刘雪梅怕事情闹大不好处理,把董丽娟和那几个被骂的人劝开了,这三个人其实也不敢把事情闹大,悻悻地离开了。

但事情却在第二天分配工作的时候闹开了。

劳工部严格按照前一天各部门上报的考核结果进行评分。

新规定颁布,大部分人都还在观望和试探,也没有什么人真的这么早就开始混日子,结果整个安澜大厦第一天只有四个人被评了“不合格”,后勤保障部就占了三个。按照规定,她们这一天都不能被安排工作,只能吃基本保障口粮了。

三个女人这下子彻底不干了，她们不敢在劳工部闹，直接跑到厨房门口，堵住刘雪梅和董丽娟就吵，要她们把之前的评语改掉。

刘雪梅不善言辞，董丽娟却不是吃素的，一个人和她们吵了起来。

吵到后来，其中一个人抓起一个碗直接就给自己盛了一碗粥准备带走，董丽娟上去阻止她，两人厮打在一起，把一整锅粥都打翻了，周围有三四个人被烫伤，还好烫得并不严重。

看到事情闹大，这三个女人干脆脸也不要了，开始乱说了起来。

刘雪梅对这样的情况无能为力，又气又急之下，直接就跑到张晓舟这里来了。

张晓舟一下子严肃了起来："安全保卫部的人呢？"

"已经去了，可他们也拿她们没办法……"刘雪梅不知道想起了什么，突然哭了起来。

"刘姐，你别急，这件事一定会给你们一个交代。这样的歪风邪气一定要打压下去！"张晓舟马上站了起来，"她们还在闹？你跟我来，我来处理。"

他们在路上遇到了听到消息从办公室里出来的梁宇、刘玉成和李建业，大家都是刚刚听到这个消息，也不知道情况究竟是怎么样，相互之间点了点头，匆匆往六楼走。

刚刚到四楼，就听到几个女人尖锐的声音。

"你敢动我？你敢动我一下试试！"

"打死你这个不要脸的烂货！"

"啊！打人了！打人了！！打死人了！！！"

"关系好的人就能评优秀，得罪了她们不捧着她们就被穿小鞋！腐败成这样！真不要脸！大家都来评评理，这算什么？"

"大家给评评理，你们能忍吗？这才几天，这就要爬到我们大家头上作威作福了！"

"让她们得逞，谁都没好日子过了！"

刘雪梅的眼睛一下子又红了起来。

"都少说几句吧。"

"有什么事不能好好说，干吗打人哪？"

"等张队长他们来了再说吧！"

“官官相护,他们肯定是偏向自己人哪!”

人们议论的声音也传了下来,张晓舟等人的脸色一下子变得很难看。

有人匆匆往下走,看到他们马上停了下来。

“张队长你们可算是来了,这事情……这事情……”

他们快步走到楼梯口,却听到其中一个女人高声地说道:“这年头,什么不三不四的人都能当领导了!一个寡妇,也不知道是靠卖什么换来的!”

刘雪梅气得整个身体都发起抖来,张晓舟忍无可忍,快步冲了过去。

“张队长来了……”人们马上议论了起来。

食堂门口的走廊两边都站满了人,看到他们过来,人们马上让出了一条通道。

“都还没有安排工作吗?聚在这里看什么热闹?”梁宇和李建业马上问道,“是不是今天都想评不合格了?”

一些怕事的人马上就离开了,可还有一些人嘴上答应着,脚下却不动。

这个事情说起来不算什么大事,却是未来整个团队行事的标杆,他们都想看看张晓舟他们会怎么处理。

张晓舟穿过人群,看到三个四十来岁的女人披头散发地坐在地上,几个男人相互扭打在一起。

看到张晓舟他们过来,他们终于分开,心也虚了,口中那些不干不净的话也停了下来。

李洪带着几个人拦在她们周围,董丽娟眼睛红红的,被几个女人拦在厨房里。

“张队长……”李洪正为难呢,看到他们过来,急忙迎了上来。

“这是怎么了?”张晓舟低声地问道。

“几个女人过来闹事……”李洪低声地说道。

“什么过来闹事?”其中一个女人突然大声地叫了起来,“她们做事情不公平,打击报复,我们过来说理,却被她们给打了!”她把自己的衣服拉起来给周边的人看,“你们看看,就是那个姓董的抓的!”

“你别倒打一耙!”董丽娟马上跳了起来,“明明是你们偷奸耍滑,还有脸来闹?”

几个女人又吵作一堆,根本就听不清她们在说什么。

“找两间空屋子，先把她们分别关进去再说！”张晓舟对李洪说道。

李洪却没有动手，一脸为难地看着他们。

“怎么？”

“她们太泼……”李洪无奈地说道，“一碰她们就说我们拉偏架打她们，还把自己的衣服扯开了……我们根本就没办法下手！好几个人都被抓伤了。”

这样的人在什么地方都令人头疼，以前他做协警的时候最怕遇上的就是这种女人。打不能打，骂又骂不过。

“她们的家属呢？”梁宇突然说道，“她们都是有老公的吧？把他们的工作停了，先让他们来领人！”

“那几个就是……”李洪皱着眉头说道。女人们吵架的声音让他的声音根本就传不出去，“有两个是被烫伤的女人的老公，另外那三个就是这三个女人的老公。”

张晓舟看了一下，都不熟悉，不是队伍中的骨干。

想想也是，真要是队伍中的骨干，也没脸让自己的老婆出来撒泼。

“那就行了。”梁宇说道，“聚众闹事、打架、破坏公物、诽谤、浪费粮食，这么多罪状，足够了！把他们一起关起来！”

“可是……”李洪说道。

“别可是了，现在又不是以前，她们敢下手抓你们，你们难道不会还手？”梁宇指指他手里的警棍，“这东西是假的？难道还会有什么人跳出来指责你们？再让她们闹下去，这个事情就彻底难办了。现在就把她们抓起来！”

李洪愣了一下，看着张晓舟。

“动手吧！”张晓舟深深地吸了一口气，把怒火压制下去，“别打得太重就行了！”

“我们先离开。”刘玉成说道，“这个事情我们在旁边不好。”

张晓舟摇了摇头。

就一百几十个人的团队，他们又能躲到什么地方去？这又不是以前。

所有人都在等着他们的态度，而他们站在这里，就是在表明自己的立场。

“动手！”他对李洪说道。

当李洪和他的部下们准备把那三个女人的老公带走时，再一次遭到了她们撒泼式的攻击，一个人被咬了一口，而李洪则被人在脸上抓了一把，这让他们心里的最后一根弦也随之崩断了。

从隔壁派出所找出来的警棍被高高举起，然后重重地落了下去。

那个正抓着一名安保拼命撕扯同时大声叫嚷的女人挨了这重重的一击，一下子愣住了，甚至没有做出任何正常的躲避或者是应激反应，她只是愣愣地看着李洪，眼睁睁地看着那根警棍再一次向自己的脑袋砸过来。

在周围看热闹的人们就像是受惊的鸟群，一下子散开，让扭打在一起的人们一下子暴露了出来。

安保队员们彻底抛弃了心中的底线之后，那三个女人和她们的老公完全不是对手，他们试图像之前一样通过撒泼和大声地喊叫来瓦解对方的攻击，但这一次，对方没有再束手束脚，更没有人心怀迟疑和怜悯。

这几个人被分开，用手铐从背后反铐起来，一个个地从这里带走，拖到了五楼的空房间里关了起来。

整个六层一下子安静了下来，人们惊惧地看着那些安保队员，他们终于意识到，这已经不是以前了。把事情闹大就能得到照顾和妥协，在这个新的世界，在安澜大厦新的规章之下，这样的经验已经派不上用场了。

“这是耻辱！”张晓舟对在场的人们说道，“无论是对于刚刚在这里闹事被带走的人，还是对于我们，都同样如此！我们不会随意侵犯任何一个人的正当权益，但也不会容许任何人肆意侵犯别人的正当权益！这与当事人的身份无关，与他们的性别无关，只和事情本身的对错有关！我知道你们当中的很多人从事情一开始就在旁边看着，我无法理解，为什么没有人站出来制止他们，为什么没有人出来把事情在没有闹大的时候平息它？当他们用语言对我们的管理者施暴时，当他们用拳脚对我们的管理者施暴时，为什么没有人站出来阻止他们？我们并没有封锁言路，如果有人认为政策不对，认为执行的过程中有问题，我们早就已经说过，可以直接来找我，找钱副队长，或者是在全体会议上提出来！如果你们对管理团队不满，甚至可以依照公约对管理团队提出弹劾！为什么要这么做？为什么没有人阻止他们？难道你们都认为，这是解决问题最好的办法？”

没有人回答。

人们或许多少都有私心，有些人是因为觉得事不关己，有些人是因为和闹事的人熟悉，有些人根本就是在看热闹，等着管理团队或者是闹事的人出丑。但也有很少的一些人，经过一天的磨合之后，他们感到，在新的规定下，自己必须付出更多的努力才能获得和之前一样的收获，这让他们暗地里有些不满，希望有人能闹得新规定执行不下去，重新回到以前吃大锅饭的时候。

管理团队突如其来的强硬让他们感到心惊，也有些心寒。

这是准备要开始推行暴力和独裁了吗？

“我们会尽快依照公约组成裁决庭，依照公约对他们的行为进行裁决！”张晓舟说道，“任何人有不满或者是有诉求都可以提，只要有充分的证据和理由，我们绝对不会无视。但今天这样的方式，我们绝对不会容忍！我希望，这是第一次，也是最后一次。”

裁决庭的成员很快就被当众抽了出来，令人瞩目的是，遭到最多暴力对待的董丽娟竟然是其中的一员。

被审判者们马上就要求更换掉董丽娟和其他两个人，但更巧的事情发生了，新抽出来的三个人里，有一个是刘雪梅。

他们当场就傻掉了。

“我没有别的要求。”张晓舟在第二次裁决庭开始工作前对九名成员说道，“我只希望，你们的裁决结果能够杜绝这样的事情再次发生。你们应该都清楚，我们的团队要发展下去，就必须杜绝一切形式的内耗，杜绝任何分裂我们，故意制造矛盾、扩大事端的做法。希望你们履行好职责，慎重地做出最后的决定。”

这样的话对于张晓舟来说已经很严厉了，但在他离开后，新上位的管理者梁宇悄悄地找到了他们，委婉地表达了自己对于这件事情的看法：应当从重处罚。

而在他离开之后，副队长钱伟也悄悄走进了临时分给他们的会议室。

“这样的事情绝对不能姑息。”他对人们说道，“这不仅仅是我一个人的意见，也是所有管理者的意见。”

站在他们的角度很容易理解这样的做法。

今天可以是几个泼妇上门来因为最平常的评价问题闹事，明天就有可能是更严重的问题。

如果连这样最简单、最基本的问题都解决不了，那整个团队都不会有任何未来可言。人们如果可以随意对别人谩骂、造谣甚至是加以暴力，那还能指望他们接受指挥？还能指望他们在未来走出安澜大厦这个牢笼，面对更危险的外部世界？

没有纪律，团队将不可能生存下去。

但受审者的家属却做出了让裁决庭的人们难以应对的行为。老人们把小孩们组织了起来，坐在裁决庭办公室外面的走廊里。不管他们做什么，只要一打开门，就能看到对方可怜巴巴的表情和祈求的目光。

所有人都在等待着裁决庭的结果，这和之前的那次不同，上一次所有人都知道是那个失职的守夜人的责任，唯一的问题只在于应该怎么惩罚。而这一次，却有人悄悄地站了出来，给裁决庭的成员施加着压力。

“事情真的像管理团队说的那样吗？”有人悄悄在人群里散布着质疑。当天看完了整个过程的人并不在少数，但真正了解整个事情来龙去脉的人并不多。

她们之间的矛盾真的只是因为简单的评价问题？到底有没有她们所说的打击报复？有没有她们所说的徇私枉法？

甚至有人开始猜测，刘雪梅和董丽娟到底是和谁搞不正当的男女关系从而获得了管理层的职位？

张晓舟？应该不会。那么，是钱伟或者刘玉成？大部分人认为是钱伟，因为刘玉成有老婆，而钱伟，众所周知，他一直都是单身。

诽谤和流言在悄悄地传播着，别人的丑闻永远是人们乐此不疲的话题。很多人清楚地知道这是假的，但在这无聊而又看不到未来的生活中，传播这样的流言是他们不多的乐趣之一。

他们本能地反抗和怀疑管理者，古怪的逻辑不知道从什么地方冒了出来：

“如果事情真的这么简单，她们怎么可能采取这么激烈的手段？里面肯定有内幕存在！”

“即便是他们不对，管理团队用暴力手段去对付他们也实在是太过分了。今天他们可以用这个理由毒打和关押这些人，明天就能以别的理由毒打和关押其他人，那到了后天，咱们是不是都得变成他们的奴隶了?!”

“绝不能让他们得逞！”

传闻很快就传到了裁决庭的成员耳朵里，这很正常，因为这些话说出来，本身就是为了要给他们施加压力。

刘雪梅的脸色变得越发不好看了。

那些关于她和董丽娟打击报复的流言也就算了，硬生生把她和钱伟扯在一起，这样的话对于她这样一个寡妇来说，不管在什么情况下都是非常恶毒的。

但她偏偏还没有办法去辩白，这样的事情从来都是清者自清，难道她还能见到一个人就告诉他自己和钱伟是清白的?

她甚至没有办法把这件事拿去和张晓舟说，只能把它憋在心里。

“那么，调查的结果应该没有问题了?”裁决庭临时推选出来的负责人江晓华说道，“大家觉得还有没有什么不清楚的地方? 有没有什么要进一步调查的地方?”

没有人回答。

事情本身并不复杂，无论是之前那天大家工作的情况、刘雪梅和董丽娟打分的情况，还是今天早上这件事情的经过，都有目击者。虽然一两个人说出来的东西有可能存在偏差，或者是有个人的感受在里面，但他们差不多问了将近三四十人，应该说，对整个事情的经过已经有了充分的了解。

打击报复? 这个没办法判断，按照调查的结果，那三个女人以前做事就不勤快，很难说刘雪梅和董丽娟在给她们打上“不合格”的评分时有没有另外的考虑在里面，但单单就这件事来说，给她们打不合格并没有明显的问题，也是身为管理者的刘雪梅和董丽娟的权利。

而他们在调查中也打听过这几个人之前的表现，真的只能说是成事不足败事有余的类型。

有好处的时候一定要争，吃苦受累的时候多半要躲，这样的人即使是在以前的世界也算不上好人，但你要说她是坏人，那倒也真的算不上。在某些时候她们也挺热心的……但那多半都不是干正事的时候。

但梁宇给她们安上的罪名却都不简单，聚众闹事、打架、破坏公物、诽谤、浪费粮食，单独一条在现在这时候都不是小事，更何况，她们还是和管理团队一方发生的冲突。

“那我们来议一议对他们的处理方案吧。”江晓华说道。

所有人都不约而同地把目光投向了刘雪梅，她既是受害者，又是管理团队的一员，她的态度某种意义上也代表了管理者们的意见。

但刘雪梅一直没有开口。

“这件事情上，她们几个有错这是毋庸置疑的了。”江晓华只能又先开了口，“按照公约，处理的办法无非就是扣减口粮、惩罚性的强制劳动、关禁闭。”

“还有流放和死刑。”裁决庭中的一名年轻人说道。他本身和这几个女人没什么仇怨，但他的好朋友在试图制止她们的时候被抓伤了，而且还是在脸上……他也是安全保卫部的固定成员之一，这样的伤势让他看了都心有余悸。这件事要是轻描淡写地过去了，以后他们还怎么做事？谁不高兴了都能对他们想打就打、想抓就抓，那怎么行？

另外一个中年女子马上就说道：“就这点小事，扯那些没有用的干什么？”

她和其中一个女人是邻居，当初到安澜团队来的时候，也是几家人一起过来的，关系虽然不能说多好，可也算得上是自己人了。她之前倒是没有看到这个事情的经过，只是听了一些传言，对刘雪梅她们和管理团队没抱什么好感，可确确实实参与了调查之后，她也只能承认，这件事情上，还真没有办法挑出什么毛病来。她的想法是，批评教育，让她们当众给刘雪梅和董丽娟道歉，再象征性地关几天或者是罚她们干点活，事情也就可以结束了，既教育了大家，又起到了惩罚和警告的作用。

“张姐，你这是开玩笑吧？”她把自己的想法说出来后，之前那个年轻人被气乐了，“这个事情影响这么坏，现在大家都等着看结果，就这么不疼不痒地处理一下，那要我们这些人干什么？”

“什么不疼不痒？她们杀人了？放火了？打伤人了？”

“被她们抓伤的不算伤？被烫的不算伤？”年轻人马上就抓住了她话里的漏洞，“这件事很清楚，故意闹事，暴力抗法，再加上恶意中伤和诽谤，这样的人就是害群之马，留在团队里就是定时炸弹！必须清理出去！”

“小赵，你这话有点过火了啊。”裁决庭里年纪最大的男子说道，“谁没有个一时想不开的时候？她们以前遇到事情的时候这么闹惯了，根本就没有什么照章办事的概念。你说她们犯了错，这我同意，可你要说她们是故意的，这我可不同意！严惩一下没问题，也是应该的，可你说什么把她们清理出去，现在外面是什么情况你不知道？那和把她们杀了有什么区别？她们是有错，可没错到死罪的份上。”

"合着闹惯了还是免死金牌了?"小赵却不甘示弱,"什么叫不是故意的?哪个做错了事的会说自己是故意的?哪个犯罪分子不说自己不懂法?你说她们不懂这些?我看她们懂得很!外面是什么情况谁不知道?恐龙就在外面转悠,谁不知道?我们个个都拼命努力想把事情做好,想让我们这个团队发展壮大,可她们呢?明明知道已经是这种情况了,还偷奸耍滑,还撒泼闹事!就是因为没人管这种事情,没人警告她们,让她们以为自己还能像以前一样想怎么撒野就怎么撒野!以前没人愿意管这些事情,把她们惯出毛病来了,谁都拿她们没辙。现在已经是什么时候了,还要惯着她们?"

他的话在比较年轻的人里面引发了共鸣,但年纪大一点的人听起来却很刺耳。

"这件事情已经不是怎么处理她们几个这么简单了,而是我们这个队伍里大家怎么想的问题了!"小赵继续说道,"张队长他们每天都在说,外面已经成了什么样子,我们大家面临什么样的危险,可我看哪,我们这个队伍里面还有很多人跟她们一样,根本还不清醒!还以为什么都可以像以前一样!现在这个世道,不把这种歪风邪气扭转过来,搞不好结局就是我们所有人都陪着她们一起死!你们觉得没什么,说明你们的想法和她们一样!就是因为很多人都有你们这样的想法,还不知道这个世界有多恐怖,所以我们才要用最重的惩罚,让大家清醒过来!"

"说得好像你懂一样……"张姐的口才远远没有他好,骂街的话,十个小赵也不是张姐的对手,但在这种场合下辩论、讲道理,一百个张姐都不是小赵的对手。

"我当然知道!"小赵摇了摇头,"所有人挤在一起,没法睡觉,只能轮流坐下来休息;不见天日,没有时间概念,每一分钟都在苦熬;每一次吃东西都有可能是最后一次,那些东西就在你不远的地方跑来跑去,暴龙和你就只有一墙之隔,你根本不知道自己什么时候会死掉。你们根本就没有经历过,当然什么都不懂……"

这时候人们才想起他是从副食品批发市场被救回来的那些人之一,人们都听说他们十几个人在一间小小的店铺里被困了好多天,但是他们很少谈起那时候的遭遇,也很少有人会问起他们那段时间的事情。

反对者在这个问题上彻底没有道理可讲了,但他们很快又找到了另外一个理由。"他们有错,他们家的小孩和老人有什么错?你坚持把他们流放,那准备把小孩和老人怎么办?留着他们,还是一起赶出去?"

“当然是……”小赵却不知道应该怎么说了。从当前这个世界的实际出发，如果真的决定把这三对夫妻流放，那他们的家人也得一起赶出去。以现在的条件，根本就没有能力去对他们实时监控。一旦他们对此怀恨并且伺机报复，会有无数的机会对团队造成重大的损失。

但他们毕竟没有在这件事情上犯任何错……让他们承担这样重的连带责任，于情于理都说不过去。

他沉默了一会儿，还是说了出来：“从团队的安全考虑，当然必须把他们一起流放出去。”

“那就是判他们三家全家死刑了？”之前的男子冷笑了起来，“他们到底做了什么伤天害理的事情，要遭受这么重的惩罚？让三个家庭因为这件事情全家死光，你的良心过得去吗？”

小赵沉默了。

他当然可以说，流放他们并不意味着死亡，他们还可以找到别的生路，也许会被别的团队收留。但他觉得，没有必要做这样的诡辩。他们的粮食都已经交到了安澜团队手里，没有办法也没有可能再还给他们，带着老人和孩子，有什么团队会接纳他们？他们又靠什么活下去？

死亡几乎是唯一的可能。

这个团队最好的地方就是人们的良知还没有因为外部世界的恐怖而沦丧，人们在这里还能找回过去生活的影子。

但它最坏的地方也恰恰如此。

如果是在别的地方，人们做出这样的选择也许根本不必承受任何道德上的指责，但在这里，人们还没有办法冷酷地做出这样的决定。

但他仍然坚持认为，正是因为这个惩罚的后果非常严重，才更能让剩下的人真正醒悟过来。

他们的不幸，正是为了让其他人不要再遭受这样的不幸。

“我们来表决吧。”于是江晓华说道，“现在是两种意见，张姐你们认为让他们当众道歉、认罪，并且接受关禁闭和劳教，对吗？”

“对，具体处罚多少天我们可以再讨论，但我认为这样已经足够了。”

“小赵，你还是认为应该对他们三家都处以流放的惩罚？”

他沉默了一下，随即重重地点了点头。

“还有其他意见吗？”江晓华问道，“没有？那我们开始表决吧。”

“所以，这就是裁决庭最后的结果了？”张晓舟看着江晓华递过来的那张纸，不带一点儿情绪地问道。

这让江晓华略微有些紧张：“是的，张队长。”

如果完全按照公约来行事，其实裁决庭的结果应该是直接在全体会议上公布的。但不管怎么说，这个事情闹得这么大，又和管理团队发生了直接关系，这让江晓华觉得还是应该提前来报备一下。

“结果是什么？”刚好有事情来找张晓舟的钱伟看到张晓舟已经看完，并且把那张纸放在了桌子上，随手便把它拿了过来。

“监禁 20 天？强制劳动 20 个班次？”他的声音一下子就大了起来，“有没有搞错！”

“钱伟！”张晓舟低声地说道。

门虽然关着，可这些房间本身的隔音效果就不怎么好，他这么大的声音，简直就是在提前公布结果了。

“你们是怎么回事！”钱伟自知失言，但他的情绪越发不好了，“不是告诉过你们一定要从严从重了？你们都听不懂人话是吧？”

他的愤怒是完全有理由的。

在这个事情里，除了刘雪梅和董丽娟之外，他认为最大的受害者就是自己。

一个二十多岁的小伙子，却硬生生被人说和一个四十来岁的大姐有一腿，还说得有鼻子有眼，就像是被人捉奸在床一样。这谁能忍？

本来他和刘雪梅的关系还算是不错的，这个幺蛾子的事情一出，两人见面的时候都感觉尴尬透了。刘雪梅再一次找上张晓舟表示要辞去后勤保障部部长的职务，张晓舟反复劝了她几次，但她已经被这个谣言伤透了心，说什么都不肯再干下去了。

张晓舟只能把董丽娟暂时提上来，副部长的职务暂时空缺。

这样的结果进一步加剧了钱伟心里的愤怒，但现在，放在他面前的处罚结果竟然是这个?! 这让他心里的这口气怎么咽得下去？

江晓华的脸色一下子有些难看了，钱伟是副队长没错，可这样的话也有点太不好听了。道理上来说,他在安澜大厦已经是二号人物,可从公约上说,每个人都是平等的,管理团队也不过是被大家推选出来为大家服务、带领大家战胜当前困难的人,人格上大家都是平等的。

“钱副队长,这是大家的决定,我只是作为临时负责人来向你们通报。”他有些硬邦邦地说道。但他并不是那么倔的人,说完这句话后就觉得是不是有点过分了,于是又补充道,“这个决议已经获得了裁决庭里七名成员的表决通过,我也没有办法改变。”

钱伟眉毛一竖就想骂人,张晓舟连忙拉了他一把,才让他把话收在了肚子里。

“刘姐也支持这个决定?”张晓舟却问道。

江晓华急忙点了点头:“要不是她出来表态支持,也不会有七票表决通过这个决议。”

这让钱伟没话讲了,在这个事情里受害最严重的人都是这个意见,那他还有什么好说的?

“刘姐这个人……真是……”他重重地敲了一下桌子,却不知道该怎么评价她这种在钱伟看来完全是滥好人的做法。

“那好吧,晚饭的时候请你就按照这个结果公布,但如果你有时间的话,待会抽个空,我们来看看怎么宣布结果比较好。”

江晓华恨不得马上就离开,急忙说道:“好,没问题!那你们先忙吧!”

“张晓舟,这样可不行!”等他离开,钱伟马上就说道。

“为什么我们不听听刘姐她自己怎么说呢?”张晓舟却说道,“看看几个部长有没有时间,我们开个短会来讨论一下这个事情。”

“好,那我现在就去叫人!”钱伟马上就出去了。

第16章

对 策

张晓舟坐在房间里，把江晓华留下的那份文件又看了一遍。

这个人的脾气软了一点，但做事情倒是比较有章法，在文件里，清楚地写明了裁决庭调查的过程、取得的主要证据和重要的讨论过程，他小心地隐去了证人的名字和讨论过程中发表意见的人的名字，这样一来，既能说明问题，又不容易造成内部矛盾，让被裁决庭审判的人记恨其中的某个人。

对于有罪与否的讨论几乎没有什么争议，全票通过；但对于应该如何惩罚，却有着大量的讨论甚至是辩论的过程。记录中明显有两种完全不同的意见，在张晓舟看来，这应该也代表了当前团队中的两种态度。

两种态度却都不是他所希望看到的。

事实上，在早上的那阵子气头过去之后，他便开始反思自己，反思管理团队在这个过程中是不是有什么错误。

新的政策出台，必然会有人赞同、有人反对，这是他们早已经预料到的，梁宇的态度也很明确，就是要打击一批刺头，让他们变成负面典型，雷厉风行地把这个事情推行下去。某种意义上来说，今天早上所发生的事情应该是正中他的下怀。

但他们对这个事情的判断却出现了问题。他们预料到可能有人会站出来反对，无论是劳工部还是物资保障部其实都有一定的准备，至少张晓舟知道梁宇、李建业和刘玉成他们已经准备好了一套道理，准备在有人闹事的时候拿出来公之于众。

但没有人预料到，反对者选择的会是这样的做法、这样的地点，对象又是在他们看来根本就不会被针对的人。

他们被打了一个措手不及。

但这样的事情真的预料不到吗？

张晓舟摇了摇头。这种做法其实并不少见，但为什么他们就没有人想到会有人这么做呢？

人们的思维总是习惯性地按照自己几十年来已经形成的定势在运行，张晓舟对此感到很无力，但他知道，要改变这样的现象，不是一朝一夕的事情。

闹事的这些人就不用说了，作为受害者的刘雪梅和董丽娟其实思维模式也还停留在以前，如果她们能够真正认识到现在这个世界和以前的不同，如果她们能够站在管理者的角度而不是普通一员的角度考虑，在那三个人第一次闹事之后，她们就应该意识到存在问题，及时告诉管理团队的人。那时候无论是单独对那三个女人进行说服教育，寻求她们的理解，还是干脆做好她们闹事的准备，结果都不会弄得这么难看。

即便是没有想到这一点，在她们闹上门之后，不要在那个地方针尖对麦芒地和她们大吵大闹，把她们叫到张晓舟这里来处理，或者是干脆不理她们，把这个事情冷处理，甚至是直接丢给安全保卫部的人来处理，结果也许都不会变成现在这个样子。

问题当然是出在这三个女人和她们的老公身上，但如果刘雪梅和董丽娟能够有更妥当的处理方法，事情也许就不会闹得这么大，闹到众人皆知的地步，没有办法低调处理。

还有安全保卫部的人，虽然老常和李洪都可以说是专业的执法者，但他们的思维同样还停留在以前，对于这样的事情同样习惯性地束手束脚、不敢处理，甚至可以说是习惯性地想要把它推出去，等着别人来处理。否则的话，在事情彻底闹大之前就把闹事的双方分开隔离起来，事情同样不会闹到现在这个样子。

所有人都在最不恰当的时间选择了最不恰当的处理方法，即使是张晓舟自己也是如此。

现在回想起来，他们完全可以用更温和的手段来应对当时的困局，但因为心中一时的不平和愤怒，就连他自己也选择了简单粗暴却难以收场的方式来解决问题。

破山中贼易，去心中贼难。

其实他很怕裁决庭的人们在钱伟等人的压迫之下，真的做出流放，甚至是更严重的惩罚。

那样的话，按照公约必须要由全体会议来表决通过，无形当中，这是在逼迫人们在管理团队和普通成员之间站队。

结果当然会是管理团队胜利，至少在现在这个阶段，张晓舟有这样的自信。但这样做真的就能一劳永逸地把人们的观念扭转过来吗?

张晓舟不会像小孩那样抱有这种天真的想法。

这世界上最复杂的事物就是人心，任何想要简单粗暴地就把人心问题解决的想法，都是一厢情愿。

管理团队的权威的确会被很快树立起来，但无形当中，他们也就站到了人们的对立面。

事情会变得更加复杂，甚至有可能成为这个团队走向自我毁灭的开端。

再一次拿起裁决庭的结果，张晓舟轻轻地舒了一口气，等待着其他人的到来。

事情涉及未来每一位管理者的切身利益和权威，除了正在忙着整理从公司带出来的那些资料、对这个事情没有什么想法的李雨欢之外，管理团队其他的人都很快就到了。

梁宇第一个到，他冷静地看完了放在桌上的文件，随手把它递给坐在他旁边的刘玉成，然后问道:“张晓舟，你的想法是什么?”

“大家先看看他们的报告，等刘姐来了再说吧。”张晓舟说道。

他细心观察着每一个人看那份报告的表现。

梁宇一脸淡然，似乎上面的东西根本就和他无关，或者说，他根本就不把上面的东西当成一回事。

刘玉成有些吃惊，但他显然并没有像钱伟那样一下子就愤怒起来，而是首先看了看张晓舟和梁宇。

李建业一边看一边摇头，吴工一边看一边点头。老常紧紧皱着眉头，一个字一个字看得很仔细，而李洪直接就翻到最后结论的部分，然后瞪大了眼睛。

董丽娟匆匆把文件一翻，然后重重地砸在桌上，显然非常不满，看上去甚至比钱伟还要激动。

而王牧林则很快地看完一遍,又回过头细细地看了起来。

就在他研究文件上的字句时,刘雪梅终于进来了。

只有钱伟的旁边还有一个位置,但他之前并没有意识到这一点,两人一下子都有些尴尬。董丽娟往旁边挪了一下,拍了拍自己身边刚刚空出来的位置:“雪梅,来这里坐!”

“这份文件刘姐你应该看过了吧?”张晓舟问道。

刘雪梅默默地点了点头。怎么可能没有看过呢,这份文件本身就是裁决庭的九个人讨论着写出来的,只不过,江晓华和小赵是主要的执笔人。

“那么,你能给我们说说裁决庭的想法吗?”

“这还有什么好说的?”钱伟说道,“现在的问题是,这种结果简直太儿戏了!这么大的问题就这么轻易地放过去,以后我们的工作还怎么做?刘姐你也是心太软了,他们都那么对你了,你还这么轻易就放过他们?你觉得他们会收敛、会感恩?根本就不会!”

好几个人都深以为然,但张晓舟还是坚持要请刘雪梅把裁决庭做出这个决议的理由跟大家说说。

刘雪梅其实真的不想这样做,尤其是董丽娟,当她听说刘雪梅在这个决议当中投了赞成票,并且还影响了好几个人的决定之后,她看刘雪梅的目光简直可以用复杂来形容:不能理解、感觉遭到背叛、恨铁不成钢,甚至还有一些看不起。

但刘雪梅本身就不是个善于拒绝的人,在张晓舟的坚持下,她拿过那份文件,开始仔细地讲解了起来。

这里面其实进行了三轮投票,第一轮投票是关于这三个女人和她们的老公是否有错的判断,这没有任何争议,即使是与他们关系最为密切的张姐也认为他们在这种局面下搞出这种事情来真是脑子里有病。

全票通过。

第二轮投票则是对惩罚方式的选择。

小赵的看法在一开始的时候其实是有不少支持者的,相当一部分年轻人都认为这样的害群之马必须要被清除出队伍,但在考虑到他们各自的孩子和老人时,这样的想法又变得不那么坚决了。

这时候，刘雪梅投出了她的那一票。

“刘姐，为什么你愿意原谅他们呢？”张晓舟问道。

刘雪梅摇了摇头：“我没有原谅他们。”

“那你为什么……”一直感觉自己遭到了背叛的董丽娟忍不住问道。

“他们肯定要接受惩罚，但我不能因为他们污蔑了我，就非要把他们逼到绝路上去。”对于自己的决定，刘雪梅应该是经过了很长时间的考虑，这促使她很快就这样说道。

“话怎么能像你这么说！”董丽娟觉得刘雪梅话里的意思就像是自己有挟私报复的念头一样，“这样的害群之马，留着他们，难道等他们继续散布谣言，继续撒泼闹事、破坏团队的气氛吗？”

钱伟马上点点头，这也是他们觉得必须把这三家人流放的最大的理由。

“你们觉得，把他们流放出去，他们拖家带口的，能活得下去吗？”刘雪梅问道。

“为什么活不下去？！”钱伟马上说道。

刘雪梅摇摇头，不想和他争论。“他们散布谣言没错，但真的会有人相信吗？别的不说，就我和小钱的事情，传的人很多，但有几个人会把它当成真事？”

钱伟没有想到她会拿这个事情来举例子，这让他的表情一下子尴尬了起来。

“早上的时候我真的很气愤，恨不得把她们的嘴撕了，可真的坐下来，听别人讨论对他们三家人的处置，我突然觉得，我们九个人就这样花费一天的时间，经过简单的调查和讨论，决定三个家庭十几个人的生死，是不是太儿戏了？”

“刘姐，现在我们还哪儿有那么多时间像以前一样走法律途径……”李洪说道。但张晓舟轻轻地拉了他一下，示意他不要打断刘雪梅，让她继续说下去。

“那可是十几个人哪，相当于我们现在整整十分之一的人口，就这么草率地把他们赶出去，让他们自生自灭，是不是太夸张了？”刘雪梅继续说着。

钱伟愣了一下，他还真的没有想过这样的问题。感觉上就是对几个害群之马进行惩治，但他真的没有想过，其实这“几个”人，已经是十分之一的人口了。

“把他们赶出去，就意味着让他们去死，小钱，你别和我说他们可以活下来的话。你和张晓舟如果离开，我相信你们一定可以活得比现在更好。但他们本来就是没什么本事的人，又拖家带口的，你觉得他们有本事活下去？”

钱伟没有回答，这是显而易见的。不是人们看不起他们，而是他们真的没有那个本事。

“留下他们，他们也许会继续像现在这样，也有可能会变好，但如果真的把他们赶出去，那就什么可能都没有了。大家在一起生活了也有十几天了，从我们这个团队成立的那一天开始，我们就在一起干活。她们的确是很让人心烦，老是挖空心思偷懒、占便宜、东家长西家短的，可她们真的就该死吗？她们几家的孩子每天都‘大妈大妈’地叫我，让我亲手把他们赶出去，让他们去死，这样的事情我真的做不出来。”说到这里，刘雪梅不知道触动了哪根心弦，眼泪突然流了下来，“他们没有死在那些畜生手里，却被我们硬逼着去死，这是我们能做的事情吗？”

张晓舟、钱伟、老常等人都有些黯然，他们都知道刘雪梅的老公和孩子都死在第一个夜晚，而且就死在距离这里不远的地方。到现在都没有办法去辨认他们的尸骨，也没有办法入土为安。一般人如果遭遇到了她的事情，大概到现在也没有办法正常做事。

换成是他们，也许表现还不如她。

董丽娟的心软了，她抱住刘雪梅，轻轻地拍着刘姐的背。

“而且我觉得自己也有错。如果昨天她们第一次来闹的时候，我不是想着息事宁人，把事情拖过去，不是怕麻烦，单独一个个找她们把事情说清楚，今天早上她们也许也不会来闹；就算闹，也肯定是私底下闹，不会闹得这么大。如果我们评分的时候把大家都叫到一起来讨论，让大家都知道我们是怎么考虑的，评价是怎么出来的，或者是让每个人投票，而不是我和丽娟两个人私底下弄个结果出来，那她们就没有什么话说，也不会觉得不公平，事情也许根本不会发生。”

董丽娟的表情一下子僵住了。这话说得她不上不下的，好像闹事的那几个没错，错的反倒是她们被闹的人了。可真的平心静气地想想，这话也并不是完全没有道理。

“刘姐我现在知道你为什么非要辞职了。”梁宇突然开口了，“你的想法我可以理解，但你把什么都揽到自己身上，这种做法我非常不赞同！问题的症结不在你说的这个地方，而在于，她们的心态根本就不适合这个世界的规则。我们团队里有很多人现在都还是这个样子，而这些人，如果没有一件血淋淋的事情让他们清醒过来，问题总有一天也会爆发出来。不是因为这个事情，也会是别的事情。老实说，现在是因为这样的事情而闹出来，对于团队来说反倒是个好事，因为这件事情的结果是我们可以承受的。能够因为一件我们可以承受的事情给大家一个教训，让大家把思想扭转过来，对于剩下的人来说都是好事。如果一直这样懵懵懂懂下去，未来某些人在一件大事上出问题，那就不是把他们三家人赶出去的问题，而是整个团队存亡的问题了。牺牲他们三家人当然是很难承受的事情，但如果因为他们的牺牲而让我们剩下的所有人清醒过来，让剩下的十分之九的人能够更好地活下去，那他们的牺牲就是有意义，而且是必要的！”

钱伟等人被刘雪梅的话哽得气有点不顺，但不知道该怎么反驳，梁宇的话一下子让他们又找到了理由。

“对，就是这个道理！”钱伟急忙说道。

张晓舟皱了皱眉头。

他没有想到刘雪梅能够说出那样一番话来，由她这个受害者，又是裁决庭的成员把这些话说出来，效果远远比张晓舟自己说出来要有力得多。

这让他感觉事情正在向自己期望的方向发展，但梁宇抢在他拍板定论之前说出这些话，让情况一下子又变得复杂了。

他盯着梁宇的脸，突然觉得自己有些搞不清他究竟想干什么了。

刘雪梅在轻声地哭泣，已经没有办法再继续说下去。

张晓舟看着自己身边的人，突然有些茫然，又有些无力。

他从来都不敢奢望有人能够完全理解自己的想法，并且和自己想得完全一样。

志同道合这种事情，他读书的时候还遇到过，但工作了以后，就再也没有遇到过了。

别说遇到，就是听也没有听说过。

人越年轻，就越理想化，也更容易被别人的主张所影响，很容易就能因为共同的理想和信念而聚合在一起。但人的年纪越大，经历的事情越多，思维也就越发固定。好听一点说叫有自己的想法，难听一点说叫作顽固保守。尤其是在结婚、生子，面对养育子女和赡养老人的双重压力之下，很少有人能够为了理想而努力、付出。更多的时候，他们必须考虑一家老小的生活问题。在这种情况下，人们考虑问题的出发点往往是自己能够得到什么、会有什么样的风险。

但张晓舟还是希望有人能够理解自己，哪怕只是理解一半也好。

在这个完全陌生并且必定充满困难和危险的道路上行走，如果只靠自己一个人，将会非常艰难，而且也不可能走远。

可他现在却感觉不到支持。

并不是说人们不听从他的指令，事实上，有时候他甚至感觉到钱伟等人对他太过于宽容了。即使是无法理解他的想法，甚至是有着完全相反的看法，他们还是会无条件地支持他。

但他想要的不是这个。

他希望他们能够理解他的想法，因为认同他的想法而支持他，而不是因为他们之间的关系，或者是因为盲目的信任。

但他却没有机会，也没有办法向他们阐述自己的想法。

钱伟总是会说："我一定挺你！"但其实两人之间的分歧已经越来越多。张晓舟能够清楚地感觉到，钱伟的不满在慢慢地累积着。他正在被梁宇的思维影响，并且越来越认同他的那套想法。

这样做真的对吗？张晓舟觉得自己难以做出判断，但他好多次想要和钱伟认真谈谈这个问题，钱伟却总是以"你这家伙就是这么理想主义，根本不可能说服你""你的想法根本就行不通，但我们是兄弟，不想因为这个和你争论"的态度回避了谈话。

作为副队长的他，一直都很好地履行了自己的职责，但在他的想法里，很显然有着"等你碰个头破血流你自然就明白了，到时候我们再一起来唱这首《Only You》"这样的念头。

其他人大致也是如此。

刘玉成是促成这个团队的重要人物，他没有钱伟和梁宇那么激进，但他同样不赞同现在的规章制度，只是习惯性地担心人们的不满和反弹，希望能够以更加隐蔽和圆滑的方式来解决问题。这让他看起来像是和张晓舟一伙的，可实际上，张晓舟和他谈过一次之后就发现，他也根本不喜欢全体成员表决这一套。他更希望能够用一种圆滑的手段来让大家跟着他们几个干，但大家是怎么想的，在他看来并不重要；重要的是，他们不要闹事，不要反对，而且愿意干活。

梁宇的观点是要通过规章制度和对外部环境的恐惧、生存压力来迫使人们努力做事,而刘玉成的观点是要通过哄的方式来让人们愿意干活。

殊途同归。

他们不约而同地把自己放在了凌驾于其他人之上的地位。

张晓舟不知道他们是不是对的,但这样的想法显然是有市场的,他也相信良好的规章制度能够营造出公平、公正的氛围,更好地调动人们的积极性,更有效率地分配资源和劳动力,最大限度地提高工作的效率。

正是因为有了这样的认同,张晓舟接受梁宇加入管理团队,并且进一步接受了他所制定的那些规章制度。

它们看上去的确很美好。

但张晓舟却总有一种顾虑,人们真的会心甘情愿地接受他们的领导吗?他们真的会心甘情愿地自觉遵守这些严苛的规定,忍受即将到来的繁重劳动,并且持之以恒吗?

不管是以规定来压迫,还是通过感情来哄骗,当你把自己凌驾在其他人之上,把他们视作机器上的零件时,他们又会怎么来回报你呢?

张晓舟其实很清楚,安澜大厦这个团队并没有真正的核心圈子,因为他们根本就没有形成一个相同的理念和愿景。刘玉成提议组成这个团队的初衷,只不过是大家一起搭伙,在张晓舟这个看起来很厉害的人的带领下,过上稍稍安稳一点的日子。

人们加入这里是因为这里看上去可以提供安全和活下去的希望,而不是对这里的认同。团队现在看似稳定,其实是建立在他们还没有犯过很大的错误,没有遇到过真正的危险,而且一直都在不断地取得成功,不断地解决那些看似复杂的难题这个前提上。

如果他们开始犯错误了呢?谁能保证自己永远都是正确的,永远都不会犯错?

如果他们的某个重要决策被证明是错误的,如果团队必须面临艰难的时刻,必须付出更多的努力,甚至是付出巨大的牺牲呢?如果他们无法再继续给予人们舒适安全的生活,甚至暂时看不到未来,人们还会相信他们,继续支持他们的统治吗?

如果人们面临更好的选择、更有前途的团队,被他们视为螺丝钉和零件的人们还会支持他们,和他们一起为了更好的生活而努力吗?

如果何家营或者是康华医院这时候组织一支队伍过来抢夺他们的粮食,甚至是强行吞并他们的队伍,有多少人会和他们站在一起反抗?

反正都是过日子而已,被合并到更大的地方之后,生活质量也许会下降,但安全应该会更有保障。反正都是被人管,按照指令干活,在什么地方不一样?

这些当初想要加入大团队而不得的人,说不定还会坦然地接受这样的结果。

没有认同感的团队不会有凝聚力,也不可能成功。

张晓舟始终坚信这一点。

在张晓舟看来,当前最重要的并不是如何让人们服从,而是如何让人们真正把这里当作是值得自己去付出努力、贡献出知识和经验,甚至为之牺牲的地方,而不仅仅是一个能够给自己庇护和安全的容身之所。

前者能够让人们乐意付出,能够忍受痛苦、主动克服困难;而后者只会让他们继续被动地等待别人的指挥,等待别人来解决问题,为了自己的付出和回报而斤斤计较,总是觉得不公。

世界上不可能有完美的规章制度,眼前的规则看起来的确已经很好了,但只要人们还是把自己和管理者分置于天平的两端,他们就一定会想方设法找出规则的漏洞,并且谨慎地试探出管理者能够容忍的底线。

张晓舟渴望听到的是管理团队对人们说"让我们一起去做什么",而不是"你们必须怎么怎么样去做"。他希望看到人们说"我们还可以这样做,这样做更好,或者那样做也可以",而不是一次次地来问:"你说我们应该怎么办?那我们到底该怎么做呢?"

凭借他一个人的努力不可能实现这个目标,凭借管理团队这么几个人也不可能面面俱到,但他却找不到愿意认真听他的想法,并且愿意和他一起朝着这个方向努力的人。

这让他感到孤独,并且总有着强烈的无助感。

"我们可以尽量多给他们一些粮食,甚至是给他们一些种子。"梁宇在继续说着,"他们三家人可以组成一个团队,在周围寻找一幢建筑物,依靠自己生存下来,不一定就会走上绝路。但有一点是毋庸置疑的,他们必须离开!姑息他们,就是在鼓励人们继续挑战我们的底线!不借这次的机会让人们感到疼痛,他们就不会彻底清醒过来!未来我们就一定会面临更多这样的问题!"

他的话让钱伟彻底兴奋了起来："就是这个道理！刘姐，这才是解决问题的办法！你是一番好心，这我们都可以理解，但他们会理解吗？如果只是轻轻松松地把他们关上几天，对于他们来说根本就不痛不痒，他们根本就不会吸取教训，只会认为我们软弱可欺！"

这样的态度让张晓舟简直没有办法忍受，但他刚刚想要说话，加入管理团队之后很少发表任何意见的王牧林突然开口了。

"我个人不是太赞同钱副队长和梁副部长刚才的说法。"他之前一直在翻看裁决庭的那份文件，这时候终于放了下来。

王牧林说这些话的时候，面朝着钱伟和梁宇的方向，但他的注意力其实一直放在张晓舟身上。

张晓舟脸上的表情被他看得清清楚楚，这坚定了他的想法。

"你们的看法有些偏颇了。"他于是说道。

张晓舟的倾向其实很明显了，王牧林相信曾经作为企业中层干部的梁宇完全应该看得出来。人力资源干的一向就是帮老板补台的事情，但他非但没有帮忙补台，反而抢在张晓舟前面把刘雪梅好不容易扭转过来的氛围又拉了回去，他到底想干什么？

逼宫吗？

王牧林有些无法理解。

虽然属于最晚加入安澜大厦的人之一，但他并没有花费多少时间就弄清楚了安澜大厦这个团队构成的根基。

这一百多人之所以组成了现在这个集体，不是因为刘玉成善于交际，不是因为梁宇长于制定规则，更不是因为钱伟、老常或者是别的什么人。

而是因为张晓舟这个人。

一开始，人们愿意在刘玉成的提议下组成这个团队，是因为张晓舟带领大家从那个几乎已经必死的困局中走了出来，杀死了那些盘踞在周围的速龙，是因为他通过外科手术救活了王蓁蓁和老常，让人们看到了希望。

吴工他们加入是因为张晓舟带领大家从副食品批发市场抢回了粮食；而自己这群人的加入则是因为被张晓舟从必死的困局中救了出来。

虽然那时候撬开变形的卷闸门救出他们的人里面还有钱伟，但他们十四个人里，没有一个人会把钱伟看作是救命恩人。理由很简单,如果没有张晓舟的组织、计划和鼓动,车队根本就不会有机会进入那个地方。

这个团队几乎所有人加入的理由都和张晓舟有关,这也是虽然他其实并不擅长管理,人们却依然愿意听他指挥的原因。因为他过去的成功,人们愿意相信他能够继续这样成功下去。

这就是安澜团队存在的根基。

所以王牧林想不明白,梁宇的做法有什么意义?

如果他对于张晓舟的政策或者是思路有意见,大可以在更加适合的时机单独找张晓舟说出自己的道理,设法说服他,绝不是在这样的情况下故意跳出来改变风向,逼他服输。

既然张晓舟是维系这个团队的核心,而且管理团队的所有人都是由他挑选并且组建起来的,那他们所有管理团队成员的责任和义务就是维护好他这个核心的权威,查漏补缺,帮助他把事情做好,而不是唱反调、放大问题,故意激化矛盾。

更何况,他并不认为张晓舟的看法有根本性的错误。

不过不管梁宇这样做的理由是什么,王牧林很清楚,他的机会已经到来了。既然他们不愿意抱住这条大腿,那就让他来好了。

"王牧林,你是什么意思?"钱伟问道。

"我没有任何意思。"王牧林对他的态度视而不见,很平和地说道,"只是就事论事而已。"

"好!那你说说,我们什么地方偏颇了?!"

王牧林再一次把那份文件拿了起来:"现在我们要讨论的无非就是两个内容:第一,裁决庭的审判结果出来了,大家有什么看法;第二,按照这个结果,接下来我们应该怎么做。但很奇怪,我们一直没有进入正题,而是一直在对我们没有权力去干涉的事情进行讨论。"

"什么叫我们没有权力干涉?"

"我进入安澜团队的时候专门看过那五条原则,而且特地把它们背诵了下来。钱副队长,上面可没有说,当管理团队觉得裁决庭的判罚不符合他们的想法时,可以随意地要求他们更改已经确定的结果。"

王牧林的话让钱伟的脸一下子涨红了。

公约是他们几个和张晓舟一起拟定出来的，那时候他对于团队中大多数人随大流、混日子的状态同样感到无奈。他很清楚张晓舟当时制定这些公约，并全力推动全体会议的建立和表决是为了什么。

他在来到这个世界之前只是一名小小的技工，从来也没有管过人。那时候他也觉得，要改变人们这种被动等待的局面，唯一的办法就是真正让他们成为这个团队的主人。否则的话，任何事情都只是他们几个骨干在努力做，只有他们几个在努力地想办法解决问题，太累，也不可能长久。

那时候他对全体会议和公约是支持的。

但随着他成为副队长，随着团队中发生的事情越来越多，他渐渐发觉，那些东西非但没有激发出人们的归属感和使命感，反而变成了对管理者的束缚。他开始觉得这就是一个错误，是在过于理想化的思维下进行的一次失败的尝试。

梁宇的观点让他的这种感觉渐渐变得深刻了起来，他越来越意识到，他们有责任让张晓舟认清这一点，并且逐步淡化这种没有任何实际意义的东西，把管理团队从束缚中解放出来。

在当前这个局面下，根本就没有条件，更没有理由来搞这些东西。他们最迫切的任务是让人们活下去，而不是让他们产生主人翁意识。这些东西大可以在以后慢慢来搞，如果人都活不下去了，这些东西搞得再好又有什么用？

王牧林的话让钱伟感觉很刺耳，拿公约来说事更加让他感到不满。

他猛地站了起来！

“钱伟！”张晓舟急忙拉了他一下。

“难道裁决庭给出的结果有明显的问题，我们身为管理者没有权利提出意见吗？”

他紧紧地盯着王牧林。

太他妈可笑了！这东西本身就是我们几个弄出来的，你这个后来人有什么资格拿着这个东西来指手画脚？！

“好吧，钱副队长你这么说也没有问题，但就我看来，裁决庭给出的处罚并没有什么问题。”

钱伟气得反而笑了起来：“监禁二十天，强制劳动二十个班次，你觉得这叫没有问题?”

“常部长。”王牧林对老常问道,“以前像他们这样撒泼闹事的情况,一般是怎么处理的?”

老常看了看钱伟,又看了看张晓舟:“这应该算是比较严重的寻衅滋事,一般来说,拘留十到十五天,处一千元以下罚款。”

梁宇冷笑了起来:“搞笑!现在都已经到什么时候了,说这些有什么意思?难道现在偷一袋米和以前偷一袋米可以按同样的标准来评判吗?”

王牧林却没有正面回答他的问题:“惩罚力度已经是以前的两倍,这样的惩罚还不够重?”

“聚众闹事、打架、破坏公物、诽谤、浪费粮食,数罪并罚,这样的惩罚当然不够!”

王牧林看着梁宇,轻轻地摇了摇头:“梁副部长,你别一下子把事情上升到这么高的高度,这些罪名听起来很大,但犯错和犯罪是有根本区别的。同样是打架,把人打死,打成重伤、轻伤、轻微伤,评判的结果会有很大的不同。我们要根据造成的损害来做出判断,而不是拼命地把所有能戴的帽子全都戴上去。”

“那你的意思是我们小题大做了?”钱伟马上问道,“乱世当用重典!你不懂这个道理吗?不在事情刚刚出现的时候就采取强力措施,我们有什么资本来承担一次次出事的后果?一次严重的错误或者是疏漏就有可能让我们整个团队面临毁灭!你知不知道?”

“钱副队长,这个道理我完全认同。”王牧林说道,“但即使是重典也一定会有不同的等级,并不是就非要把什么问题都上升到最高的高度。使用重典是为了震慑,是为了让人们意识到问题的严重性,并不是为了制造恐惧!”

“你说得倒是好听!不用这种办法,怎么可能真正触动大家,让所有人都警醒过来?”

王牧林摇了摇头:“钱副队长你以前是在工厂里工作的吧?我想请教一下,对于工人来说,是犯错的人马上就被开除出厂,再也看不到这个人对工人留下的印象深刻,还是经常都能看到这个人,一看到他就会想起他所犯的错误和受到的惩罚对工人的影响大?”

“你这是诡辩。”梁宇说道,“如果一个人因为小事就冲到厂长办公室去打骂厂长,甚至是到处散播不利于厂长个人和厂子发展的谣言，却只是被随便处罚一下，每天还在厂里正常上班，谁还会把这当成一回事？下一次有了其他事情，他们难道不会再去闹事？你这不是鼓励犯罪又是什么？”

王牧林笑了起来：“我明白了。那么，我的理解是，钱副队长、梁副部长，你们并不是非要置他们于死地，只是觉得要做出适当的惩罚，对吗？”

梁宇愣了一下。这样的话术里面有一个很大的陷阱，无论在什么情况下他都不可能说自己就是要置人于死地，如果他这样说了，那他在这个团队的未来也就毁了。但他已经知道，王牧林会在什么地方等着他的回答。

“当然！我们和他们又没有私仇！”钱伟却没有意识到这一点，马上就脱口而出。

“虽然我觉得二十天禁闭和二十天强制劳动已经足够了，但既然你们这么说，我倒突然想到一个主意。”王牧林说道。

“什么？”张晓舟马上问道，“王哥你说说看。”

这样的争执根本没有意义，放任他们争执下去，这样的话题应该可以持续几天几夜没有结果。法学、管理、人性这些东西本来就不可能有明确的对错和标准，只能因地制宜。

但张晓舟既不愿意否决裁决庭的判决，又不愿意让管理团队因为这个事情而产生裂痕，王牧林的话让他看到了解决问题的希望。

“其实在第一次接触公约的时候，我就感觉惩罚这块跳跃性太大，从关禁闭直接就跳到流放，简直就不是一个量刑级别的惩罚。”王牧林说道，“为什么这中间没有一个过渡条款？我们是不是可以对这次犯错的人这样处理，之前的惩罚都保留，但是增加一条：并处流放，缓期半年执行。在这期间，再犯严重的错误就马上执行流放，这样的惩罚大家觉得如何呢？”

人们一下子沉默了。

梁宇死死地盯着王牧林的脸。

他绝对是故意的！

如果他一开始就提出这样的建议，大家多半都会同意，也不会发生后面的争执。

但他偏偏没有，他绕了这么大的一个圈子，而且一直都保持着平和的态度，其实是一个陷阱！

他的目的就是要让钱伟和梁宇像两个小丑那样跳出来，以他们的咄咄逼人来反衬他的谦和与理智，以他们对公约的践踏来反衬他对张晓舟的支持！

小人！

“大家怎么看？”张晓舟终于回过神来。

很奇怪，就像王牧林所说，其实这样的措施在任何地方都有，学校有留校察看，工厂有留厂察看，法律上有缓刑，为什么他们在建立公约的时候却忘记了这样一个过渡条款？

“我觉得这样不错。”吴工第一个说道。他是一个技术人员，脑子里没有那么多的弯弯绕绕，“之前那个确实感觉有点太轻了，但流放的话，又有点太重了。现在这样，我觉得挺好！既有严肃性，又不会让大家觉得太过分。而且，就像王牧林之前说的，这半年时间里，大家只要一看到他们就会想到这个事情，相当于每时每刻都在提醒大家。我觉得很好！”

“这个缓冲不错。”刘玉成说道。但他心里其实有些懊恼，为什么这么简单的东西自己没有提前想出来。“不然按照公约，如果真的要马上把他们三家人就这么投票投出去，事情会怎么发展还真的有点不好说。这样的结果大家应该都能接受，就是他们自己也应该不会觉得太重、太不公平。”对于他来说，最重要的是他们应该不会记恨自己，有了这个缓冲，对那些私下来找他的人，他也算交代得过去了。

“王牧林。”梁宇突然说道。

张晓舟看着他们，生怕他们之间发生什么不愉快。

“你这个建议真是很好。”梁宇却说道，“我之前也真是迷糊了，怎么就没想到还有这么个好办法？唉，我和钱副队长也是为了团队的事情着急，之前的态度不好，你一定不要往心里去……”

这家伙醒悟过来了。

王牧林看着他，微笑着摇了摇头：“怎么会？我之前就说了，大家都是就事论事……”

这样的局面让张晓舟很高兴，大多数人都表了态之后，接下来的问题就是把代表裁决庭的江晓华找来，把这个想法告诉他，由他去召集裁决庭的成员讨论这个建议了。

这样的建议，按照常理来说应该不会有人反对。

王牧林开始就接下来的事情提出更多的建议，管理团队要怎么配合裁决庭的这个判决，说些什么才能有更好的效果，接下来具体要做些什么，怎么确保这样的事情不再发生，甚至是怎么借这次的事情推动新政策的执行。

按照王牧林的说法，如果有良好的举措，完全可以把这件坏事变成一件好事。

之前的铺垫加上现在的表现，王牧林在团队中的地位突然就不知不觉发生了变化。

人们开始认真地讨论起来，但只有张晓舟注意到，钱伟脸上的表情一直都很僵，而且也一直都没有再说话。

第17章
新的转折

时间紧迫，人们很快就拿出了简要的提纲，等待张晓舟拍板。

“就这样做吧。”他于是点了点头。

李洪出去把江晓华叫过来，王牧林小声地把管理团队的意见告诉他。

听着他们的对话，张晓舟微微地感觉有些泄气。

其实，虽然并没有像钱伟和梁宇一开始时坚持的那样彻底改变裁决庭的决议，但这样的做法同样是在干扰裁决庭，只是程度较为轻微。某种意义上来说，他们同样是在践踏裁决庭的权威。

但放眼看去，包括江晓华在内的所有人，并没有谁觉得这有什么不妥。

先这样吧。

张晓舟有些无力地对自己说道。

再继续纠缠这个事情也于事无补，他不再继续考虑这个事情，而是把注意力重新放在了钱伟身上。

“张晓舟？”王牧林突然问道。

江晓华不知道什么时候已经走了，该做的事情已经做完，现在就剩等待裁决庭重新对管理团队的意见进行讨论，然后在晚餐时间公布的事情了。

时间已经很紧迫。

他手里拿着之前匆匆写下的提纲，似乎是在等待张晓舟进行一次演练。

“今天这个事情就由王哥你来主持吧。”张晓舟却说道。

这让大家都愣了一下。

全体会议一直都是由张晓舟来主持。在他短暂的缺席期间，则是由钱伟这个副队长来主持。理所当然地，人们都已经把这作为安澜团队权力的象征。

让王牧林来主持？这是什么意思？

但张晓舟却没有这么多想法。他从来也不觉得自己有什么权力可言，以前都由他来主持，是因为没有更合适的人选；而这一次，突然异军突起的王牧林对应该怎么说、怎么做显然已经有了腹稿，既然是这样，又何必要转一次手，由他来表述，直接由王牧林来做不就行了吗？

“这个提纲我没有什么意见。”张晓舟再一次说道，“把这些意思表达清楚，我觉得就可以了。”

“那么？我就按这个准备了？”王牧林既吃惊又有些兴奋。在他看来，这是张晓舟对他及时站队的肯定和回报，也是在通过这样的手段来释放信号，警告诸如梁宇、钱伟等一直对张晓舟的政策表示反对的人。

他当然不会觉得让自己主持一次会议就意味着让自己成为团队的二号人物，毕竟谁都知道，安澜团队真正的核心小圈子还是一开始和张晓舟一起待在派出所旁边那幢房子里的人。钱伟、老常、李洪、刘雪梅都是那个小团队的成员，经常被张晓舟派来派去、传递一些信息和指令的李彦成也是那个小团队的人。

人的心态就是这么简单，虽然理论上来说，那个团队和张晓舟也不过是多待了几天，却很自然地就形成了这样的亲疏关系。

小小的一百几十人的团队其实已经明显分成了四个圈子，以张晓舟、钱伟为核心的原始圈子；由刘玉成拉起来的人数最多但也是想法和问题最多的安澜圈子；以吴建伟为代表的新加入的后来者小圈子；以及王牧林正在牢牢绑住的从副食品批发市场救出来的十四个年轻人的小圈子。

占据了安澜团队主要管理职位的无疑是张晓舟的原始圈子。虽然在王牧林看来，其中大部分人根本就不懂管理，让他们管人就是悲剧。其中最典型的刘雪梅也终于明白过来，自己辞职，把位置让给了属于安澜圈子的董丽娟，但团队里的枪杆子安全保卫部和民兵还是牢牢地控制在这个小团队的手上，这让他们的地位无可动摇。

不过王牧林很有信心成为第二梯队的人。无论是安全保卫部还是民兵当中，他牢牢抓住的这些年轻人都是主力成员。他们服从性强，又不像那些中年人那样有太多的顾虑和私心，假以时日，他们中的一些人肯定能够进入张晓舟的视线，在团队开始扩张的时候，成为重要的骨干。

吴建伟的那个圈子太小，而且本身也不怎么团结，吴建伟又是个技术人员的脾气，根本就充当不了对手。

刘玉成、梁宇、李建业这些人，他们自己本身就不是一伙的，看上去是一个圈子里的人，其实各有各的想法。在王牧林看来，唯一能够给自己造成麻烦的只有梁宇。但他大概是一直搞人力资源管理把自己搞傻了，习惯性地不把一线当人看。这在一个大型的企业集团里当然没问题，很多老板甚至有意无意都要这么干，让人力资源部门挡在自己前面当靶子吸引员工不满的火力，但在现在这样的团体里，梁宇这种做法简直就是自绝于人民了。

张晓舟会站在一个超然的角度，把人们不满的火力全都引到新章程的主要制定者梁宇身上，然后出来充当崇高的倾听民意者和灭火者的角色，以此来左右逢源，维系团队的平衡，让团队继续前进吗？

王牧林忍不住看了张晓舟一眼，如果他有这样的政治手腕，对于团队来说绝对是一件好事，可对于他们这些人来说，也许就要夹着尾巴做人了。

没事的人坐了一会儿就都走了，手边的事情太多，别的不说，上午那个班次的评分还没有出来。经过这次的事情之后，他们都不约而同地选择了让人们自己投票表决的方式来评判优劣，晚饭前的这段时间正好是一个难得的机会，不抓紧这个时间，就得等到睡觉前的那个时段了。

钱伟站起来也要走，张晓舟却跟着他站了起来。

“钱伟，你有事？”他问道。

钱伟心情复杂地看了看他，没有说话。

“我们俩一起到楼顶去看看吧。”张晓舟说道。

太阳已经开始西落，但这个时段还是让人感觉热。

在发现哨兵喜欢聚在一起躲阴之后，张晓舟让钱伟用手头的材料做了两个简易的小房子，上面还各装了一柄大遮阳伞。这样简单的结构当然不可能完全做到隔热，但起码能够让哨兵不至于晒得昏昏欲睡，加上充足的凉开水供应之后，他们也没有什么理由脱岗跑到水箱的阴影底下去躲阴凉了。

“张队长，钱副队长！”看到他们上来，两名哨兵都急忙站了起来。

“没事，我们就是上来看看。”张晓舟说道。

他拉着钱伟一起去检查哨兵的记录。

因为要摸清楚暴龙和其他猎食动物的活动规律，同时对周边那些建筑物当中人们的情况进行判断，梁宇专门拟了一套表格来让他们照着填写。本来轻松的工作一下子变得很复杂，有没有偷懒甚至不用查岗，看看记录详不详细就知道了。

暴龙的活动区域变得很大，张晓舟猜想，这或许是因为这个时候敢到外面行动的人几乎已经不存在了，为了找到食物，它必须扩大自己的狩猎范围。哨兵的记录中，有将近三个小时的时间里，它一直都在哨兵的视线范围内活动，但真正靠近安澜大厦的时间并不算多。

“它一般都走哪条线路？”张晓舟问道。

被问到的哨兵介绍了一下，这与张晓舟的判断基本吻合。

在城市这样的复杂环境中，暴龙的行动其实很受限制，大量建筑物遮蔽了它的视线，也让它没有办法随心所欲地穿行。

按照这样的规律，只要那些中型恐龙不进入这个区域，在严密的盯梢和报警制度下，配合简单的旗语说明它的位置，一天内保证三到四个小时的外出应该不会有太大的风险。

“周边的房子呢？”张晓舟继续问道，“生火做饭的情况怎么样？”

他们没有条件去调查周边建筑物里人们的食物存量，但一个简单的办法就是观察炊烟，无论是做饭还是烧水，都会有烟冒出来。这当然比较困难，只能做不太准确的估计。

“有几家可能是断粮了。”哨兵叹了一口气说道，“之前他们一直在往这边挥手，但我们没敢搭理他们。有一家好像是在吃棉絮了。”

张晓舟沉默了一下。

“辛苦了。”他对哨兵说道，“从明天开始，要请你们把恐龙活动的情况和周边那些人的情况在吃饭的时候向大家通报一下。”

“张队长，这个，我怕做不好啊……”哨兵面有难色。

“不用做什么，就是按照表格的记录告诉大家恐龙在什么地方活动，你们目击到多少人被它们抓住。告诉大家你们看到周边的人们是什么情况，还有没有吃的、在吃什么。这样就可以了。”

哨兵似懂非懂地点了点头。

张晓舟微微地摇了摇头，暴龙进入这个区域让人们不敢再随意到外面来寻找食物，但随着饥饿的蔓延，他们总会被迫走出来。而那个时候，惨剧将开始持续不断地出现在他们面前。把这些及时地告诉团队中的人们，对他们来说应该是一件很有必要也很有好处的事情。

钱伟一直都没有说话，张晓舟和哨兵说完话，拉着他走到了水箱后面。

“我们得好好地谈谈了。”他对钱伟说道。

“谈什么？”从刚才开始，心里一直憋着一口气的钱伟终于说话了，“让我把副队长的位置交出来？没问题！什么时候？交给谁？”

张晓舟没有想到他会这么想，竟然被他噎得愣了一下。

“你想多了。”他无奈地说道，“我们俩是兄弟，除了你，谁还配坐这个位置？”话说出口，他突然觉得不妥，于是补充道：“只要大家还选我当队长，你就一定是副队长。”

这样的说法让钱伟终于好受了一点，但他心里憋着的那口气却还是顺不过来。

“那你要说什么？”他有些硬邦邦地问道。

“没什么，就是……聊聊。”张晓舟说道。

这样的开场完全出乎他的意料，他之前想好的说辞一下子说不出口，沉默了几秒钟之后，他才继续说道：“我们已经很久都没有聊过天了。”

的确如此。

虽然距离他们来到这个世界也不过二十几天，安澜团队真正建立起来也不过十几天，但在他的感觉里，两人从安澜团队建立起来之后就一直都在忙、忙、忙，再也没有聊过与工作无关的东西。

只要碰头，一定是为了解决某个问题，或者是准备要解决某个问题。

他轻轻地摇了摇头。

很奇怪，在这样的环境之中，时间的感觉像是被无限放大，一天时间总是很快就过去，但回过头来，一些其实就发生在不久前的事情却让人感觉像是已经过去了很久。

“你还记得替老常做手术的那天晚上，你对我说的话吗？”

钱伟摇了摇头，现在他脑子里总是有太多的事情要考虑，哪儿还会记得那么久以前自己说了什么。

“那时候刘玉成提议我们大家组成一个团队，由我来担任队长，但我却只想加入一个大团队，不想背负这么重的责任。那时候你说过，我们都很容易就能在别的地方找到位置，但其他人却未必……虽然那时候你没有明说，但你的态度很明确，即使是我真的按照自己的想法走了，你也会留下来，带着他们求生。”

“我现在的想法也一样。”钱伟说道。

“我知道。”张晓舟点点头，“我们都可以轻松地在其他地方找到更好的位置活下去，但我们却宁愿为了这些人留下来，冒更大的风险，承担更多的责任，让自己更累，不是吗？”张晓舟问道，“这样一说，我突然发现，其实我们都很伟大。”

他笑了起来，钱伟继续严肃了一会，终于绷不住了：“你小子到底想说什么？”

“我知道你不是为了所谓的权力留在这里的。”张晓舟说道，“你我都清楚，在这么一个随时都有可能崩溃、随时都有可能被吞并的小地方，当一个负责人除了压力和沉重的责任，其实享受不到什么。别人的尊重？也许吧，但除了这以外，还有什么？说说看，是什么支持你想要继续这么做下去？”

钱伟摇了摇头：“我不知道。”

“成就感？别人的尊重和信任？使命感？”张晓舟问道。

“我不知道。”钱伟再一次摇了摇头。

“我们这个团队里，一半以上的人都是别人不要的包袱，对吧？”张晓舟说道，“他们必定是有问题才会被那些大的团队拒绝，体力不够，思维跟不上，知识欠缺，没有在这个世界谋生的技能，老的老小的小，如果他们没有这些问题，那也不会留在这里。你同意我这样的说法吗？”

钱伟点了点头，但他突然知道张晓舟想说什么了。“这不一样。”他摇摇头，“这不一样。”

“什么地方不一样?”张晓舟问道,“你宁愿放弃更好的可能,宁愿留在这里,难道不是为了让这些信任我们的人能够有机会活下去? 在我们组成这个团队以前,你应该就已经做好了这样的心理准备,难道不是吗?”

钱伟仍在摇头。

“你我都清楚。”张晓舟说道,“这样的话也许很不好听,但加入我们这个团队的人,除了王牧林他们那一批之外,都是被挑剩的人。如果他们聪明、适应力强、乐于服从、甘于奉献而又有着在这个世界求生所需要的知识和技能,那他们就不会出现在我们的团队里。从建立的那一天起,我们这个团队的构成就已经决定了我们必然会面临现在的这些问题,因为我们的成员就是这样的一群人,至少,里面有一大半都是这样的人。”

“这些人已经被筛选过一次,而你和梁宇现在想要在这些人里面再进行一次筛选,把不能适应的人再筛出去。”张晓舟让自己的语气尽可能地缓和下来,“这样做本身没有什么问题。我只有一个疑问,如果我们的目的只是想赢,只是想在这个世界上更好地活下去,那我们何必做这些? 我们何必要承担这些压力和危险? 十几天前我们俩就一起到地质学院去,也许混不上领导的位置,但我们绝对比现在轻松,你相信吗?”

“既然我们已经选择了留下来,当然就要对这些人负责! 当然必须选择对人们最好的做法!”钱伟说道,“难道明明知道他们做得不对,还要继续纵容他们犯错?”

“对哪些人负责? 选择对哪些人来说最好的做法? 是不是只有这么激烈的手段才能让大家不再犯错?”张晓舟问道,“当初他们都一样选择了信任我们,推选我们来带领他们,为什么他们就要被剔除出去? 因为他们比较蠢? 因为他们适应得更慢? 因为他们不听从指挥? 别忘了,我们的团队成员本来就是这样一批人,你怎么保证把他们剔除之后,就再也不会发生任何问题了? 如果再一次遇到问题,是不是要继续把犯错的人剔除掉? 那我们留在这里究竟是为了什么? 就为了把这些人逐步淘汰掉? 就是为了看着这些曾经支持我们、信任我们的人一批批地走向死亡?”

“跟你简直就说不清楚!”钱伟又急又气地说道。

“我确实想不通。”张晓舟说道,“也许是我钻牛角尖了,那好吧,我不说话了,你来说服我。你来告诉我,非要像你们想的那样做的理由。”

他默默地看着钱伟,钱伟心里无数个念头转来转去,却不知道应该怎么说。

张晓舟的话无懈可击吗？

当然不是！

但在他所设置的前提下，钱伟发现，自己真的没有办法拿出有绝对说服力的论据来。

就像张晓舟说的，这些人本来就不优秀，按照他们的想法把这三家人流放出去之后，真的就能一劳永逸地解决问题？在王牧林已经提出了更好的处置办法的情况下，继续纠结这个问题根本就没有意义了。

“问题根本就不在于这个。”他说道。

“那在什么地方？”张晓舟马上问道。

“问题在于……你给大家画的那张饼！”

“我画的饼？”张晓舟彻底疑惑了。

“就是你一直推行的那些东西！”钱伟大声地说道，他感觉自己终于找到了突破口，“你去问问，谁需要这些东西？谁在乎这些东西？人们关心的只是我们能不能坚持到把玉米种出来的那个时候，而我们现在甚至都还没有开始动手！人们只关心自己三个月之后、半年之后还能不能活着，谁会在乎自己有没有话语权？如果根本都活不下去，我们这里再公平又有什么用？有什么意义？”

“如果没有任何意义，那你又为什么反对它呢？”

“因为没有效率！明明管理团队就能决定的事情，非得等到吃饭的时候进行表决，说明理由、接受询问和质疑，没完没了！一次至少也要一个小时，时间就这样一点点被浪费掉了！我们有这么多时间花费在这些事情上吗？”

“这没问题，我们可以尽量减少要在会议上讨论的事情。”张晓舟说道，“新的规定出来之后，我们应该不会有很多需要会议表决的事情了。会议只用来表决非常规而且特别重大的事情，这样可以吗？”

“不是这个意思。”钱伟摇头，“你难道没有感觉到吗？大家投票根本就不是按照自己的意愿，而是根据你我的想法，他们更多的是因为我们这样说，于是他们就按照我们的说法投票了。全体会议完全就是走个过场，这有什么意义？就是为了程序正义？为了证明这是大家的决策而不是我们几个人的独断专行？”

“程序正义也好，集体决策也好，我觉得都不重要。”张晓舟说道，“对我来说，重要的是，人们能不能因为这个而感到自己在这个地方是受到尊重的，会不会因为这个规章制度而对团队产生归属感。我想要的，只是让所有成员把这个地方当作是自己的团队，而不是我们几个人的团队。我希望人们能够自发地为了这个团队而努力，而思考，而不是一直等待我们来思考，等待我们来告诉他们该怎么做，甚至是想出各种各样的规定和办法来逼迫他们按照我们的想法去做。但归属感不可能在几天时间内就培养出来，这个过程会需要时间，如果我们的做法不得当，这个过程也许会很漫长，甚至是遥遥无期。为什么我反对把他们流放？因为我很担心，这样做会不会让人们对我们开始感到恐惧，会不会让他们和我们离心离德，甚至站到我们的对立面去！我们本身就只有这么几个人，就只有这么一个小小的地方。如果我们连这些东西都没有，那我真的没有办法相信我们能走得比别人更远。”

钱伟看着他，随后摇了摇头。“我说不过你。”他说道。

“但你会继续信任我、支持我，就像我信任你一样，对不对？”

“当然！”钱伟说道。

由王牧林主持的会议算得上是波澜不惊，人们对于主持人的突然更换有些惊讶，但并没有持续多长时间，他们的注意力很快就被代表裁决庭上台的江晓华所吸引。

在他念裁决庭的审判过程时，除了极少数小孩和老人，大多数人都在认真地听着，而当他最终说出审判结果时，一直在密切注意人们表情的张晓舟和钱伟都看到，很多人松了一大口气。

这与被审判者无关，人们关心的是将来自己如果犯了错误，将会遭受的是什么样的对待。

如果审判的决定是让人们开始投票要不要将他们流放，结果会是什么呢？

张晓舟摇了摇头。没有发生的事情没有办法假设，既然现在的结果并不算差，那就没有继续纠结在这个事情上的必要了。

王牧林开始代表管理团队发言，但人们的注意力已经开始分散了，这让他稍微有些尴尬。

二十天的刑期将分为四段执行，中间穿插强制劳动。这是因为他们在关禁闭的时候只有基本口粮可吃，如果一次性饿上二十天，那等他们出来的时候，身体有可能出现严重的问题，会成为团队的负担。

这样的结果大部分人都不在意，但对犯事的这三对夫妻来说，足以让他们松一口气了。他们在台上向刘雪梅和董丽娟进行了公开道歉，三个女人一边哭一边说，把自己骂得狗血淋头，这样一来，就算是对结果最不满意的钱伟，心里多多少少也舒服了一些。

当然，当众赌咒发誓再也不犯，并不意味着他们心里就真的已经这么想了，但至少，这样的态度将是一个很好的开始。

六间原本用来做杂物房和交换机房的看不到阳光的小房间被整理了出来，作为他们即将被关押的地点。将这最后的一件事完结之后，张晓舟便彻底不再考虑这事了。

“当前我们最重要的任务只有一个：尽快开始种植玉米。明天开始，所有的工作都要以它为中心！”

没有人有异议，这件事情已经不仅仅是字面上的意思，某种意义上来说，它几乎已经成了团队的信仰。大家都把自己的未来和它捆绑在一起，只要种子种下去，幼苗开始茁壮成长，人心就能安定下来。

但这么简单的几个字背后却需要大量的工作。

前期准备基本上已经完成。

钱伟带着几个有机械加工常识的人已经做出了两套滑轮组，配合他们手头不多的绳索，可以把五十公斤重的泥土装在用剪成条的窗帘编成的筐子里提到楼顶。用金属制品加工而成的锄头、撬棍和铲子也已经有了几十把，应该可以满足人们挖土的需要。他们甚至用原先停在地下停车场的那些电动车的轮子配合其他材料做了五辆用来运输泥土的小车。在这么短的时间里，几乎是全凭借手工，只是在最后用了一点点电焊就能做出这么多东西，钱伟可以说已经把自己的潜能和安澜大厦的机械加工能力发挥到了极限。

但现在最大的问题是，该到什么地方去挖土？

安全、高效，首先考虑的必须是这两点。

站在安澜大厦楼顶上，周围能够看到不少绿地：对面小区里的绿化带，街边的绿化带，甚至是安澜大厦背后那家工厂的绿化带。但这些地方要么已经种了树木，要么就太零散。

已经种树的地方要把土挖出来肯定不容易,另一个问题是,把这些土挖走,让这些跟随他们一起来到这个世界的树木死掉,绝对不是什么理智的选择。

很多植物都有药用价值,或者是嫩叶、花朵可以拿来吃,就这么把它们弄死实在是不划算。

“其实我们脚底下都是土,想办法挖开表层的地面,下面应该都是泥土。”钱伟说道,“就是一开始的时候工程量太大,而且土可能会很贫瘠。”

“我正想说这个事情。”李雨欢说道,“刚才有几位老人来找我,说我们现在应该要堆肥了。即使一开始种的时候用不上,后面也可以用来追肥。”

大家对于这个说法都不陌生,虽然不太明白堆肥的具体方法和要求,但每个人都清楚,没有肥料,他们在光照不足的室内种植玉米的产量不可能高得起来。

“具体要怎么做?”张晓舟以鼓励的态度问道。这是李雨欢第一次在会上主动发言,更让他高兴的是,她的话里透露的信息表明,人们终于开始自发地为这个团队想办法了。

“说是在地上挖一个浅坑,放进落叶、稻草之类的东西,然后再加上一层粪便,盖上一层土……这样一层层堆上去,在现在这样的温度和湿度下,发酵一两个月就能拿出来用了。”

“农村是这样的,但在城市里,其实化粪池本身就已经有发酵的作用了。”吴建伟说道,“现在我们反而没有地方收集落叶和有机质,等到附近化粪池里的积肥用完,而且我们手头也有玉米秆和落叶之后,倒是应该要开始考虑堆肥的事情了。肥料我们现在其实不缺,周围的化粪池,下水道里的淤泥。这段时间烧了这么多的木材,积累了很多草木灰,虽然这种灰烬的肥效肯定比一般的肥效要差,但应该多少有点用处……”

“那我们就可以在附近找个地方深挖下去取土,然后拿过来用。”钱伟把话题重新拉回来,“我看就在大厦后面那一圈取土,以后可以慢慢扩大成壕沟。”

时间就在这样的讨论中飞快地流逝,因为晚上没有照明,张晓舟只能把要点记在心里,准备明天天亮的时候马上记录到本子上。相关部门的负责人也把涉及自己的事情记录下来,准备明天一早做出相应的安排。

最终讨论的结果是,从安澜大厦背后地下停车场以外的区域开始,先安排一组人把地面破开,找到合适的地方开始取土。按照吴工的理论,这样不承重的地面应该不会有很厚的混凝土，而且混凝土的标号不会太高，应该很容易就能破开。

“我记得这片区域十年前都是农田，下面的土质应该还可以。可惜没有空压机和风镐……”他有些遗憾地说道。如果用机械，这样的活儿根本就不费什么工夫。

“那个声音，大概几公里内的恐龙都会被引过来，还是算了吧。”钱伟摇了摇头。

“安全保卫部明天要加一倍的岗哨，一定要确保安全。”张晓舟说道。

“你放心吧。”李洪说道，“这个事情我们接下来会再讨论一个方案，一定保证他们的安全。”

几件事情都安排下来之后，已经是晚上十点多了，在这个没有照明、没有娱乐的世界里，这已经算得上是深夜了。

张晓舟到食堂去打了热水洗脸擦身，回来的时候，看到王牧林在他的房间里面等他。

“王哥？还有事要说？”

“有点想法。”王牧林说道。

“你说。”张晓舟点点头。王牧林随手把门关了起来。

“时间也不早了，我就开门见山了。”王牧林说道，“种植玉米当然是当务之急，但我刚刚计算了一下，现阶段取土运土消耗不了多少人力，还有余裕，是不是再找一点事情给大家做着？不然的话，我担心又出现之前的问题。”

张晓舟点了点头。

每天的工作量怎么排才能保证大家都有活干，不会出现一些人干了活、另外一些人就没活干的情况，但强度又不至于太累，影响到健康和后面的安排，这确实是一个很考验人的事情。

“之前不是提过楼板承重的问题吗？另一方面，我更担心房间里面的那些作物因为光照不足长不好。你看是不是这样，我们拿手边的材料继续编制筐子，可以比较简易甚至是不需要底面，只要有一圈能把土围拢的边框就行。土层可以厚一些，但因为减少了覆土的面积，承重问题应该会好得多，而且我们也可以定期移动它们的位置，让光照能够平均一些。”王牧林说道，“这个工作不难，老人和孩子其实也可以做，但很费时间，只要有材料可以一直做下去，可以把多余的劳动力解决掉一部分。我们可以多找一些类似这样的工作，灵活地进行调整，确保大家只要想做活就都能有活做。”

这样的提议在张晓舟看来很不错，但为什么不在会上直接说，而要单独来找他呢？既然不是很紧急的事情，明天早上当着大家的面说也没有什么问题吧？

“这由张晓舟你提出比较好，别说是我的想法。”王牧林说道，“我出什么主意其实并不重要，甚至可以说根本就没有什么意义。我这个角色的任务就是认真执行命令，协调好各项工作。但你不同，你要源源不断地拿出解决各种问题的办法，一点点地把威望树立起来。要让大家相信你能够解决任何问题，也许会犯错误，也许会有疏漏，但最终总能及时找到正确的解决问题的办法。这是我们这个团队存在的根基，也是团队信心的来源。”

张晓舟无法理解这里面的逻辑，但王牧林这时候已经站了起来，默默地往外走去。

“明天早上你应该不会想要自己带队吧？”他突然问道。

张晓舟愣了一下，这正是他的想法。暴龙进入这个区域后的第一次外出工作，他觉得自己作为团队负责人，当仁不让。

“千万别再做这样的事情了。”王牧林说道，“你想过没有，如果你负伤，被困在外面，甚至是遭遇了什么意外，安澜团队会变成什么样子？这个团队绝大多数人都是因为你而加入的，如果你不在了，这个团队还能维系多久？你的价值应该体现在智慧和管理上，而不是一次次地去冒险。”

“这件事情让钱伟或者是李洪带队，效果比你好得多，他们的职务和角色就是做这样的事情。你抢走他们的工作，只会让他们不能及时地适应自己的位置，影响他们的发展。我们这个团队要发挥出战斗力，每个人就都必须尽快找到自己的角色并且适应它。”他最后说道，然后从外面关上了门。

自己的角色？

这样的说法张晓舟从来没有想过。

第18章

心惊胆战

王牧林走后，他躺在床上，不由自主地开始思考这个问题。

明天的任务应该交给钱伟或者是李洪？

从分工上来说，这应该是对的，钱伟是民兵的副队长，而李洪则是安全保卫部的副部长，从职责上来说，他们中的任何一个人来主导这次任务都很合适。但张晓舟在这个世界里已经习惯了身先士卒，突然有人站出来告诉他：你这样做不对，他一下子有些转不过弯来。

每个人的角色？

他想着这个东西，渐渐地睡着了。

一百多人集中住在一起，几乎谈不上隐私或者是安静。也许关上门说话未必会被周边房间里的人听到，但每天早上人们起床后在走廊里发出的声音几乎不可能被忽略掉。从五点多开始，人们就陆续起床；五点半的时候，所有人都起来，并且陆陆续续地吃了早饭，开始向劳工部的那个大房间聚集。

各个部门的用工计划在五点半以前交到劳工部这里进行统计，没有在某个部门获得固定工作的人们则在划给劳工部的大房间里等待着今天工作的安排。在这个间隙，一名物资保障部的工作人员在旁边的一块大白板上更新着每个人的积分情况，好让大家对自己的消费能力有一个直观的了解。

一些人虽然没有固定进入某个部门工作，但其实一直都在做着相同的事情，这让他们显得胸有成竹、不慌不忙，而那些几乎每天都在轮换着做不同工作的人，则多多少少显得有些忐忑，等待着今天工作任务的清单出来。

但不管怎么样，经过两天的磨合，又经历了昨天的纷争，到了新规定实施的第三天，大家也多多少少都摸清楚了现在团队运行的规律，早晨这个时段的混乱终于变得稍稍短了一些。

“今天有外出任务！两个班次，现在招第一班的，先要十个人！”钱伟大声地对人们说道。各个部门的任务白板这时候都被推了出来，分别放在相应的区域，等待感兴趣的人去报名。但最被人们关注的依然是钱伟身后的那块白板。

“四个小时，一百二十个工分？”

一般性的工作一个班次六个小时只有二十到三十个工分，这就意味着，外出工作的时间短，收获却相当于留在大厦内干活的四五倍。

“很危险吧？”有人马上说道。

“工作内容都在上面，不会自己看哪？”另外一个人说道。

白板上画了一张简易的地图，旁边标注了今天工作的区域和内容，安全保卫部的安全应急措施和行动方案写在纸上，用磁铁吸在白板上，每个人都能看到。

“好像也不是很危险啊，就在那道围墙边上挖土，离大厦这么近，遇上危险几秒钟就逃回来了吧？”

“上面有写啊，不按照预案行动、乱跑是要受罚的，不过会有专人负责周边的安全，如果看到恐龙在附近活动就会撤回来，这段时间仍然按照出勤算。”

“那要是恐龙一直在周边转，这么多工分不是白捡了？”

“你想得倒美！如果你在外面的时候它突然过来呢？”

人们议论纷纷，却没有一个人真的出来报名。

那些胆小或者是家里牵挂多的人趁这个机会偷偷地去其他部门看挂出来的工作，报了名，然后才回来继续看热闹。

过了好一会儿，终于有一个中年人找钱伟报了名，他家里人多，负担太重，凭借他和老婆两个人的工分，基本上就只够吃饭，什么东西都买不了。他之前一直没有说话，而是很仔细地一直在看安全保卫部的那些东西，和自己的老婆商量了一下之后，他终于第一个站了出来。

“有种!”“好样的!”

人们纷纷对他报以掌声。

虽然也有心理阴暗的人小声地说着“要钱不要命”这样的话，但有昨天的例子放在眼前，他们也只敢小声地说给自己听听。

有了这样的示范作用，十个人很快就凑齐了。那些忙着看热闹的人这时候才发现，好一点的工作都已经被人占了，慌慌张张地开始到处找事情做。

钱伟、李洪和吴建伟把人带到一楼，把工具交给他们，让他们戴好安全帽，开始向他们说明注意事项。工作难度并没有多大，唯一的问题在于，怎么尽可能地减少会把恐龙吸引过来的噪声，并且及时地识别楼上岗哨发出的报警信号。

张晓舟下楼的时候，钱伟和李洪正在因为由谁带队而争执。

“你别和我争了，外出工作按照分工本来就是安全保卫部的事情。”

“那我还管着民兵哪！以前行动组就是我带，外出工作我比你有经验!”

“今天又不是到其他地方去找东西，要什么经验？应急方案都是我们安全保卫部做的，你比我更熟悉？而且你不是要负责安装滑轮组吗?”

张晓舟和吴工在旁边看着他们直摇头，张晓舟昨天晚上已经想清楚，自己的确不应该在这个事情上强出头。出于同样的理由，他最后支持了李洪，钱伟一脸不忿地只能自己上楼去了。

“今天你们的主要任务不是运多少土过来，而是尽可能地把通道拆出来，把混凝土地面挖开。”张晓舟对他们说道，“只要完成了这个任务，今天就算是成功了。”

他们小心翼翼地拿着工具，推着专门为了这个事情而做的活动脚手架，从后门向外走去，他们中有些人并不是第一次外出作业，但在明明知道外面有暴龙行动的状况下出去，这还是第一次。

之前反复交代的那些注意事项在这样紧张的气氛下突然变得模糊了，还不到八点，周围已经热得可怕，人们的喘息突然就变得沉重了起来。

李洪一直在一边走一边看楼顶的信号，到目前为止，都还是表示绝对安全的绿旗。

他知道这种时候越是害怕，越是束手束脚，就越容易犯错误，于是他低声地向周围的人鼓着劲，带着他们快步向目标区域走去。

“先动手拆掉这堵墙。”他对人们说道。吴建业已经详细地向他介绍了今天要做的事情，他们脚下的区域全都是地下停车场，必须要穿过这堵墙才能保证挖到的不是钢筋混凝土。

手持大锤的那个人犹豫地看了看他，小心翼翼地爬到了架子上，然后用力地一下砸在墙上。

巨大的撞击声像是传到了很远的地方，似乎有回声传来。

人们下意识地回头看着楼上，哨兵摇了摇绿旗，表示没有危险。

“用力！”李洪说道，“耽误的时间越久，我们就越危险！”

那个人咬咬牙，用尽全身的力气，狠狠地一锤砸了上去。

墙壁轻微地摇晃了一下，却没有倒下去。

“再来！”李洪继续鼓励着他。

张晓舟站在后门那里看了他们一会儿，注意力便转移到了其他地方。这个事情实际上已经有李洪、钱伟和吴工三个人在参与，如果他再把自己的时间也搭进去，既没有必要，也是对他们的不信任。

他先回到劳工部去看今天工作的分配情况，然后把梁宇、刘玉成、王牧林和李建业叫到一起，简单地把王牧林昨天和他说的那个事情说了一下，在王牧林的注视下，他没有说这是王牧林的建议。

这个提议很快就得到了大家的认可，虽然要消耗相当多的材料来编织这样的容器，但本身却对改善大厦的承重结构和减少土壤用量有着明显的好处，这个提议很快就得到了一致通过。

刘玉成开始着手清点可以使用的材料，而梁宇则把它列到了可以灵活安排的工作内容里，准备在今天下午的那一班里安排一部分工作。

大家都认为这是张晓舟的主意，这让他有些汗颜。

但王牧林却笑着对他点了点头。

张晓舟有一种感觉，他昨天晚上专门来找自己说这个事情，并不完全是为了这个建议本身。示好、表明自己的立场和态度，同时婉转地向他表达自己的意见、劝阻他冒险的想法？也许他不太可能同时想做这么多事情，但对于张晓舟来说，这些效果多多少少都达到了。

不管王牧林的目的是什么，他愿意把本该属于自己的光环放在张晓舟身上，自己默默地专注于日常的工作，这让张晓舟觉得，这个人应该是可信的。

他匆匆回到农林牧产部的办公室，李雨欢和那个名叫肖贵的老人正在仔细地检查一包种子，把有光泽、粒大、饱满、无虫蛀、无霉变的种子挑出来，准备晾晒，然后用水浸泡，以便播种。

“雨欢，你跟我来一下，老肖，这个事情就麻烦你抓紧一下。”

“没问题。”肖贵点点头说道。

“干什么？”经过几天的相处，李雨欢对张晓舟多多少少有了些免疫力，不至于一见到他就脸红了，但这样被他单独叫出去，她难免还是会有些扭捏。

“我们去看一下那些草木灰的情况，如果他们有土运过来的话，我准备下午要两个人过来把草木灰运到六楼和泥土混合一下做成基肥，你来盯这个事情。”

这样的答案让李雨欢多多少少有些失望，但她还是站了起来。

就在这时，楼顶突然传来了尖锐的哨子声，张晓舟脸色一变，丢下李雨欢就往靠后门的那边冲了过去。

人们正在拼命地往安澜大厦这边跑，几条长着羽毛的大约两米高的恐龙跃过前面那堵围墙，尾随着他们冲了过来！

情况紧急到了极点，但站在楼上，张晓舟却什么都做不了，只能眼睁睁地看着它们以极快的速度直扑过来，几乎只是一瞬间，它们就已经到了人们的身后。

糟了……张晓舟似乎已经看到了血肉横飞的场景。

预案中的确考虑过这样的情况，但他们却没有想过，恐龙会在这么近的距离内突然出现并且发起攻击。

来得及吗？

他已经不忍直视，但就在这时，一团火光突然出现在恐龙前进的方向，它们被这突然出现的火光吓了一跳，在高速公路上快速地扭动着身体，从旁边绕了过去。

然后又是另外一团火光！随即是更多的火光！

燃烧瓶不断落下，四散飞溅的汽油和火焰终于把一只恐龙的羽毛引燃，这让它仓皇地尖叫起来，恐龙群终于受到了惊吓，向侧面逃了过去。

那些仓皇逃回的人终于彻底摆脱了它们的追击,张晓舟听到下面砰的一声,应该是门被关上了。

他三步并作两步地冲到了楼下。

出去工作的那些人全都瘫在后面的门厅里,气喘得像风箱一样,好在一个人也没有少,只是有一个人的手臂上划了一个大口子。

张晓舟过去帮他检查了一下。

“跑进来的时候在墙上蹭的。”李洪脸色苍白地说道。

没有经历过这种景象的人永远也无法理解这些猛兽的恐怖。他一直在注意着楼上的信号旗,但从代表有危险的黄色旗到代表极度危险的红色旗,中间的间隔只不过是几秒钟而已。

所有的工具都被扔在了外面,在狼狈奔逃的时候,他一直在看着那个站在门边的队员,生怕他会因为恐惧而把门提前关起来。他甚至已经完全忘记了自己做过的应急预案,只是和其他人一起拼命地向那唯一的生路逃去。

好在守在门口的队员在这个时候没有腿软,而楼顶的哨兵也坚决地完成了任务。

“还好没有人摔倒……”钱伟这时候也从楼上赶了下来。

如果跑在前面的人摔倒,那必定会让后面的人也跟着摔跤,那将是连锁反应一样的惨剧。

分散在周边的人们这时候才知道发生了什么事,出去工作的这些人的家属拼命地穿过人群,紧紧地抱着他们痛哭起来。

大多数人都见过人们被速龙追上之后的场景,这种劫后余生的感觉让他们无法遏制自己的恐惧。

“所有人都回来了,只有一个受了轻伤,这没什么好看的!”梁宇这时候从楼上下来,看着黑压压的人群,他大声地叫了起来,“无关的人都回到自己的岗位上去!今天的工分不想要了吗?”

不知不觉,他一直在充当管理团队中黑脸的角色,人们怨恨地看了他一眼,但还是按照他的话渐渐散开了。

张晓舟和钱伟一起安抚着那些受到惊吓的人,让他们回去休息。

在这样的情况下,不可能再逼着他们出去继续工作。可以想象,下午那一班也应该不会有人报名了。

“我们到楼上去。”张晓舟说道。

李洪的腿还在微微发抖，钱伟不得不拉了他一把。

没有人嘲笑他，遇到这样的情况，谁也不能保证自己的表现就一定比他好多少。

楼上安排了六名哨兵，配备了将近三十个燃烧瓶，此时燃烧瓶已经少了一半多，而哨兵们的脸色也很不好看。

“怎么会这样？”张晓舟问道。

“根本就看不到那些畜生！”钱伟说道。

……

事情发生的时候，他正带着两个人在楼顶安装滑轮组，但他的注意力几乎一直都在外出的那些人身上。滑轮组装起来一时根本还派不上用场，根本就没有那么紧迫。

那应该是我的事情！

他有些不满地想道。

李洪看上去很紧张，一直在看他们这边，而他周围的人看上去也束手束脚，战战兢兢。

他们一直在关注暴龙的动向，有两个哨兵专门盯着它消失的方向，并且用望远镜一直监视着它有可能出现的方位，其他人则不停地扫视着周围的环境。

一名哨兵“咦”了一声。

“怎么？”钱伟马上紧张了起来。

“那边好像有个东西……”哨兵指着距离李洪他们大概几百米远的地方。

那是一片厂房，围墙和蓝色的彩钢瓦顶棚遮蔽了人们的视线，甚至有些反光，几乎看不到什么东西。

望远镜的视线太受限，几个人都停下了手里的工作，仔细地观察着那边。

“大概是我眼花了吧？”那个哨兵讪讪地说道。

“换上黄旗，让他们注意。”钱伟还是这样说道。

张晓舟一直在反复地强调，一时的疏忽就有可能带来惨重的后果，任何时候都必须谨小慎微，作为管理团队的一员，他觉得自己必须身体力行地实践这一点。

哨兵点点头，把手中的旗子换了一个颜色。

就在这时，一个哨兵惊叫了起来："有东西！"

一个青绿色的身影突然从一道围墙上一跃而过，随即是更多同样的东西！

"快！"钱伟大声地叫道。

红色的旗子马上就挥舞了起来。

这时候，站在脚手架上的那个人其实也看到了那些东西，他丢下手中的大锤就往下跳，人们开始仓皇地向大厦这边逃跑。

"快！燃烧瓶！"钱伟大叫道。

没有预料到的事情发生了，天台上的风太大，打火机的火苗几次被吹灭，哨兵们越发惊慌了起来。

"过来！"钱伟焦急地大叫着，抓起自己的衣服挡住火焰，第一个燃烧瓶终于被点燃，火焰还在他的身上燎了一下，但他根本就没有心思去管这些，抓起另外一个燃烧瓶引燃，向着那些疾速冲来的猛兽砸去。

……

"如果火一直点不着……"李洪的脸色有些苍白。这并不是不可能的事情，但他们在制定应急预案的时候却没有考虑过这一点。每个哨兵都配了一个打火机，在他们想来，这足够了。

"我们预警的时间太短了。"钱伟说道，"但真的没有办法，那些东西贼得很，它们沿着那边的墙壁一直走到很近的地方才跳过来。"

这就是张晓舟一直觉得中型恐龙更危险的原因。

暴龙几乎没有办法隐藏自己，它就算是俯下身体也有四五米高。它对于那些单独外出的人们或许有着巨大的威胁，但对于安澜大厦这样二十四小时都配备了哨兵的地方来说，几乎不可能有发起突然袭击的可能。

但这些不知道是什么品种的中型肉食恐龙却很容易在城市中隐藏自己，它们强大的跳跃能力让那些普遍只有两三米高的围墙根本就挡不住它们，反而成了它们的绝佳遮蔽物。

"它们跑到什么地方去了？"张晓舟问道。

"从那边跳过了围墙，然后就看不到了。"一名哨兵答道。

也就是说，它们还有可能在周围的任何地方。

张晓舟的房间里，气氛非常紧张。

第一次外出作业就遇到这样的问题，可想而知，后面的工作将会有多难做。

人们的信心一旦就这样被打压下来，要想再重新振作起来就得花费几倍的力气。对于他们这样一个团队来说，简直就是致命的打击。

“我们必须尽快拿出办法来，最好是今天就能想出来！”王牧林说道。

“有这么容易的话，那它就不会是问题了。”钱伟烦躁地说道。

任务失败是一方面，另外一个方面则是那些被抛弃在外面的工具，那些消耗掉的汽油。

加班加点花费了几天工夫才辛辛苦苦做出来的工具，根本就没有派上用场，就这样被遗弃掉了，虽然还有可能捡回来，但还是让他感到郁闷。

而油料的问题则更加严重。

他们之前从附近的汽车里抽出来的油加在一起也只有不到五百升，为了之前的那次行动而大规模地使用焊机消耗了一部分，开车到副食品批发市场去又消耗了其中的大部分。

现在他们手边所保存的汽油总共也只有不到一百五十升了。可以预料的是，这应该就是他们以后所能使用的全部数量了。

仅仅是为了驱赶这些恐龙就用掉了十六个燃烧瓶，将近五升汽油就这么白白地被消耗掉了。

如果拿来给焊机使用，这些油至少够他干两个小时的活。把宝贵的油料就这样用掉，没有对那些恐龙造成伤害，真的让他感到很可惜。但没办法，为了救人，他们只能这样做。

如果想不出可靠的办法，他们手上储存的油料难以长期支撑这样的行动。

“就算想不出真正有用的办法，哪怕是暂时编也要先编一个出来。”王牧林说道，“你们看到大家脸上的表情了吗？这种情绪如果持续下去，我们这个团队就完了。”

没法外出就意味着没法弄到土，没法弄到肥料，张晓舟一直给大家画的那个美好的未来就永远也实现不了。

谁也没有说话。

那个地方距离安澜大厦不过六七十米，已经是他们能够找到的最近的地方了。

如果连这个地方都到不了,那别的地方也根本就不用想了。

张晓舟烦躁地在纸上无意识地画来画去,但脑袋里空空的,什么都想不出来。

“为什么我们不能直接在地下车库下面开挖呢?”李洪说道,“既然那边挖开混凝土地面是土,我们这边应该也一样啊!”

“下面的水已经有一米多深了,怎么挖?你准备把那些水全变成泥浆吗?”钱伟摇了摇头。地下车库的总面积达到了将近六千平方米,这么多的水根本就不可能排完。

“那从下面找一个最靠近那边的地方挖开一个口子呢?应该有通风管之类的东西,我们把它扩开不就行了?”李建业突然说道。

“下面都是水,怎么运土过来?”钱伟问道。

“我们可以拿手边的材料做几条小船,只要想办法,这应该没问题的。”李建业说道,“大不了多跑几次。”

这似乎是一个可行的办法,但那下面不但满是积水,也没有任何光线,伸手不见五指。在那下面做这么多的工作,难度肯定不是一般大。

吴工却摇了摇头,作为这里唯一的土木工程专家,他在这个方面有着不可辩驳的发言权:“地下车库的顶板厚度至少有两百毫米,然后是防水层、覆土层、混凝土地面……我们手边又没有任何工程器具,还是从下往上施工……这简直就是异想天开。就算我们不惜一切代价投入大量的人力,手工把它凿开,那花费的时间也不会是一个小数字。如果可能的话,还是想别的方案为好。”

王牧林对张晓舟说道:“之前你们不是杀死过一批速龙吗?能不能想办法再来一次?”

“没那么容易。”张晓舟摇了摇头。

每次回想起那次的成功他其实都心有余悸。那个陷阱太过于简陋,行动计划也太过于冒险,现在回想起来,简直就是在拿所有人的性命开玩笑。能够成功,运气的成分远远大于其他的因素。

但那时候他们被困在那里面,熬下去也是死路一条,只能殊死一搏。

但现在,合适的地点是一个方面,人们有没有勇气去做这样的事情是另外一个方面,最关键的是,他们根本就不知道这群恐龙有多少只。

那样的经验是没有可能复制的,就算能够杀掉其中的一部分,他们出去的时候还是同样面临着不可预知的危险。

“如果我们那些车子还在就好了!”刘玉成有些不甘心地说道。

如果那五辆经过钱伟改装的外面全是尖刺的车子还在,即使是舍不得烧油,推过去也能作为临时庇护所,给外出工作的人提供一点保护。

等一下……张晓舟的脑海中突然闪过了一个念头。

“钱伟,我们手边的材料还够不够制作一个大铁笼?”他大声地问道。

“要有多大? 焊条还有一些,但是钢材已经不多了,尤其是没有长的。”

“不用太大。”张晓舟说道。

他快速地在纸上画着,他画的东西看上去就像是一个大号的捕鼠笼,他专门在图纸上标注,闸门要能够通过操作机关凭借自重快速下落,从而把闸门封死。

“如果你是想布置陷阱,其实没有必要这么复杂。”吴工说道,“我小时候和我父亲去山上抓过兔子,只要能找到结实的绳子,在地上设置一些绳套就行。它们的行动速度那么快,只要踏进去,肯定会被绳子套住,冲力大的话说不定会直接拧断它们的脚脖子。”

“但那样的陷阱,出去布置的人会很危险。”张晓舟说道,“而且没有办法保证一定能抓住它们,只能靠运气,对吧?”

“陷阱本来就是靠运气的事情。”吴工说道。不过他也没有反对张晓舟的意见。结实的绳索对于他们来说也是非常重要而又紧俏的资源,的确没有条件在外面到处布置这样的陷阱。

“不过这个铁笼子并不仅仅是作为陷阱。”张晓舟说道,“如果能抓到一两只振奋一下士气,给大家改善一下伙食当然最好,但我的想法是,它也可以作为我们到外面去工作的人的一个临时庇护所。如果发现这些东西却又来不及逃回来,我们的人可以躲在里面,慢慢地抬着笼子走回来。”

这样的想法让大家耳目一新。

“要这么说的话,倒是……”吴工开始考虑方案的可行性,他把张晓舟画的那张图拿过来,开始在上面修改,“这里要用滑轮,不然闸门下落的速度没有保障……这里可以这样改一下……”

经过他修改的铁笼,三面是网格,一面是一个能够凭借自重快速落下的闸门,操作机关同时设置在铁笼内部和另外一侧，以便作为陷阱或者是避难所使用。铁笼的顶部可以打开，用几个插销来锁定，这样人们可以自如地从上方进入或者是离开。以恐龙的智商和身体结构，应该不太可能有办法从里面打开它。

铁笼的两侧有防止它翻滚的斜撑结构，因为有这样的设计，所以下方是敞开的，方便站在里面的人抬着它移动。

作为临时避难所，人们可以站在临近闸门的地方工作，遇到危险以后直接逃入铁笼内，把闸门放下来，站在里面等待恐龙离开，或者是直接抬着笼子慢慢走回来都可以。

"抬着走太不方便了，可以装几个轮子，这样在平地上移动起来会比较方便。"钱伟说道，"可以在这里和这里加上把手，这样推它的时候就不怕被抓伤或者是咬伤了。"

"准备给几个人使用?"吴工说道，"如果尺寸太大，我怕钢材强度支持不了。"

"十个人怎么样？里面可以预留一辆运土的小车的位置，我看四米长、两米五宽、两米高就足够了。里面可以再加几根拉筋加强一下……"

两人完全把其他人忘了，不过大家都乐见其成。

几分钟之后，他们就确定了设计，吴工在另外一张纸上把它画了出来。

看上去还是很简陋，而且很难看，但作为陷阱和外出工作人员的避难所应该是完全没问题了。

事实上，它更重要的作用应该是用作避难所而不是陷阱。

"这东西应该没有办法抵挡暴龙吧?"梁宇摇摇头说道。

"那是肯定的。"钱伟答道，"要能挡住暴龙，那做出来的东西自重最好就得有好几吨，凭借几个人的力量怎么推得动？我们设计的这个东西只能抵抗刚才那种大小的恐龙，如果看到暴龙过来，唯一的选择还是逃回来。"

"能抵抗中型恐龙就已经不错了。"张晓舟说道，"有足够的材料吗?"

钱伟为难地想了一会儿："不行的话就把三楼的防盗栏拆掉一些……"

"不用。"刘玉成很高兴自己终于也有表现的机会，"地下车库的顶上有很多电缆桥架，还有消防水管，那些螺栓和架子拆下来应该就能用。如果不行的话，一楼到六楼的楼梯扶手铁栏杆也能拆下来。"

张晓舟考虑了一下："还是拆电缆桥架吧。"人们每天都在楼梯上走来走去，失去栏杆的保护太危险了。

“那我们中午就把方案先告诉大家，把人心稳定下来。”王牧林马上说道，“下午多安排一些人去拆桥架。”

人心突然一下子就安定了下来。

“我看这个东西很靠谱。”李建业笑着说道，“白天用来当外出人员的避难所，晚上就拿来当陷阱抓那些鬼东西，一点儿都不浪费！不奢望经常能抓到什么东西，十天半个月抓住一只也够我们改善伙食了！”